LES BUVEURS DE CIEL

DU MÊME AUTEUR

La Vallée des loups (prix de la Nouvelle de Bonneville), 2002.
Le Silence des glaces, Presses de la Cité, 2004.
La Grande Avalanche, Presses de la Cité, 2005.
La Malpeur, Presses de la Cité, 2007.
La Lumière des cimes, Presses de la Cité, 2009.
La Montagne effacée, Presses de la Cité, 2011.
Les Remèdes de nos campagnes, Calmann-Lévy, 2011.
La Valse des nuages, Calmann-Lévy, 2012.
L'Étoile immobile, Calmann-Lévy, 2014.
Mon fils va venir me chercher (grand prix du pays du Mont-Blanc 2016, prix Solidarité 2017), Calmann-Lévy, 2016.
La Montagne pour refuge, Calmann-Lévy, 2017 (prix du pays du Mont-Blanc 2017).
La jeune fille qui déplaçait des montagnes, Presses de la Cité, 2018.
Bout d'chien, Les Passionnés de bouquins, 2020.
Versant secret, Calmann-Lévy, 2020.

www.patrickbreuze.com

Patrick BREUZÉ

LES BUVEURS DE CIEL

CALMANN LEVY
territoires

CALMANN LÉVY
ÉDITEUR DEPUIS 1836

COUVERTURE
Maquette : Le Petit Atelier
Photographie :
Paysage : © Lohfink/Plainpicture
Personnage : © Eric Schwortz/Glasshouse/Plainpicture

ISBN 978-2-7021-8292-5

À la mémoire de ma mère
décédée aux premières lignes de ce roman.
Qu'elle repose en paix au pays des belles âmes.

« Au milieu de l'hiver,
j'ai découvert en moi un invincible été. »

Albert CAMUS

« Pour essayer de comprendre les hommes,
il faut creuser jusqu'aux racines. »

Philippe CLAUDEL

AVERTISSEMENT

Dans ce roman, tout relève de la fiction. Si des similitudes avec la réalité venaient à apparaître, cela ne serait que pure coïncidence. Néanmoins, cela aurait pour principal effet de stimuler l'imagination de chacun. Et c'est peut-être cela que nous recherchons tous, lecteurs comme auteur.

AVANT-PROPOS

L'histoire m'a été racontée par Lili, de son vrai nom Élisabeth M… Je l'ai rencontrée dans l'atelier d'écriture que j'animais il y a quelques années à la maison d'arrêt de F…, une prison pour femmes réservée aux longues peines. J'y intervenais une fois par mois, la journée complète.

Pour les détenues, c'était une respiration, une façon d'ouvrir une lucarne dans leur ciel gris. Toutes voulaient écrire leur histoire. Vous pensez bien, la plupart criaient à l'injustice et à l'erreur judiciaire. L'écriture a ceci d'utile qu'elle permet de raconter les choses telles qu'on les voit et non pas forcément telles qu'elles se sont passées. Mais il est difficile de maintenir l'illusion longtemps.

Cela, les femmes ne le savaient pas. Chacune d'elles pensait écrire le livre de sa vie. Après quelques pages, la raison l'emportait. Les mots se mettaient à piquer du nez comme des fleurs abandonnées dans leur vase. C'est très bien ainsi. Il y a des ignorances qui permettent de mieux accepter la réalité.

Élisabeth M. avait été condamnée à dix ans. Dix ans, c'est lourd. Presque exceptionnel, avaient dit les chroniqueurs judiciaires à l'énoncé du verdict. Tout le monde n'était pas d'accord sur le mobile de son crime. À commencer par les jurés qui avaient eu du mal à s'accorder entre eux. Il faut dire que réunir préméditation et passion n'a jamais été très simple. La passion, c'est l'impulsion, le cri du cœur, le geste de trop, un appel à l'aide, un trop-plein de désespoir. Enfin, comme Élisabeth M. n'avait pas fait appel, les choses en étaient restées là.

La jeune femme ne se plaignait pas. Elle semblait recluse en elle-même, parlait peu, notant souvent sur son carnet à spirales des mots ou des idées. Des questions, elle en posait rarement. Presque maigre, les vêtements fripés, les joues creuses, elle se désintéressait d'elle-même. Et encore davantage de ce qui l'avait mené un jour ici. Elle acceptait son sort sans rien dire sauf, une fois, au détour d'une phrase lancée à la volée, elle a laissé échapper une confidence. En parlant, elle avait les lèvres blanches comme vidées de sang. Puis elle a voulu m'en dire davantage. On s'est assis en bout de table, en retrait des autres, et elle m'a raconté son histoire. De là m'est venue l'envie de l'écrire. Avec son accord, évidemment.

1

Vallée du Haut-Giffre, années 2000

Ici, quand il pleut, cela peut durer des jours. Le ciel se met à baisser les yeux comme pour s'endormir, c'est le moment de rentrer, de se mettre au chaud et d'attendre. Attendre quoi ? C'est une question sans réponse. Dans le temps, à l'intérieur des maisons et des fermes, les vieux savaient s'occuper les mains et la tête, même sans lampe à pétrole ni bougie. Leurs doigts trouvaient toujours de quoi faire. Maintenant on ne s'occupe plus, on attend en regardant pleurer les vitres.

Pour échapper à la grisaille, la plupart des hommes vont au bistrot ; pluie ou non, cela ne dérange personne. Il est bien rare que l'un d'eux fréquente simultanément les quatre débits de boissons du village. Cela serait mal vu. On ne sait pas pourquoi mais cela serait mal vu, c'est ainsi. Ici, on a ses habitudes et on s'y tient. Chacun va dans son bistrot, et pas dans un autre, et personne n'y trouve à redire. Au moins on est entre soi, on peut galéjer et dire du mal de ceux qui ne fréquentent pas le lieu. De toute manière, qui viendrait vous tenir rigueur de ne pas dire la vérité alors que personne ne croit à ses propres histoires ?

Il y a des règles aussi, pour éviter les chicanes et remettre les soiffards d'aplomb quand ils dérapent de la tête ou du corps. « Quand on est ensemble, disent les habitués, on n'a plus froid. L'alcool, ça garde le corps au chaud et laisse croire à l'âme que dehors il fait toujours beau. »

Tout cela, Adrien Cervoz se le répétait comme chaque matin en venant au bistrot. La tête dans les épaules, le col de son blouson en faux cuir relevé, il poussa la porte du café des *Trois Tilleuls*. Un geste ordinaire, fait sans y penser, sans parler, sans saluer. Il avança d'un pas et d'un coup se figea comme un personnage de gravure. Bouche ouverte et mains dans les poches, il se mit à chiffonner on ne sait trop quoi. Sa doublure, son fond de poche ? En même temps, il aspirait l'air avec l'espoir d'en trouver suffisamment pour remplir ses poumons noircis de tabac.

— Ben, rentre donc, Adrien, on se gèle là d'dans.

Entrer.

Il aurait bien voulu, mais ses jambes s'y refusaient. Ni raides ni faiblardes, elles avaient tout simplement décidé de ne plus bouger. Si encore il avait souffert d'une infirmité, d'un tour de rein ou d'une raideur du genre sciatique, il aurait pu comprendre. Avec le froid et l'humidité, il ne faut pas grand-chose pour se vriller un nerf ou se froisser un muscle mais là, rien. Trente secondes plus tôt, il marchait d'un pas alerte en longeant les murs de la Grande-Rue.

Un jour, à l'époque où il était employé à la Compagnie des compteurs électriques, il avait vu un gars en train de trifouiller dans un petit transformateur. Ces sortes de valises grises fixées sur des poteaux en bois, un peu en hauteur pour que les mômes n'aillent pas jouer avec. Loin d'être un débutant, l'électricien avait pourtant bien mis la ligne en sécurité et respecté toutes les mesures répertoriées dans le manuel *Faits et incidents*. Seulement il était pressé et voulait terminer avant la nuit. « Sans doute une négligence ou une étape oubliée », ont dit les experts de la Compagnie des compteurs électriques au moment de boucler l'enquête. Toujours est-il qu'à un moment, on a entendu un hurlement. Un jour ou l'autre, ils avaient tous pris un coup de jus, c'était forcé. En fin de journée, les mains se rebellent et le cerveau tourne un peu à vide. Un cri de bête qui ne veut pas mourir… et puis plus rien. Tout le monde s'était précipité vers lui, sans le toucher, vous pensez bien, c'était la consigne formelle de la direction. Le pauvre bougre était raide comme un piquet, les pieds effleurant le sol de la pointe de ses chaussures et la main collée sur le fil électrique. Immobile, incapable de faire un geste ni de prononcer un mot, l'intérieur du corps devait déjà être tout brûlé.

Eh bien, il était dans cet état-là, Adrien Cervoz, au moment où il s'était arrêté sur le seuil du bistrot. Assommé, raide, tout empêtré de ses membres. Et muet, pas un mot ne sortait de sa bouche. Seul son nez attirait l'attention : long, large, rouge et osseux. On peut dire qu'il avait tiré le gros lot, lui.

— Alors, tu rentres ou bien ?

Silence.

Adrien Cervoz regardait devant lui, refusant de croire ce qu'il avait sous les yeux. Qu'un inconnu ait pris la place du patron et trône derrière le comptoir aussi naturellement que s'il était chez lui le dépassait. Surtout un matin de novembre. Un jour sans âme où l'on s'apprêtait à ne rien faire de la journée, si ce n'était laisser couler les heures comme l'eau de l'écluse là-bas, au bout du lac aux Dames. Ce n'est d'ailleurs pas une écluse, comme vous pouvez vous en douter. Ici on ne navigue pas, on suit les berges du torrent à pied, éventuellement on descend dans le lit en enfilant des cuissardes. Jadis, le torrent regorgeait d'écrevisses. « Par brassées qu'on les attrapait, racontent les vieux, à s'en dégoûter à force d'en manger. » Maintenant il n'y a plus d'écrevisses, restent les truites bien sûr et les ombles chevaliers qui, d'année en année, se font plus rares. La faute aux hérons, paraît-il.

Ce n'est donc pas une écluse, ni même une retenue d'eau, mais une simple plaque de fonte, manœuvrée à l'aide d'un volant et d'une crémaillère. C'est efficace pour réguler le débit de l'eau.

— C'est comment, ton p'tit nom ? l'apostropha brusquement l'homme derrière le comptoir.

C'était comme si Adrien Cervoz s'était fait empoigner par le revers de son blouson avant de se faire écraser le nez. Il en frémit. Les nerfs, ce n'était pas ce qu'il avait de plus solide. « Ça remonte à la mort de ma femme », soutenait-il à qui le chatouillait sur la question. C'était faux : il avait toujours sué du front et des mains pour un rien, une dispute, une contradiction ou un mot un peu rugueux.

— Alors, c'est comment ton nom ?

— Adrien Cervoz.

— Bon, eh ben pour moi ce sera Adrien. Didi, tiens, c'est encore mieux, c'est plus court, ça fait artiste, tu trouves pas ?

Les choses allaient trop vite. En montagne, on a besoin de temps pour se connaître, s'apprivoiser, savoir jusqu'où on peut aller dans les familiarités ou les secrets. On a des repères solides, on sait où chacun habite. On n'a pas besoin d'y être allé, on connaît le nom et le lieu : la Combe, les Combes, la Petite Combe ou la Combe au Flé... Il y a de quoi s'y perdre, personne pourtant ne trébuche, c'est ancré dans les têtes. Ainsi chacun sait à qui il s'adresse, d'où il vient et de quelle parenté il est.

Ce matin, les choses allaient beaucoup trop vite, les mots fusaient de partout, se cognaient aux méninges comme des insectes contre une vitre éclairée.

Le bistrotier avait une bonne voix, chaude et bien timbrée. D'une certaine manière, attentive aux autres. Il semblait écouter avec sa voix, c'est bizarre de dire les choses ainsi, pourtant il y avait du vrai. Il avait une voix de commerçant connaissant les mots qui houspillent et ceux qui rassurent. Tout en parlant, il tendait l'oreille vers celui à qui il parlait. Il s'intéressait à lui. Lui donnait la belle place, du moins le laissait-il croire.

— Rentre donc, rentre donc j'te dis, j'paie ma tournée.

Il installa Adrien Cervoz au comptoir, face à lui, dos à la porte.

— Qu'est-ce tu bois ?

Avant que le nouveau venu n'ait le temps de répondre, le bistrotier se présenta.

— Francky, de Beaugency, c'est dans le centre de la France, loin d'ici et c'est tout plat chez moi. J'aime bien les contraires, sourit-il.

Quand il riait, il découvrait deux rangées de dents pareilles à des dominos alignés dans leur boîte, impeccables.

Il respira deux ou trois fois à s'en faire sauter les boutons de chemise et poursuivit :

— J'suis venu ici parce que la montagne, bon Dieu, c'est toute ma vie, moi. J'l'ai dans la peau, pire qu'une gonzesse. Pouvez pas comprendre, vous autres, vous êtes nés ici, vous l'avez sous les yeux du matin au soir. Moi, c'étaient les cheminées d'usine et les bretelles d'autoroute quand j'étais môme.

Il ajouta sur le même ton emporté :

— La passion amoureuse, ça t'dévore à p'tit feu, ça mange tout, ça brûle de partout. Y en a même qui tombent fous.

En même temps, il avait vissé son index sur sa tempe, des fois qu'il y en ait un qui n'ait pas compris. Il continua :

— De la montagne, il m'en faut tous les jours, sinon j'dépéris, j'm'étiole, y a rien à expliquer, c'est comme ça.

— Pour une femme, j'peux l'admettre, mais pour la montagne, quand même, c'est un peu fort non… essaya de dire un vieil homme, le plus ancien habitué du café, cela remontait à près de trente ans.

On l'appelait le Juge. De son vrai nom Germain Loex, que l'on prononce ici « loi », d'où son surnom. Ajoutez à cela sa nature tranquille et son penchant pour le compromis et vous avez l'homme dans son entier. Une vieille tête ridée et des yeux bleus tout neufs, brillants et beaux.

— C'est comme j't'le dis… insista le bistrotier, penché par-dessus le comptoir pour expliquer à Germain Loex ce qu'était la vraie vie, pas ce petit filet d'eau triste qui gouttait de leurs fronts ridés à tous ces vieux.

— Tiens, poursuivit le cafetier, c'est pareil qu'une femme, mais en plus fort, ça te mange la tête, le foie et la rate, tout en même temps... si tu vois c'que je veux dire.

Personne ne voyait vraiment. Pour toute réponse, le Juge leva les sourcils et envoya un coup de menton dans le vide. Défi, doute ou agacement? Il y avait un peu de tout cela dans ce geste qu'on aurait cru machinal et qui ne l'était pourtant pas.

— T'y peux rien, reprit le cafetier, quand tu t'en rends compte, t'es déjà cuit.

Tous l'écoutaient. Il y avait de la méfiance dans leur silence. Ils auraient pu le trouver convaincant ou excessif sans le dire, mais, en fait, ils ne savaient pas quoi penser. Ils faisaient des efforts pour se redresser et tenir leur rang ou plutôt leur place au comptoir, mais se fichaient pas mal de ce que l'on disait. Les opinions des autres ne les intéressaient pas et les leurs étaient depuis longtemps passées par-dessus bord.

— Alors, qu'est-ce que j't'sers? redemanda le patron.

— Un coup de blanc à c'te heure, ça décrasse.

— C'est bien dit, ça, mon Didi... En blanc j'ai c'qu'il te faut, plusieurs caisses de chablis, du vrai, hein, pas du vin d'soif.

Il se pencha sous le comptoir et en sortit un casier à bouteilles. Un ancien, un huit-trous, pas ceux en plastique aux couleurs criardes qui encombrent et défigurent aujourd'hui les intérieurs des commerces.

Il avait belle allure, le bistrotier, la taille fine et les épaules aux muscles roulants sous la chemise, la quarantaine passée sans que personne ne s'en aperçoive.

— Lili... des bouteilles, va falloir en r'monter.

Il venait de s'adresser à une jeune femme inconnue ici, une nouvelle venue elle aussi, immobile au bout du comptoir. Elle avait le torchon à la main et les mèches en bataille. Les verres, elle les rinçait à l'eau claire avant de les sécher au torchon. Sous des allures de femme soumise, on devinait le feu encore vivant, une manière de ne pas se laisser faire quand cela ne lui convenait pas. Sa coiffure, son corsage, ses doigts rouges sans bagues et ses poignets maigres, sans bracelets, ne plaidaient pas en faveur d'une grande coquetterie. Pourtant, elle était belle, Lili, avec cette façon de ne pas détourner le regard et de s'imposer sans dire un mot.

De Francky, quelques femmes diraient plus tard « un homme bien de sa personne ». Ce seraient les plus hardies et les plus jolies aussi qui parleraient ainsi. « C'est vrai qu'il était bel homme », admettraient de leurs lèvres pincées les commères, tempérant aussitôt leurs propos d'une flèche en plein cœur de la cible : « C'est toujours comme ça avec ces hommes-là, tout beau par-devant et tout sale par-derrière. »

Qu'est-ce qu'elles pouvaient en savoir des hommes, ces vieilles rombières ? Elles qui avaient rêvé toute leur vie de tomber amoureuses et s'étaient contentées de se bercer d'illusions en feuilletant *Nous deux* ou *Gala*, des revues faites pour rêver ou rendre moins pénible sa solitude conjugale.

— Tiens, goûtes-y, juste avec les lèvres. Un vin comme ça, faut le caresser d'abord, lui dire des mots d'amour, lui susurrer des promesses et des « je t'aime », tu comprends, Didi, c'est pas une vulgaire bibine, ça, c'est du chablis.

Le patron avait fini sa tirade. D'une main habituée, il remit ses mèches en place.

— Qui en veut ? demanda-t-il.

Quatre mains tremblotantes poussèrent leurs verres sur le glacis du comptoir. L'air surchauffé avait des relents de lessiveuse et d'habits mouillés. Dehors, la pluie fouettait la devanture ; à l'intérieur, quelques gouttes glissaient sur la vitre, découpant la buée en rubans inégaux. En bas, le mastic était craquelé, l'eau s'y infiltrait.

Pour le chablis, il aurait mieux valu changer les verres, ou au moins les rincer à l'eau. Seulement l'urgence faisait enjamber les usages et oublier les traditions. On avait soif, bon Dieu, et il y avait des priorités qui ne se discutaient pas.

En voyant l'homme derrière le comptoir faire tourner son vin dans son verre, le sentir, le passer à la lumière du néon, les habitués l'imitèrent. Pas bien longtemps parce qu'il leur tardait d'y goûter. Goûter n'est d'ailleurs pas le mot juste. Il faut bien l'avouer, ce qui les pressait c'était de vider d'un trait leur verre et de ressentir en eux « la résonance du vin ». Une expression trouvée par un gars d'ici, pas encore arrivé, appelé la Banquise. Son surnom, il le devait à son physique imposant, une masse qu'il avait de plus en plus de mal à déplacer. Mais quand il parlait, ses mots étaient beaux et légers, ses images inédites, parfois osées, parfois emportées ou excessives, toujours poétiques.

Il aurait aimé faire du théâtre, devenir chanteur d'opéra. À la place, il écrivait des poèmes sur des carnets à souche laissés en cadeau par une marque de café, Caférino, dont le slogan était : « T'en bois une tasse et t'as chaud ». Bien loin de la poésie, il faut l'admettre. La

Banquise, ses poèmes personne ne les lisait. Son seul et unique sujet : le vin et l'alcool, accessoirement la terre, la vigne, le raisin, les vendanges. Un champ restreint auquel il était capable, les jours de grand frisson, de donner des dimensions insoupçonnables.

Le reste du temps, il se tenait en bout de comptoir, là où son gros corps ne gênait pas et semblait dialoguer avec lui-même.

Bien entendu, la première bouteille fut vidée en une tournée. Ce qu'ils attendaient tous, c'était l'arrivée du patron, le vrai, celui qui tenait le bistrot depuis toujours. Il allait houspiller le blanc-bec et remettre un peu d'ordre dans la marche de la maison. Comment aurait-il pu en être autrement ? Il avait de la poigne, lui. Son heure de gloire, il l'avait connue il y avait longtemps quand il était guide, ici, à la Compagnie. Et puis un jour, il avait glissé. Pas en montagne, il avait encore le pied sûr malgré les années, mais dans la vie. Sa femme était partie avec un autre, lui laissant comme adieu un bouquet d'œillets. Il ne s'en était jamais remis.

Ils burent encore. Deux autres bouteilles y étaient déjà passées quand arriva le patron, le vrai. Sa tête était celle des mauvais jours. Mine pincée, joues grisées de barbe, une allumette entre les dents. Il avait l'air ennuyé ou fautif. Ou les deux en même temps.

D'un coup de pied, il ouvrit la porte :

— Ah le voilà, se réjouit l'homme derrière le comptoir.

Il se ravisa vite en voyant sa trogne. Dans ces cas-là, il était préférable de ne rien dire, mais il n'avait pas l'expérience, il le salua, affable.

— Ferme-la, lui intima Alban Flancaz, l'ancien patron.

Puis il enchaîna :

— Les autres, y sont pas là ?

Personne ne leva le nez. Épaules rondes et dos voûté, les hommes semblaient écrasés par ce qu'ils ne savaient pas encore.

— J'avais pourtant dit neuf heures, non ?

Silence gêné que seules les semelles cloutées dérangeaient de temps en temps. Les clous rayaient le carrelage avec un bruit de craie sur un tableau.

— Tant pis, voilà c'que j'ai à vous dire. Vous répéterez aux absents.

L'homme déglutit et annonça, les yeux vides et les traits creusés :

— Voilà, j'ai vendu le café. *Les Trois Tilleuls*, c'est plus à moi. C'est Franck de Montargis qu'est le patron maintenant.

— De Beaugency, rectifia l'autre, rigolard.

Ses cheveux ressemblaient à des plumes de merle. Il les repoussait sans cesse derrière ses oreilles pour faire genre. Sa chemise sortie du pantalon, c'était plutôt une coquetterie qu'une négligence. Un pan entier dépassait telle une serviette oubliée au moment de se lever de table.

— De quoi ? demanda l'ancien patron.

— C'est Beaugency, la ville... pouffa l'autre, pas Montargis.

— Qu'est-ce ça change ?

— Rien, ça finit aussi en *i*, comme Faucigny, s'amusa l'homme en essayant de décoller du coin de l'ongle l'étiquette de la bouteille de chablis.

L'un était au spectacle et y prenait plaisir, l'autre vivait un martyre. Pour l'ancien patron, ce n'était pas facile de reconnaître son échec et encore moins de révéler les circonstances dans lesquelles il avait cédé son café, la seule réussite de sa vie. Alors voir le blanc-bec ricaner, ça pouvait échauffer ses nerfs.

Les quatre hommes présents avaient l'impression d'étouffer. Ils respiraient à petites lampées comme pour goûter un verre de prune. Tous avaient la bouche ouverte et les boyaux noués. Ils auraient préféré ne pas être là, ne pas savoir, ne pas avoir entendu. Un pan de leur vie leur était arraché brutalement. Sans prévenir. Sans dire comment serait demain.

À leur âge, leurs vieilles veines se gonflaient à en éclater. Et il faut se méfier de ces traquenards de la vie, des fois, ça repose sur pas grand-chose de rester ou de passer de l'autre côté du miroir. Si au moins on leur assurait que rien ne changerait dans leur routine. Qu'ils pourraient continuer à poser leurs bras maigres sur le comptoir collant, qu'il y aurait toujours des soirées de grande beuverie, un premier de l'An, un anniversaire, une Saint-Jean d'hiver et une autre en été où chacun devenait ce qu'il n'avait jamais été.

On n'est pas exigeant quand on est vieux. On veut seulement que les choses ne soient pas bouleversées et restent à leur place. Si par malheur elles doivent changer, au moins qu'elles laissent des empreintes, des repères. Qu'on s'y retrouve un peu dans tout ce foutoir de sentiments et d'émotions. Il faut avoir atteint les soixante-dix, quatre-vingts ans pour savoir ce que veulent dire les habitudes. Ce ne sont pas des maniaqueries mais de petites béquilles, pas plus grosses que des cannes de cornouiller, qui permettent d'aller encore à peu près droit, même les jours où ça ne va pas.

Tout à leur rêverie, ils ne virent pas arriver l'Artiste. On l'appelait ainsi depuis qu'il fréquentait le lieu. Avant, il ne fréquentait pas les bistrots. Il était heureux : une femme, une belle demeure à Lyon et une autre ici pour se reposer. Des parents vieux et riches, des Lyonnais. C'est plutôt rare ici de montrer sa fortune, on la construit avec âpreté mais on n'en parle jamais. Son métier à lui, c'était la peinture de montagne. Il s'était fait une belle réputation auprès des grandes galeries lyonnaises pour la légèreté de son trait et surtout la transparence de ses couleurs. Seulement, il y avait eu l'accident.

Il sera bien temps d'en reparler plus tard. Une sale affaire, une vie détruite et maintenant, une âme pleine de suie qui, avant, ne voyait les choses qu'en couleur. De belles couleurs assurément, où le noir avait rarement sa place si ce n'était pour rehausser le trait.

L'homme manœuvra plusieurs fois son fauteuil roulant pour se mettre face à l'entrée. Comme chaque jour, on lui ouvrit. Il entra. Il ne lui fallut pas longtemps pour repérer que quelque chose s'était passé. Les artistes, surtout des gars comme lui tout en finesse et en sensibilité, ils sentent les choses avant même de les voir.

— Messieurs... fit-il en levant son chapeau de feutre noir.

Deux ou trois grognements lui répondirent.

Il avait un nom, l'Artiste, il s'appelait Henry Payen d'Orville. Une famille d'anciens soyeux, une fortune faite à la grande époque, un patrimoine de pierre en bordure du Rhône, une belle éducation, de bonnes études chez les bons pères. Il ne regrettait rien de son passé, avouant seulement les soirs de grande beuverie qu'il n'avait pas vécu avant ses vingt ans, avant de se mettre à voyager, de voir d'autres pays et de rencontrer des gens différents de ceux côtoyés dans son milieu familial.

Il s'installa à une petite table ronde coincée dans l'angle du bistrot. C'était la sienne. On aurait pu la graver à son nom comme au *Procope* à Paris. La table avait un cerclage de fer qui se décollait, pointu comme un ergot de coq. Au début, plus d'un pantalon ou d'un gilet s'y était accroché. Et puis on s'était habitué parce que l'on finit toujours par se faire à ce qui n'est au départ qu'une exception.

— Tu bois quoi, mon gars? lui demanda depuis son comptoir le nouveau patron.

— Bonjour monsieur, lui asséna l'Artiste en appuyant fort sur « monsieur ».

La remarque en aurait ébranlé plus d'un, pas le bistrotier. Il poursuivit comme de rien:

— J'ai un p'tit chablis là, ça te dirait?

— Un cru rive gauche ou un grand cru?

— Alors là, tu m'en demandes trop, fit l'autre en empoignant la bouteille pour lire l'étiquette.

Il pencha la bouteille, la fit tourner d'un quart de rond pour la mettre sous le néon maculé de chiures de mouche, avant de conclure sans se démonter:

— C'est pas écrit…

L'Artiste tendit le bras et claqua des doigts. Un geste plein de mépris traduisant l'impatience et l'énervement. La bouteille passa de main en main avant d'arriver jusqu'à lui. Il la leva, regarda le vin par transparence dans la lumière pluvieuse de la grande vitre puis jeta un coup d'œil sur la collerette.

— C'est un grand cru, annonça-t-il, sans plus de commentaire.

— Tu vois, j'te l'avais dit, plastronna le bistrotier.

Il était parfait dans son rôle de loufiat. À part sa mise pas très présentable, il savait faire le larbin quand nécessaire. L'échine était souple, le geste maniéré à l'excès, il regardait par-dessous avant de laisser couler l'eau tiède de ses mots. Après avoir pris un verre, essuyé son plateau d'un coup de torchon, il alla jusqu'à la table de Monsieur Henry pour le servir. Pour un peu, il aurait enfilé une veste. Son rôle, il le remplissait à la perfection, à la nuance près que tout semblait apprêté, empesé pareil à un col de vieille chemise que l'on veut faire passer pour neuve. Il n'y avait pas une once de naturel dans sa manière de faire.

— Si monsieur veut bien, dit-il en tendant le verre.

Comme souvent chez ces personnages, il avait vite repéré où était l'adversaire. Ce n'était pas la bande de petits vieux soiffards qui risquaient de lui chercher querelle. De l'ancien patron, il était moins sûr, vu les circonstances dans lesquelles s'était faite la vente du café, mais lui, l'Artiste, avec son autorité naturelle, sa supériorité d'homme de l'art et sa mise recherchée, c'était lui le danger. C'était de lui dont il allait falloir se méfier.

Le nouveau patron renifla encore une fois autour de lui mais son esprit était ailleurs. Il humait l'air, calculait, estimait ses chances de conquérir tous ses hommes, de les avoir avec lui. De semblables situations, il en avait déjà vécu. Ce n'était pas une bande de vieux montagnards et un artiste en rupture de ban qui allaient l'impressionner.

— Ça se laisse boire, hein ? lança-t-il d'un ton conquérant.

La réponse ne vint pas. Ni des vieux agrippés à leur pied de verre comme des glycines à un mur. Ni de l'Artiste.

Plus tard, bien plus tard, quand toute cette affaire fut terminée, certains soutinrent que l'on aurait pu s'attendre à une telle tournure des choses. Des incompréhensions. Des regards de défiance, de la peine chez les petits vieux qui se sentaient floués alors qu'ils ne savaient encore rien de leur avenir. Enfin, tout un entrelacs de suppositions, de doutes et d'inquiétudes. C'est cela le plus dur à supporter, quand on est vieux, l'incertitude. Déjà que l'on est inquiet sur le temps qui passe, si viennent à disparaître les seuls repères qui comptent, tout s'écroule.

— J'en ouvre encore une ou c'est bon comme ça ?

— Non, non, vas-y ouvre…

Il avait tapé juste, M. Francky, c'était la peur de manquer qui les rendait muets, les petits vieux, et l'Artiste c'était sans doute pareil.

— Vous bilez pas, j'en ai un garage plein.

— Plein de quoi ?

— De caisses de chablis, pardi.

— Où ça… ici ?

— Non, à Beaugency, chez moi.

— Ah… parce qu'ici, avec le gel de l'hiver, expliqua Adrien Cervoz, ton pinard, il aura vite fait d'se piquer.

— T'as raison, Didi, le froid, c'est la mort du vin. La prochaine fois que je vais à Beaugency, j'en bourrerai ma voiture... mais voilà, j'ai pas de cave ici, sauf celle ici pour le tout-venant. Quelqu'un en aurait peut-être une à me prêter ?

Silence et attitude gênée. Ici, on n'accordait pas sa confiance au premier venu, quand bien même serait-il cafetier et en possession de dizaines de caisses de chablis.

— J'suis prêt à payer... et en liquide, vous vous en doutez.

Les pieds s'agitèrent. Les brodequins remuèrent sur les dalles du café. Tous avaient des granges ou des mazots, mais les caves c'était plus rare.

— Et quand j'dis en liquide, c'est en liquide, s'esclaffa Francky, la bouche ouverte prête à croquer les petits vieux, un à un. En vrai liquide, hein, en pinard quoi !

— Et tu payes combien ?

— Tout dépend, faut déjà voir la cave, ça peut se régler avec quelques caisses livrées à domicile et un reliquat en fin d'année si tout s'est bien passé.

Trois mains se levèrent pour montrer leur intérêt, dont celle de Didi. Ce fut là leur premier faux pas à ces trois-là. Ils en convinrent plus tard, en le regrettant, en pestant contre eux-mêmes et en récriminant contre les saligauds qui s'en prennent aux vieux. Mais leurs acolytes en firent tout autant par la suite, personne ne pouvait se douter. Franchement, il ne faut pas les accabler, les petits vieux, parce que personne, vraiment personne, n'aurait pu imaginer ce qui allait se passer.

Ensuite, l'atmosphère se détendit. Le temps n'était ni à la querelle ni au conflit, chacun jugeant d'abord son intérêt, ce qui, après tout, est bien naturel. Parce que l'on a beau partager les mêmes beuveries, il y a toujours un moment où il faut penser à soi. C'est normal et humain même si ce n'est pas très catholique.

Les trois petits vieux, qui n'avaient que leur pension à boire, comptaient leurs sous en fin de mois. Au prix du verre, parfois la soif leur collait les lèvres au point de ne plus rien dire. Ils vacillaient d'un pied sur l'autre, se grattaient la poitrine ou l'entrejambe, cherchant en eux le peu de dignité qui leur restait pour ne pas quémander. Entre eux ils ne se gênaient pas, mais seulement entre eux. Devant le groupe, ils essayaient de faire bonne figure. Souvent le patron leur ouvrait une bouteille de vin piqué, au goût de vinaigre. Ils vidaient alors leur verre avec gravité, se persuadant de boire de l'ordinaire un peu raide mais buvable tout de même.

L'Artiste, lui, ce n'était pas pareil. D'abord, certains jours, il ne buvait pas. Pas une goutte, rien. Un Fernet-Branca pour tenir sa place parmi les autres, c'était tout. Experts en tout depuis qu'ils avaient tout oublié, les petits vieux soutenaient que l'Artiste buvait en cachette chez lui. Vrai ou faux, cela n'enlevait rien à sa générosité quand il payait des tournées à n'en plus finir, uniquement pour que les petits vieux n'entament pas trop leur pension.

2

Quand le clocher sonna midi, les verres furent vidés d'une seule lampée. Tête en arrière et les yeux au plafond. Un court plaisir ponctué de raclements de gorge et de soupirs bruyants. C'était ainsi chaque jour, il ne servait à rien de se plaindre. Et puis à qui se plaindre et pour dire quoi ?

Sans se saluer, les hommes sortirent un à un. Ils n'en étaient pas encore à se débattre avec leurs démons quotidiens, cela viendrait plus tard, quand il ferait noir, à l'heure où les souvenirs cognent contre les tempes et veulent sortir. Seulement à midi, il fallait quitter le café. Pourtant, on était plutôt bien ici dans cette fausse chaleur et cette vraie fraternité.

Affronter le vent et les gifles de pluie ne les réjouissait guère. Ils allaient s'asseoir chacun chez soi, seul devant un morceau de persillé ou deux œufs grésillant dans la poêle plus noire qu'un fourneau de pipe. Une vie sans heurts ni malheurs. Une vie qu'ils avaient rêvée différente. Bien ou mal mariés, en couple, ou à la colle, comme disent les commères, au moins on a l'illusion du bonheur. L'esquisse laisse croire à un vrai dessin, même si tout cela n'est qu'apparence. Eux vivaient seuls. Et il ne fallait pas leur demander pourquoi. Ils l'ignoraient et n'aimaient pas en parler. Ils se sentaient un peu responsables, un peu gauches, un peu trahis par la vie et par eux-mêmes. Et cela, ils voulaient l'oublier en fourrant la question au fond de leur poche.

Durant leurs belles années, ils avaient été commerçants, artisans guides ou employés des Chemins de fer du Nord, compagnie qui gérait à l'époque la ligne Annemasse-Sixt, amenant les touristes genevois vers la vallée du Giffre et ses sommets. En ce temps-là, tout leur semblait possible. C'est le privilège de la jeunesse de croire que l'horizon est infini. Un mensonge pour adulte parce que l'on oublie de nous dire qu'il rétrécit, l'horizon, à mesure que le temps passe. C'est un leurre, une menterie comme le découvrent les vieux, une injure à leur intelligence. Du coup, ils se laissent berner par la vie, craignant le bonheur autant que le malheur, se contentant de rester accrochés à leur comptoir comme des berniques à leur rocher.

Et l'Artiste ? Là ce n'était plus le même monde. L'homme avait de la ressource. Jeune encore, il portait son âge en étendard. Ajoutez à cela ses élégances vestimentaires, une lavallière nouée au cou, une grosse broche en forme d'insecte à six pattes toujours piquée à la boutonnière, des bottines de grands chausseurs et une chevelure blonde et rebelle et vous aurez l'homme au complet.

Parler lui était inutile, sa seule présence suffisait à calmer les excès, sauf quand il y participait lui-même. Certains soirs, lorsque le ciel avait épongé les nuages toute la journée et étendait ses draps gris sur les épaules des montagnes, il n'était pas le dernier à voir les choses en noir. Manque d'accoutumance à l'alcool ou trop-plein de sensibilité due à son invalidité ? Personne ne savait, on constatait seulement.

Avant, il ne fréquentait que les belles adresses à Paris, Lyon ou Genève : des brasseries chics, des restaurants d'hôtel, des cercles privés. Après son accident, une fois opéré à l'hôpital Desgenettes à Lyon, il était venu en convalescence au village dans la maison de famille.

— Vous avez une forte constitution, vous vous en sortirez, avait rassuré le professeur Duffrênet, une sommité de la chirurgie orthopédique lyonnaise.

— Vous êtes sûr ?

— Certain, avait confirmé l'homme en blouse blanche, un ami de sa famille et un habitué des tables de jeu clandestines que M. Payen d'Orville père organisait dans les sous-sols de sa belle demeure des bords du Rhône.

Depuis un an et demi, Henry attendait, espérait, se rebellait, se morfondait. Les progrès étaient lents, les douleurs persistantes, la marche difficile et les promesses de montagne de plus en plus lointaines.

Sitôt qu'un fauteuil lui avait été livré, il s'était mis à sortir. Il aurait couru si cela avait été possible. En tout cas, il revivait. Une vieille femme du village lui assurait le quotidien – les courses, le ménage – et lui préparait des plats à réchauffer. Souvent, il les donnait aux chats, parce qu'eux avaient faim et lui pas.

Pour ce qui était de la conversation avec sa femme de ménage, elle était limitée, forcément. Il la remerciait en homme respectueux des convenances. Posait des questions sur le village, les différents sommets, s'intéressait aux gens, à leur histoire, à leur passé, ces petites choses qui font l'écorce des hommes. C'est de là que lui était venue l'envie d'aller fouiner du côté des *Trois Tilleuls* avec l'attirance d'un bourgeois pour un lieu mal fréquenté. Il y était d'abord allé à la nuit tombée, en douce, comme si quelqu'un avait eu à redire de ses sorties nocturnes.

À cette heure-là, les commères ont fini depuis longtemps leur journée et sont assises devant leur télé ou leur radio, préparant leurs racontars du lendemain.

Au moins au bistrot, il avait l'illusion de vivre, de participer à quelque chose. Un jour, sans que rien ne l'annonce, l'Artiste s'était mis à raconter sa vie. Il avait enjambé en quelques phrases ses jeunes années faites d'ennui et de rêves vécus en cachette. Aussi surprenant que cela puisse paraître, enfant, il n'avait pas eu le droit de rêver. Il n'aurait pas été puni pour autant mais des heures de morale lui auraient été infligées pour remettre les choses à leur place. Aux yeux de son père, le rêve était à classer au rang de tare, rien n'aurait pu le convaincre du contraire.

— Les rêveurs n'ont pas leur place ici, martelait-il en faisant mine de relever ses manches de chemise, des fois que son fils n'aurait pas compris le sens de la valeur travail.

— Tu m'entends ?

— Oui…

Le père en doutait.

Alors il s'arrêtait pour observer son fils en tapotant la table de ses doigts aux ongles muets.

C'était un soir comme celui-là que le jeune Henry s'était rebellé pour la première fois.

— Comment ? s'était enflammé son père. Me dire cela à moi, ici, sous mon toit où tous tes ancêtres ont trimé avant moi ? La soie, tu crois que ça se vend tout seul, la soie ? Ces immenses appartements, trois mètres cinquante sous plafond qu'il faut chauffer, ces femmes de peine payées sur nos deniers, ces intérieurs admirés de tous, nos jardins suspendus, nos roseraies, nos serres d'orchidées, crois-tu que c'est tombé du ciel tout cela ?

Henry avait levé les yeux. Son père, le visage empourpré et le front perlant, le fouettait avec chaque mot. Une cravache n'aurait pas eu pire effet. Des allers-retours en pleine face, des mots définitifs qui creusent un gouffre entre un père et son fils.

Payen d'Orville père s'était levé. Ses pas étaient hésitants, ses semelles en crêpe chuintaient sur le parquet de son grand bureau. On avait beau tirer sur la chaudière, il faisait toujours aussi froid et humide dans ces appartements. C'était qu'en fait, la chaudière n'était jamais poussée. Un degré de plus, à la rigueur, quand le Rhône se mettait à charrier des eaux glacées. Au-delà, on économisait, « on n'entamait pas le capital », comme disait le patriarche. Et il disait vrai, on parvenait à ne pas s'appauvrir. Une richesse en carton-pâte, une aisance de façade assortie d'une belle réputation. Rien d'autre. C'était cela qui avait failli tuer les rêves d'Henry Payen d'Orville.

Pour le reste, chacun s'accommodait de la situation. Il en allait de la réputation de la famille, de son nom et de l'image qu'on lui associait. Payen d'Orville n'avait qu'une seule faiblesse, ses rhumatismes. Contre eux, il avait appris à souffrir et se taire. Encore que… jugez plutôt.

Quand la crise l'assaillait, il prenait sa tête de pénitent, supportant seulement des enveloppements d'argile verte – dont on disait le plus grand bien – et des massages à l'huile de coton. L'une des servantes était chargée de lui appliquer ces cataplasmes, seule dans sa chambre à coucher et ça durait longtemps. Très longtemps. L'argile était depuis longtemps refroidie et même craquelée qu'elle n'était toujours pas sortie de la chambre, la jeune soubrette. Quand elle redescendait, elle avait le feu aux joues et le regard gêné. Quelle idée avait-elle eu, aussi, de parler de ses talents de guérisseuse et de l'huile de coton !

Une jeunesse sans rêves donc. Une errance dans le désert des sentiments et une solitude grise avaient donné au fils Payen d'Orville ce tempérament secret tout en mystère et en esquive. Pourtant ce soir-là, il avait parlé de lui, de son accident surtout. De cette fin qu'il avait regardée les yeux dans les yeux, ne cillant pas devant la mort qui le défiait.

— C'était début avril, le 7, un vendredi, avait-il commencé à raconter, le ciel était poncé par le froid de la nuit. Cela lui donnait une teinte à la fois élimée et transparente. Idéal pour la montagne, un temps pareil. J'avais emporté un carnet à croquis et une boîte d'aquarelles, c'est mieux pour les ambiances. Les aquarelles, c'est plus vrai, plus juste. C'est plus rapide aussi : un cri de la main, même le cerveau n'intervient pas. Ou bien par un autre chemin, je ne sais pas trop comment. En tout cas, pas par le biais de la réflexion. Comme j'ai l'habitude de tout reprendre à l'atelier, les détails ne sont pas si importants. L'essentiel est là, les détails reviennent ensuite devant le chevalet.

Je me souviens que la neige craquait sous les pas ce matin-là. Un bruit de sucre écrasé. Petit, quand on avait oublié d'acheter du sucre en poudre à la maison, la cuisinière écrasait des carrés avec un gros verre rond. C'était le même bruit. Vous l'avez tous dans l'oreille ce bruit, vous l'entendez, non ?

Il savait raconter, Monsieur Henry – c'était ainsi qu'on l'appelait dans les grandes occasions.

Les petits vieux avaient hoché la tête, se ridant le front ou levant un sourcil dépoilé. Comme il fallait s'y attendre, ils en avaient profité pour vider leur verre, d'un trait, les yeux dans le lambris du plafond à la recherche de leurs souvenirs de matin blanc lorsqu'ils partaient à la pique du jour. Il y avait longtemps, il y avait un siècle, il y avait mille ans.

Aux *Trois Tilleuls*, on avait un jour décidé que le raconteur d'histoires se voyait offrir sa tournée. En clair, deux ou trois bouteilles. C'était à tour de rôle. Une sorte de convention tacite, un rituel instauré par un code de bonne conduite rédigé un soir de grande beuverie. Ils l'avaient appelé le « bréviaire du buveur d'eau et autres alcools ». Une loufoquerie à laquelle Henry Payen d'Orville avait largement contribué. Lui, on l'aimait pour sa simplicité et sa générosité au comptoir. Ses origines, sa famille, sa fortune, on s'en fichait comme de l'an quarante. S'il venait ici, c'était qu'il s'y trouvait bien et avait parfois besoin d'être épaulé. C'est dur la solitude, surtout lorsqu'elle est assortie d'une infirmité dont même les médecins sont incapables de prévoir comment elle évoluera.

— Eh bien, le bruit, ce matin-là, c'était le même que du sucre écrasé, poursuivit-il. Le gel du matin avait croûté la neige. En regardant le soleil se lever, on devinait des aiguilles de givre fragiles et fines pareilles à des orties. À chaque pas, même quand le pied ne s'enfonçait pas, ce bruit rassurant racontait l'enfance et l'insouciance. C'est peut-être cela qui m'a endormi les sens, suggéra l'Artiste.

Ça s'est passé là-haut, sur le chemin du refuge de la Vogeale, poursuivit-il, le bras tendu en direction du Fer à Cheval, comme si les gars d'ici avaient eu besoin de cette indication pour situer le lieu.

— Dans la montée du Boret, j'parie, s'informa le Juge.

— Tout juste.

— C'est pas bien commode par là-haut... ça sent la mort.

Il avait la formule tranchante, comme s'il avait vraiment été juge.

— Une rampe à peine large de cinq ou six coudées par endroits, taillée à l'époque de la mine de fer, expliqua Henry Payen d'Orville.

C'était l'ancien chemin des muletiers pour descendre à dos de bêtes des paniers remplis de minerai. Certains avaient connu la fièvre de l'or, la vraie, tel Jacques Balmat, d'autres s'étaient contentés de « l'or des fous », une vulgaire pyrite qui ne valait pas la sueur pour l'extraire. Dans la mine du Boret, le minerai contenait aussi de l'argent, en petite quantité il est vrai, et de piètre valeur. Mais cela entretenait l'espoir et fouettait l'imagination.

« Riche en un jour, riche pour toujours », disaient les aventuriers qui charroyaient les convois, jusqu'à huit ou dix allers-retours par jour. Des forçats, des rêveurs des cimes. Morts à quarante ans quand ce n'était pas avant.

— Toujours est-il que monter jusqu'à la cantine n'a pas été bien difficile, avait repris Monsieur Henry, ça tirait un peu sur les jambes, mais bon... En une matinée, j'avais rempli un carnet à croquis, tout se passait bien : des esquisses au fusain et à la mine dure, des ambiances, des gros plans, des couleurs surtout, beaucoup de couleurs et des sensations. Même une coulée de vent on peut la mettre dans un dessin, y a juste à incliner la tige d'une fleur par rapport à celles qui l'entourent, cela suffit. Le mouvement suggère la vie, c'est une loi universelle.

Les autres écoutaient, avachis sur le comptoir, l'œil entrebâillé, les pommettes vermillonnées. Tous connaissaient ces histoires d'accidents cent fois rabâchées, de disparitions avec les corps qui réapparaissaient en plein été, une fois la neige fondue. Seulement là, ce n'était pas pareil. Même si l'Artiste n'était pas des leurs, il avait quand même sa place parmi eux. Il savait boire, même disloqué, même diminué, il tenait encore son rang et aurait pu en remontrer à quelques-uns d'entre eux. Savoir boire, ça se respecte, alors ils le respectaient.

— C'est souvent au retour que le corps flanche. Après quelques heures de marche, on se méfie moins.

Il savait de quoi il parlait, le Juge. Un jour de grande solitude, il leur avait raconté sa nuit de cauchemar, perdu à quelques centaines de mètres de chez lui, en pleine tempête. Il en avait pleuré des petites larmes rondes comme des grains de millet qui lui roulaient des yeux et séchaient sur ses joues avant même d'être tombées. Les autres l'avaient entouré, le forçant à rester digne. Cela s'était fait à coups de verres de gentiane et de mains sur l'épaule.

— Moi j'ai glissé... précisa Monsieur Henry.

— Glissé ou chuté c'est du pareil au même, intervint le Juge. Des fois ça s'oublie, une chute, des fois tu gardes la peur en toi jusqu'à la fin d'tes jours.

— Quand même pas...

— Si... Ça s'est déjà vu des gars incapables de repartir après avoir déroché. Ils restent assis des heures sur un billot de bois, sans bouger, à parler à la montagne, aux arbres ou aux nuages, des fois au ciel, prenant Dieu à témoin de leur misère. Tiens, le p'tit Rufaz, celui qu'on appelait Moustique, c'est c'qui lui est arrivé. Et un jour, on l'a retrouvé pendu.

— Mince ! Où ça, dans sa grange ?

— Non, au pont du Clévieux.

Un silence respectueux s'était installé dans le café. La minute du souvenir.

Tout le monde s'y soumettait, croyant ou non, des fois que Dieu juge les hommes sur la ferveur manifestée envers les disparus. Puis Loex avait repris de plus belle :

— Et j'te parle d'histoire où les gars s'en sont sortis. Parce qu'il y en a combien qui sont rentrés les pieds devant, raides comme des cierges d'église, roulés dans un bout de bâche tenue aux quatre coins par des porteurs. Hein les gars, combien y en a qui sont pas revenus ?

Comme personne ne répondait, Henry Payen d'Orville s'était saisi du silence.

— C'est ce qui a failli m'arriver.

— À la descente ?

— Oui...

— C'est souvent comme ça.

Le peintre s'était redressé dans son fauteuil.

— Je devinais déjà la buvette du Prazon en bas. Les dalles étaient suintantes à hauteur des câbles fixés à la paroi, mais c'est toujours comme ça, en raison des ruissellements dans la pente. D'habitude je longe la paroi, là je suis passé au large. Pourquoi ? Je n'en sais rien. Cela m'a semblé plus sûr.

« Brusquement, j'ai senti la pierraille et la terre se dérober sous mes pieds. Le temps de me jeter de côté, j'étais déjà dans la pente. Je ne glissais plus, j'étais à l'arrêt deux mètres en dessous du chemin. C'est en me penchant pour voir comment remonter que j'ai senti que je glissais de nouveau. Plus rien ne tenait, les éboulis commençaient à cascader et les herbes s'arrachaient sous le poids de mon corps. Sous mes pieds, il y avait quelque chose comme 100 mètres de vide.

« Je me suis mis sur le dos, avec la pique du piolet à la pente. C'est comme ça qu'ils faisaient dans le temps. Mais plus rien ne tenait. On aurait dit un départ d'avalanche. Il y avait bien un petit ressaut en dessous de moi, seulement je ne voyais pas comment m'arrêter. Et si je le passais, c'était l'envol pour une autre vie.

« À force de freiner des bras et des pieds, j'ai fini par m'arrêter sur le ressaut. À vrai dire, j'ai vite compris qu'il ne me servirait à rien, une touffe de genévrier et quelques grosses pierres faisaient illusion. Ça n'allait pas tenir longtemps.

« Alors j'ai laissé faire. Je n'avais pas peur. J'étais juste déçu de mourir si jeune avec tout ce qui me restait à faire. J'ai pensé à ma femme, à plein de monde qui défilait dans ma mémoire. Tous étaient habillés de gris.

« À un moment, je n'ai plus vu que la verrière du ciel, éblouissante et belle. J'ai pensé à ma fin. Ma vie s'arrêtait là. Il me fallait maintenant monter dans le train et tenter de trouver une place parmi toutes ces ombres grises qui m'approchaient, m'observaient, touchaient mes vêtements ou mon visage. Leurs mains étaient glacées, leur haleine aussi. Toutes se ressemblaient, leur visage surtout. Tous identiques parce que leurs traits étaient remodelés dans une pâte grise. Il y avait un vieillard aussi, qui poussait un enfant dans un landau, gris, comme tout le reste. Je ne voyais pas les traits de l'enfant mais je savais que c'était moi. Et le vieillard, c'était mon grand-père. J'en étais sûr, absolument certain. C'est là que j'ai tout abandonné.

« Quand je me suis réveillé, je n'avais pas mal. Du moins dans les premières secondes. J'étais allongé dans l'herbe, les pieds contre un rocher. Seulement, quand j'ai voulu me lever, j'ai compris que mes pieds ne réagissaient plus. Même respirer m'arrachait des râles. Ramper n'était pas possible. Me mettre debout je n'y pensais même pas, mes jambes ne portaient plus rien. Des jambes en chiffon comme les poupées des gamines. Je n'étais pas mort là-haut mais en train de rendre l'âme cent mètres plus bas.

« Des randonneurs qui m'avaient vu chuter sont venus me tirer de là. Après... après ç'a été la ronde des hôpitaux. Édouard-Herriot d'abord, puis le Centre des Massues, et pour finir l'hôpital Desgenettes, réputé pour ses spécialistes en chirurgie orthopédique. On m'a mis des plaques, des attelles, des vis, on m'a fait des greffes, des cultures de peau, moulé des orthèses. Résultat, je me déplace en fauteuil. Il faut dire que j'ai tiré le gros lot, avec des fractures du calcanéum, les pires de toutes. Certains ne s'en remettent jamais et ne peuvent plus remarcher normalement. Ou alors seulement comme Pinocchio avec les pieds raides.

Midi était largement passé quand Monsieur Henry avait eu fini de raconter son histoire. La tournée, ce serait pour l'après-midi. Un à un, les hommes s'étaient vêtus et avaient regagné leur demeure. Il y avait beaucoup de lassitude dans leur façon de marcher. De la lassitude et de la résignation.

Comme chaque jour, Henry Payen d'Orville picora quelques bouchées dans le plat préparé par la vieille femme chargée de son intérieur. Des diots au vin blanc. Il les coupa en carrés, les mit dans une assiette et les posa sur la fenêtre pour les chats. Il mangeait peu, en tout cas de moins en moins. Mais aujourd'hui, c'était autre chose qui lui coupait l'appétit. Cette histoire de bistrot et son nouveau propriétaire le chagrinait.

Pour tout dire, Francky de Beaugency ne lui inspirait pas confiance avec ses airs de séducteur de thés dansants. Qu'il parlât beaucoup, avec assurance et sans élégance passe encore. Les camelots en font de même sur les marchés pour le bonheur des badauds. Ce qui tracassait Monsieur Henry, c'était l'homme lui-même. C'est pourquoi il partit plus tôt que d'ordinaire, quitte à rester sous la pluie le temps qu'ouvre les *Trois Tilleuls*. Il avait l'habitude : une couverture de cocher sur les genoux, un chapeau de feutre, légèrement rabattu sur les yeux pour se protéger de la pluie comme du soleil. Il sortit de chez lui, manœuvrant seul son fauteuil sur le plat comme sur la remontée qui menait au café.

3

La pluie avait cessé, laissant place à un ciel ténébreux tissé de gris et filé de brun. Sur la face abrupte du Criou, cet immense bec rocheux qui défiait la vallée, la couleur était uniforme, brun foncé. Même les épicéas peuplant en nombre ce versant avaient du mal à faire valoir leur droit à la différence. Leurs troncs étaient plus sombres, leurs aiguilles teintées de noir. Oubliées les toisons lustrées des belles journées de printemps.

Henry arriva le premier aux *Trois Tilleuls*. Habituellement dans ce cas, il poussait jusqu'à la rue commerçante en attendant que le bec-de-cane soit replacé dans son logement et les néons allumés. Cette fois, il s'arrêta face à la porte, surpris. La nouvelle serveuse du café attendait aussi, le dos contre le chambranle. Elle lui sourit, hésitante mais pas timide. La timidité est une pudeur de l'âme, l'hésitation une interrogation de la raison. Ce n'est pas la même chose, songeait Monsieur Henry, et en même temps il se demandait ce qu'une jeune femme pouvait trouver d'agréable à travailler dans un endroit pareil. Un café bien tenu, une belle brasserie avec nappes et serviettes, une guinguette, à la rigueur, elle y aurait eu évidemment sa place mais pas ici, pas dans ce bastringue pour ivrognes.

Il la regarda en faisant mine de maintenir d'une main son chapeau au-dessus de sa tête. L'éducation, toujours l'éducation, lui interdisait de détailler un inconnu, surtout une femme. Ne pas déranger, ne pas prêter le flanc à la critique ou à la suspicion, ne pas laisser imaginer. Là-bas, chez les frères, les bonnes manières lui avaient été enseignées chaque matin avant les cours. Une façon de faire, une manière de voir le monde. Au bout du compte, il fallait bien en convenir, l'enseignement laissait des traces et creusait des sillons.

La jeune femme était immobile, les mains en boule sous le menton pour tenter de les garder au chaud. De temps à autre, elle soufflait dans ses doigts serrés comme l'aurait fait un joueur d'harmonica. C'était discret. Seule une bouffée de vapeur s'échappait de sa bouche. Sur son dos, un manteau élimé, aux pieds, des bottes défraîchies, pour tenir ses cheveux, des peignes de fausse écaille. Elle était belle en dépit de cette mise un peu débraillée. Une beauté aux aguets, une beauté qui se cachait. Lui savait lire l'équilibre d'un visage, l'œil qui sourit, des lèvres timides, une façon de relever la tête et de défier le monde. Une façon d'être femme en somme, tout en laissant croire au peu d'intérêt porté aux hommes.

Comme la pluie s'était remise à tomber, la jeune femme se fit rassurante.

— Ça ne va pas tarder à ouvrir.

— Tout dépend si le nouveau patron regarde sa montre ou se fie au clocher.

Elle leva des yeux étonnés :

— Ce n'est pas la même heure pour tout le monde ici ?

— Non… chacun la sienne.

— Comment vous vous y retrouvez ?
— L'habitude. C'est l'habitude qui nous sert d'horloge. Pas d'horaires, pas de car à prendre, pas de rendez-vous ni d'obligations. Pourquoi voulez-vous qu'on ait une montre ou une horloge dans ces conditions ? Quand on veut voir le maire, on pousse sa porte. Quand on va chez le médecin, on s'assoit et on attend... Tout est comme ça ici.
Elle s'en étonna :
— C'est pas ordinaire...
— Comme vous dites, mais c'est notre façon de faire.
Elle n'eut pas le temps d'en dire davantage. Le cliquetis du bec-de-cane se fit entendre, la porte s'ouvrit. Elle entra. Henry Payen d'Orville suivit en manœuvrant comme il le pouvait son fauteuil roulant. Ses pneus de caoutchouc chuintaient à chaque changement de direction. S'en apercevant, la jeune femme revint sur ses pas et l'aida.
— Ah, t'es déjà là, toi ? s'étonna Francky qui fit les présentations : Lili, ma femme.
— On n'est pas mariés, rectifia-t-elle.
— C'est tout comme. Si un bout de papier a plus d'importance que les sentiments maintenant...
— Et puis je ne m'appelle pas Lili, c'est un surnom ça.
— Un diminutif, rectifia Francky, jobart, triomphant, un surnom c'est autre chose ! Au fond, qu'est-ce ça change, hein, dis-moi donc, ça change quoi ?
— Ça change que mon vrai prénom c'est Élisabeth, voilà tout.

Francky passa son torchon sous le lacet de son tablier et retourna derrière le comptoir pour finir de ranger ses bouteilles. Toutes avaient été remontées de la cave pendant la coupure de midi. Il s'était lancé dans un inventaire : les poussiéreuses d'un côté, les plus récentes de l'autre. Un inventaire à sa manière, vous pensez bien. De temps à autre, d'une bonne bouteille il en ferait trois en la coupant avec du tout-venant. Seul au comptoir, la veille, il avait déjà testé la combine. Il suffisait d'ouvrir les bouteilles dos aux clients et le tour était joué. De toute manière, à l'heure où les aiguilles des horloges ne tournent plus, qu'est-ce que les habitués pourraient y voir ?

— Tiens… viens donc me donner un coup de main, ordonna-t-il à Lili.

Elle ne répondit pas et le rejoignit derrière le comptoir. Au passage, elle suspendit son manteau, en espérant le faire sécher à la patère avant le soir. C'était une plaque émaillée à trois crochets vantant les sirops de fruits Dolin, une référence dans la région. Un comble pour un bistrot où seule la vinasse avait toujours coulé à flots.

L'un et l'autre se mirent à fourgonner dans les bouteilles, un entonnoir en zinc à la main. Ils faisaient comme si Monsieur Henry n'était pas là, ne pensant même pas à lui demander ce qu'il voulait boire.

Lui s'en moquait. Ce qui l'occupait, c'était d'accumuler des détails sans importance au cours de la journée pour pouvoir les recoudre entre eux, une fois rentré chez lui. Il inventait de la sorte des univers et les personnages qui allaient avec, des pays, des contrées, des continents. Rien n'était trop grand. Jamais il ne s'endormait sans s'être repassé le déroulé des choses. Le plus souvent, c'étaient des faits ordinaires mais parfois un détail détonnait, une remarque n'était pas sa place. C'était cela qui lui plaisait le plus à Monsieur Henry, repérer ce qui perturbait le cours de l'existence.

Pour le service, il avait le tour de main le nouveau patron, le geste sûr. Là-dessus, rien à redire. C'était ailleurs que ça clochait. Pour savoir où était le problème, il allait falloir attendre, le laisser s'installer dans ses meubles et dégrafer les boutons de sa vie. « Ça prendra le temps qu'il faut », songea Henry. Parce que cette histoire de café vendu à la sauvette, sans prévenir, sans rien annoncer, vu la tête de l'ancien patron, entre calvaire et repentance, on ne pouvait que suspecter quelque chose de louche là-dessous.

— Voilà, une bonne chose de faite, non ? annonça Francky en rabattant ses manches de chemise.

Blanche, la chemise, évidemment.

Silence.

— Tu trouves pas ?

L'Artiste le regarda et lui adressa un coup de menton, énigmatique. Cela faisait partie de son jeu, comme de dire un mot à la place d'un autre.

— Hein ?

— J'ai rien dit.

Curieux, même le silence le dérangeait, le nouveau patron. Henry Payen d'Orville était suspicieux par principe et par ennui, peut-être aussi un peu par curiosité intellectuelle. Suspecter quoi au juste ? Un passé judiciaire pas très clair, une faillite frauduleuse, un départ à la cloche de bois, un abandon de famille, une désertion de la Légion étrangère… Une vie cachée, en somme, qui expliquerait pourquoi Francky était venu s'installer ici, dans un fond de vallée où les touristes ne demandent rien d'autre que de bien vivre leur semaine de vacances. « Ça s'tient », analysait Monsieur Henry, les mains posées à plat sur ses cuisses en attendant que l'on veuille bien s'occuper de lui.

— Tu bois quoi ? demanda subitement le patron.

— Comme toi…

— Du rouge, un ballon, ça t'va ?

— Tout m'va. Quand on sait d'où j'reviens, on ne fait pas la fine bouche.

— Ah, fit l'autre la tête penchée, visiblement plus soucieux de ne pas laisser une goutte passer par-dessus bord que du passé de son client.

Cela peut aussi se comprendre : même quand on n'est pas du métier, les dégueulures de vin sur un verre, surtout du rouge, ce n'est pas très engageant. Cela fait penser à de la tripaille exposée lors du partage entre chasseurs.

Lili, en revanche, paraissait plus attentive. Attentionnée, le mot aurait été excessif, mais attentive, on peut dire les choses ainsi. Plus tard évidemment, plus tard les mots s'habilleraient d'autres sens et les sous-entendus voleraient en éclats. Mais on n'en était pas là. À sa manière, elle se montra zélée en apportant le verre sur un plateau couleur lie-de-vin. Elle le déposa avec précaution en passant ses doigts fins sous le corps ventru du verre. Elle souhaita même un bel après-midi. Ou quelque chose d'aimable dans le genre.

Ensuite arrivèrent les autres, bruyants comme une volée de moineaux. Tous voulaient être au chaud en premier. Tous avaient soif. Tous cherchaient à se défaire au plus vite de leurs frusques mouillées. Il faut dire que certains venaient de loin.

Le Juge faisait deux bons kilomètres à pied, quatre fois par jour, sans chapeau, ni parapluie, cheveux au vent et mains dans les poches. Son bras gauche ne lui fichait jamais la paix. De mois en mois, il tremblait un peu plus, au point qu'il le glissait parfois sous sa ceinture pour avoir la paix. Jamais personne ne l'avait entendu se plaindre de la distance ni de quoi que ce fût. Il marchait en pensant à autre chose parce qu'il est dans la nature des montagnards de ne pas se plaindre et de garder leur misère pour eux. Son pas était mesuré et lent, il marchait sans regarder où son pied allait se poser. C'est la marque de ceux qui savent marcher et ne font pas toute une histoire de devoir prendre la route.

Jacques Balmat, le vainqueur du mont Blanc, était de ceux-là. Avec l'argent reçu du Genevois Bénédict de Saussure en récompense de sa victoire au mont Blanc, Balmat s'était acheté quelques arpents de belles vignes du côté de Martigny dans le Valais. Il n'était pas rare qu'il fasse l'aller-retour à Vallorcine dans la journée pour le seul plaisir d'admirer ses vignes. Quelques dizaines de kilomètres et un col à franchir ce n'était pas rien, surtout à soixante-dix ans.

À peine entrés, les petits vieux accrochèrent leurs vieilles frusques sur les patères. Des fers à cheval faisaient très bien l'affaire et promettaient de surcroît du bonheur à qui voulait bien les caresser de la main.

Une fois réchauffés, les petits vieux se mirent à se quereller. Ce n'était pas de la chicane, juste une façon d'être un peu bruyants, histoire de faire encore pétiller la vie.

— Oh là, un peu d'calme là-dedans, exigea Francky.

Ce fut peine perdue. Personne ne l'entendit. Les vagues sonores continuèrent à déferler. Ils étaient heureux de se retrouver, les petits vieux, bien que s'étant vus deux heures plus tôt.

— Bon Dieu, c'est la foire d'empoigne là-d'dans !

Ça l'était. Le nouveau propriétaire des lieux sortit un seau à glace de sous le bac à plonge et se mit à cogner dessus avec une spatule en bois pour ramener le silence. Les petits vieux crurent à une fête et enchaînèrent en tapant dans leurs mains, d'autres en battant la mesure sur le comptoir en zinc. Même Payen d'Orville s'y mit, entonnant le *Chant des Allobroges*, une feuille de journal roulée en cornet devant la bouche. Un grand moment comme ils savaient encore en vivre quand l'occasion se présentait.

Dans son coin, Lili souriait des yeux, se mordillant les lèvres pour ne pas rire vraiment. Une appréhension, une peur… Personne n'aurait su dire. Elle participait en silence et appréciait en conscience mais ne voulait pas le laisser voir. Dans la lumière grise de la salle, Monsieur Henry la dévisageait. Des pommettes hautes, des frisons châtains qui retombaient en franges sur le front, des cheveux relevés en chignon et des yeux… Des yeux pleins de lumière, grands, très grands, dérangeants à force d'être grands, des yeux qui ressemblaient à des lacs aux eaux profondes.

Elle tourna gauchement la tête vers Monsieur Henry. Leurs regards se croisèrent. Rien, presque rien, un éphémère instant. Dans ce regard, il y avait pourtant bien plus que l'échange de deux sensations. Un besoin commun de voir ailleurs, de dessiner un horizon, d'aller vers des sommets où les neiges restent intactes et les printemps ne sont jamais pluvieux, c'était cela qu'il y avait dans leurs yeux.

L'un comme l'autre étouffaient : elle, en raison du carcan de la vie dans lequel elle s'était laissé prendre, lui parce que son corps lui échappait malgré tous ses efforts. Il aurait suffi de presque rien pourtant, un geste, une amorce de sourire, une complicité pour que s'entrouvre la porte. Ni l'un ni l'autre ne s'y risqua pourtant. Trop tôt ou déjà trop tard ?

Ils se laissèrent happer par ce vacarme dans lequel les petits vieux retrouvaient goût à la vie. De toute manière, eux, il ne fallait pas grand-chose pour les mettre en joie. Une partie de cartes âprement disputée, un ragot inédit à colporter, une tournée de vin nouveau... Tout leur plaisait dès lors que cela pouvait chambouler la monotonie des jours.

Les petits vieux avaient ainsi le sentiment de ne plus être les mêmes une fois installés au comptoir, debout, le coude en appui et le poing sur la hanche ou assis sur un tabouret haut. Ils se sentaient comédiens, acteurs ou saltimbanques d'une pièce rejouée chaque jour. Malheureusement, tout cela n'était qu'illusion.

Francky, lui, ne voyait pas les choses de la même manière. La foire avait assez duré.

Du plat de la main, il envoya deux grandes claques sur le comptoir. Puis cogna à coups de bouteille en tenant celle-ci par le goulot. Ça fait du bruit une bouteille, ça résonne fort, pourtant les petits vieux n'en furent pas dérangés pour autant et continuèrent leur vacarme et leurs plaisanteries.

— Vous allez la boucler, oui...

Il s'énervait, le demi-sel, et se mit même à menacer.

— J'vais en foutre un ou deux dehors, le cul dans le caniveau, ça va vous calmer, vous allez voir.

Les habitués auraient dû en rester là. Baisser d'un ton ou faire semblant, s'interrompre ou calmer leur joie. Seulement, allez mettre un bouchon sur une bouteille en train de déborder. Et puis, au fond, ils avaient aussi un peu dans l'idée de tester le nouveau bistrotier. Alors ils poursuivirent leur chambard, ne voyant pas ce qu'il y avait de mal à cela. Ce fut leur tort, leur unique erreur.

L'autre finit par s'énerver pour de bon. Ne réussissant pas à se faire entendre, il jaillit de derrière son comptoir, la bouche tordue, les cheveux en bourrelet derrière les oreilles.

— Allez oust, va te rafraîchir, hurla-t-il en empoignant le Didi par le devant de sa veste avant d'ouvrir la porte d'une main et de le jeter dehors comme un sac crevé.

Encore solide sur ses jambes, malgré la bourrade qu'il venait de recevoir, Adrien Cervoz chancela brièvement avant de fléchir des genoux. Pour tenter de se rattraper, il se mit à mouliner des bras. Mais à quoi peut-on se rattraper quand on est en pleine rue ? Emporté par son élan, il se plia un peu, cherchant des mains à quoi s'agripper. Tous le virent tourner la tête pour éviter de taper le bord du trottoir avant de s'affaler dans le caniveau, la joue dans l'eau grisâtre.

Les petits vieux se figèrent ; ils n'en revenaient pas. En cinquante ans de beuveries, jamais ils n'avaient assisté à cela, ni ici, ni ailleurs. Tous les bistrots ne se valent pas question boisson ou accueil, mais foutre un client dehors sans ménagement, c'était inédit. Interdit par le code d'honneur du parfait buveur.

— Nom de Dieu, réussit à articuler la Banquise, j'vais lui régler son compte à c'blanc-bec.

Il fonça sur Francky réfugié derrière son comptoir. En deux enjambées, il était sur lui mais sans pouvoir tirer le loquet de la guillotine, sorte de rabat ménagé dans le comptoir pour passer derrière. Son ventre et ses fesses coinçaient. D'où il était, il apostropha le patron sans le lâcher des yeux.

— Tu tapes les vieux maintenant ?

— Mais non, mais non… C'est une…

— Sors d'là, que j't'caresse les côtes, tu vas voir comment j'm'y prends, moi.

Ces mots n'étaient pas lancés à la légère, ce n'était pas son style à la Banquise. Son couteau était ouvert dans sa poche, virole bloquée. L'Opinel est un cran d'arrêt qui ne dit pas son nom. Qui n'en a jamais eu ne peut savoir. Assurément un beau couteau et une lame à ne pas mettre entre toutes les mains.

— Allez, sors de là, qu'on s'explique entre hommes, hurla la Banquise qui avait retrouvé ses vingt ans et son temps d'avant la poésie.

Ancien docker dans plusieurs ports d'Europe, ancien terre-neuvas, chargé de casser la glace sur les morutiers du côté de Saint-Pierre et Miquelon d'où son surnom, il savait se battre et connaissait le goût du sang.

— Allez, viens, provoqua-t-il en se frappant la poitrine.

Une masse de cent trente kilos sanglée dans une chemise qui le boudinait et un pantalon dont le fond ne lui cachait jamais complètement les reins parce qu'il lui était impossible de le remonter plus haut que le nombril.

— C'est un mauvais geste… plaida Francky, je ne voulais pas lui faire de mal.

— Je m'en fous, viens ici.

Dehors, ils étaient plusieurs autour d'Adrien Cervoz à vouloir l'aider à se relever. Même Lili était sortie, elle était agenouillée auprès du blessé qui reprenait peu à peu ses esprits. Celui-ci fut remis sur pied. Il fit quelque pas. Il n'avait rien de cassé. À son âge pourtant, les os n'étaient plus ce qu'ils étaient. Un rien suffisait à les briser. Il sourit comme si de rien n'était :

— Quel vol plané, hein ! plaisanta-t-il.

On l'aurait cru en train de commenter la mésaventure d'un autre. C'est toujours comme cela, les vieux, ils s'excusent tout le temps parce qu'ils ne veulent créer d'ennuis à personne et espèrent encore se faire aimer… pour un jour ou pour un an.

À trois, ils le firent asseoir sur une chaise à l'entrée du café, à côté de Monsieur Henry. Lili avait déplié un torchon propre, effiloché mais propre, et lui tamponnait le haut du crâne et l'arcade sourcilière avec la légèreté d'un duvet d'oiseau sur une joue d'enfant. Elle avait de jolis doigts, Lili, entre ceux d'une couturière et ceux d'une violoniste. Il ne savait pas pourquoi il pensait à cela, Monsieur Henry, il aurait eu du mal à dire en quoi se distinguaient les doigts d'une violoniste, sa femme jouait du piano, sa mère du violoncelle. Cela lui était venu par hasard en la regardant agenouillée auprès d'Adrien Cervoz. Pour un peu, il se serait dit qu'il avait finalement bien de la chance que l'on s'occupe ainsi de lui, l'ancien employé des compteurs électriques.

Quand elle enleva le torchon, il était rouge. Ses doigts aussi et sa paume poisseuse. Un beau rouge de coquelicot qui laissait la vie s'écouler dans la lumière grise d'un café désormais bien mal tenu.

— Bon Dieu, ça pisse le sang, s'inquiéta le Juge.

Tous vinrent regarder, se pencher, commentant d'un mot comme des parents au lit de leur enfant. Même la Banquise réussit à se frayer un passage. Restait Francky, toujours derrière son comptoir, qui ne participait à rien et marmonnait en sourdine. Il n'avait pas le regard très sûr, ses yeux étaient bas et son teint vert.

La Banquise regardait les choses de loin ; lui, les coups, les blessures, les contusions, il connaissait. Des bagarres, il en avait vu des centaines dans les bouges, sur les quais ou dans les soutes. C'était là que se réglaient les différends entre matelots sur les chalutiers, à l'abri des regards et dans le ronflement des moteurs et les odeurs d'huile des machines.

— C'est l'arcade… ça pisse, mais c'est rien.

— Tu crois ?

— Sûr, ça saigne un bon coup et après ça s'oublie. Faut juste couper le sang.

Là, il s'arrêta et chercha des yeux, faisant deux fois le tour de la pièce.

— Elle est où, la p'tite ?

Tous se regardèrent, il n'y avait pas de petite ici. Il faut préciser qu'il n'y avait jamais eu de femme dans ce café. C'était tellement ancien que personne ne se souvenait si cela venait d'une décision, d'un vote, d'un pari ou du hasard.

— C'est de moi que vous parlez ? demanda Lili d'une voix un peu flûtée, pas très assurée sur ses mots.

— Oui.

Elle avait peur. Francky allait rester planquer derrière son comptoir comme toujours, elle le savait – il avait déjà agi ainsi –, attendant que ça se calme pour essayer d'arranger les choses. Elle tremblait à l'intérieur, surtout quand la Banquise s'approcha d'elle, craignant que cela ne se voie.

— Vous avez une épingle à linge ? demanda le colosse avec le naturel de celui qui s'apprête à dépouiller un gibier.

— Oui... enfin je crois, derrière, sur un fil à linge dans la cour.

— Allez m'en chercher une, s'il vous plaît.

Lili respira. Elle ne savait pas encore à quoi allait servir l'épingle à linge mais, au moins, il n'y aurait ni médecin, ni police. Parce que, une fois encore, elle risquait de devoir s'expliquer. Et en général, ses explications passaient mal auprès des képis et des uniformes.

— Voilà, dit-elle en tendant l'épingle à linge à la Banquise.

— Merci, vous êtes plus aimable que l'autre Tartuffe.

Il ne savait pas pourquoi il avait dit Tartuffe. Peut-être avait-il pensé à tartiffle, le mot savoyard pour désigner les pommes de terre. Ou bien c'était l'émotion. Parce que Tartuffe est un mot que la Banquise n'avait jamais utilisé, il ne le connaissait même pas. Ça se produit parfois sous le coup de l'égarement de prendre un mot pour un autre, ce devait être ça la vraie raison, l'égarement.

Pendant qu'il pensait aux tartiffles, la Banquise démonta l'épingle à linge avec les dents, fit sauter le ressort, le détendit et entreprit de le tordre entre ses molaires. Pour le bois, il le coupa tout simplement avec les canines, pour aller plus vite. Prudent, il ne voulait pas sortir son Opinel ; il avait déjà eu des ennuis avec son couteau dans des bagarres, alors il le gardait bien au fond de sa poche. Le long de sa cuisse, il sentait la lame monter et redescendre quand il se déplaçait. En un dixième de seconde, il l'aurait en main si des fois ça tournait mal avec le bistrotier.

Lili était revenue au chevet d'Adrien Cervoz. Chaque fois qu'elle s'approchait de lui, avant de s'accroupir, elle frôlait le bras ou la main de Monsieur Henry. Il n'en était pas certain mais au trouble ressenti, il avait l'impression qu'il se passait quelque chose. Ou bien ça venait de lui : à la vue du sang étaient remontés les souvenirs de son accident et les émotions qui allaient avec. Il aurait préféré la première hypothèse, mais la vie n'accorde que ce qu'elle veut donner.

Quand la Banquise en eut fini de son bricolage, il regarda son épingle à linge et évalua la bonne longueur par rapport à l'arcade d'Adrien Cervoz.

— On va t'mettre ça, prévint-il.

— Quoi ? Où ça ?

— Sur l'arcade, pardi, faut arrêter le sang, sinon tu vas te vider comme un lapin à qui on a arraché l'œil.

Il ne faisait pas dans la métaphore poétique, la Banquise, les à-côtés l'encombraient, il allait à l'essentiel. Il y avait un temps pour chaque chose. Quand il écrivait des vers, il était tout en dentelle et en nuages blancs. Dans l'action, son instinct ressurgissait, il aurait étripé un homme à la vitesse où il vidait jadis une morue.

Un jour, un gars de rencontre lui avait raconté la vie de Rimbaud, d'abord le jeune adolescent rebelle et prodigieux poète et ensuite il en était venu à sa vie d'aventurier et de marchand d'armes. La Banquise avait écouté religieusement puis réfléchi, les yeux ailleurs, vers l'Abyssinie et Zanzibar, avant de lâcher d'une voix grave à faire pleurer les saints d'église :

— Si ça s'trouve, il s'est réincarné en moi, Rimbaud.

Adrien Cervoz commença à s'agiter. La soif le tenaillait. Pas la soif d'eau évidemment, mais la grande soif, celle qui s'empare du corps et le fissure de partout. Parfois elle se faufilait dans son crâne, et se mettait à lui tordre l'âme comme on essore une serpillère. C'était dans ces moments-là qu'il pleurait, sur sa vie qu'il n'avait pas vue passer, sur ses rencontres ratées, sur ses rêves effacés et ses mots ravalés. Il avait vécu, bien sûr, mais au ralenti, en sourdine, caché dans son coin pour ne pas déranger.

Il avait soif, bon Dieu, mais n'osait pas demander. Déjà qu'il embêtait tout le monde avec sa blessure au front, il n'allait pas en plus quémander du pinard. Pourtant, ça lui aurait rudement bien dit de vider un verre sans respirer, la tête en arrière et le gosier brusquement mouillé comme une pierre à affûter. Il y pensait, en avait une furieuse envie, mais ne demanderait rien. Parce qu'il avait toujours agi ainsi, Cervoz : se taire et accepter, abandonner aux autres la meilleure part, se faire gruger sans jamais réclamer. Après tout il s'en foutait, il avait la paix au moins. Il allait même continuer à s'excuser d'être tombé, de ne pas avoir été à la hauteur d'une pauvre petite bourrade de rien. Pour un peu, il se convaincrait d'être responsable de ce qui lui arrivait.

— Tu crois que c'est nécessaire ? s'inquiéta-t-il, brusquement recroquevillé sur sa peur.

— Quoi donc ?

— Ton épingle à linge...

— Bien sûr qu'j'crois. Pendant les combats de boxe clandestins, dans les ports, on faisait comme ça : une plaque d'argent glacée pendant la bagarre et après l'épingle à linge.

Qu'est-ce qui était vrai ou ne l'était pas dans tous ces racontars ? Personne ne le savait. Mais comme la Banquise avait l'air de connaître la musique, on lui laissa l'archet. En se tenant à la table puis aux chaises, il réussit à s'accroupir :

— La p'tite, elle est où ?

— Je suis là.

— Tiens-toi de l'autre côté et tiens-lui la tête serrée.

Il n'en menait pas large, le père Cervoz, mais il y avait la gamine avec ses doigts frais et son sourire d'ange gardien. Alors il ne dit rien. Il se laissa faire. Il n'en revint d'ailleurs pas quand la Banquise annonça :

— Voilà, c'est bon.

On l'aida à se relever pour l'installer sur une autre chaise au chaud, pas loin du poêle où dansaient des flammes bleues du chauffage au gaz. La Banquise aussi s'était relevé. Difficilement. Il s'approcha du comptoir et abattit sa main à plat sur le bois comme pour attendrir une pièce de viande. Ça éclaboussa le silence et impressionna tout le monde.

— Du pinard et du bon... t'as ça dans ton fourbi ?

Et il ajouta :

— Une bouteille pour lui, dit-il en désignant Cervoz d'un coup de menton, une pour moi et trois pour nos amis. Et on paye pas, tu t'en doutes.

Il s'avança de deux pas, menaçant, la lèvre supérieure retroussée sur des gencives aux dents argentées :

— Hein ? lança-t-il en faisant mine d'interroger le serveur d'opérette, lequel n'avait toujours pas quitté son refuge. Il s'était reculé du comptoir le plus possible, au point de sentir dans son dos le cul des bouteilles et le tiroir où il vidait le marc de café. Faire plus, ce n'était pas possible, alors il marmonna quelque chose, le blanc-bec.

— Répète, lui ordonna la Banquise.

— J'ai rien dit…

— Eh ben t'as eu raison… Allez, fonce à la cave. Nous, quand on a soif, l'attente nous rend nerveux.

Francky remonta les marches de la cave, trois bouteilles dans chaque main, les goulots coincés entre les doigts comme dans une vieille publicité des années cinquante. Il jouait gros, il le savait. Maintenant, il allait falloir reconquérir tout de suite cette bande d'habitués parce que demain il serait peut-être trop tard et eux, installés dans un autre bistroquet. Alors il sortit le grand jeu :

— J'en ai remonté six, trois autres attendent sur les marches du bas.

— Sers donc au lieu de raconter ta vie, ordonna la Banquise.

Raté pour cette fois. Francky s'exécuta en avalant sa salive devenue aigre. Il n'avait pas le choix. C'est là que lui vint une idée, risquée, mais au point où il en était, il pouvait tout oser.

— Les gars, faut qu'j'm'excuse.

— Sers, bon Dieu, intima la Banquise, mimant du pouce le geste de remplir les verres, des fois que l'autre n'ait pas tout compris.

Pour perturber le bistrotier, il en aurait fallu plus. Il poursuivit :

— Faut que j'm'excuse… Mais c'est à cause du bruit, j'supporte pas l'bruit. C'est plus fort que moi, j'peux pas. Ça m'fait bourdonner les oreilles et le crâne aussi, tout se met à vibrer là-dedans quand y a trop de bruit…

Et il montra, les deux index sur ses oreilles.

Les autres n'écoutaient pas, ils buvaient. Et comme ils ne pouvaient mener deux choses en même temps, ils en restaient à ce qu'ils savaient le mieux faire.

Quand les premières bouteilles vides rejoignirent le casier en ferraille, les hommes se détendirent. Méfiants, ils l'étaient encore, on peut les comprendre. Néanmoins, les plaisanteries revenaient, timides et respectueuses, comme celles d'un début de soirée. Après, il serait temps de se rattraper si tant est qu'on les y autorise.

Francky n'en démordait pas, il voulait parler de ses maux de tête qu'il appelait des acouphènes ou un nom dans ce genre-là.

— Regardez, dit-il, j'me suis mis des tortillons de papier dans les oreilles. Du coup, j'entends moins bien et là, j'peux supporter. Vous m'suivez ?

Sa technique consistait à prendre les autres à témoin. Une roublardise de camelot efficace et sans risque. Il fallait juste convaincre les premiers badauds, ensuite les autres leur emboîtaient le pas et sortaient leur porte-monnaie, persuadés d'être les chanceux du jour. Il savait s'y prendre, il pratiquait depuis tant d'années.

Les hommes le regardèrent, entre stupeur et étonnement. À leur âge et avec la vie pleine d'accrocs qu'ils avaient traversée, plus grand-chose ne les surprenait. Mais tout de même, se donner en spectacle de la sorte était inhabituel par ici.

En montagne, on supporte, on se tait, on serre les poings, on souffre et quand on pleure, c'est dans l'épaisseur de son oreiller, à l'abri des regards, fussent-ils ceux d'une épouse ou d'un fils. On a sa fierté. Cela se voit à la manière dont marchent les gens de l'Alpe : le corps droit, le buste rentré, avec des pas mesurés comme si un balancier indiquait le rythme. C'est beau. Tout simplement beau quand les vieux marchent, tout de noir vêtus, le long des chemins. Seulement, les vieux s'en sont allés et les chemins ont disparu sous les couches de goudron.

Qu'un homme montre ainsi ses faiblesses les déconcertait. Certains plongèrent le regard au fond de leur verre, gênés. Ils avaient bien assez comme ça à s'occuper d'eux-mêmes. D'autres, les plus nombreux, compatirent. Lili semblait ennuyée, elle aussi. Elle écoutait. Levait les yeux de temps à autre, gênée, fuyante, un peu inquiète, semblait-il, de ce que racontait Francky. Elle le regardait pourtant avec une sorte de patience dans les yeux. À moins que ce ne fût de la résignation.

Il est difficile de trouver les mots justes quand on parle de sentiments, on croit avoir trouvé celui qui convient le mieux et, au détour d'une phrase, on s'aperçoit que ce n'est pas le bon. Ça serait comme mettre une houppelande au plus fort de l'été. Eh bien, c'était cela l'état d'esprit de Lili à cet instant. Elle était partagée, ne sachant pas quoi penser. Debout, appuyée de la hanche contre l'accoudoir du fauteuil roulant, elle détaillait tout : les regards, les gestes, les mains… surtout les mains. En parlant, une main en dit beaucoup plus que les mots, surtout quand il s'agit de secrets que l'on voudrait cacher.

Quand les bouteilles vides, qu'ils appelaient cadavres, commencèrent à s'entasser au bout du comptoir, Francky apporta des chaises. Cela relevait de l'urgence pour les petits vieux, il fallait qu'ils retrouvent leurs esprits avant de penser à rentrer chez eux. La tête penchée sur l'épaule pour se reposer, ils ressemblaient à ces oiseaux ivres d'avoir trop volé. Une autre ivresse. Un monde plus beau.

Dehors, il pleuvait toujours. De temps à autre, le vent forçait un peu et envoyait deux ou trois grosses gifles mouillées contre la devanture. Malgré la buée de l'intérieur, on pouvait suivre le chemin capricieux de certaines gouttes. Un vrai mystère. Parfois, les plus naufragés des hommes restaient des heures à regarder les gouttes se frayer un passage, hochant la tête sur les réflexions que ce spectacle leur inspirait. Et puis ils s'endormaient, raides comme des gisants, la joue sur le comptoir ou le menton dans les paumes.

4

Le premier pas est quelque chose de mystérieux. C'est une frontière entre le peut-être et le sûrement. Un souffle entre l'avant et l'après. On ne sait pas, on s'interroge, on s'inquiète, on se réjouit, c'est selon. Il n'y a ni méthode ni expérience, c'est chaque fois différent, c'est justement ce qui confère tout son mystère au premier pas.

Voyant la pluie tomber en vrac, Lili demanda à Monsieur Henry :

— Vous habitez loin ?

Ces mots le surprirent. Le regard de Lili était bien droit, prêt à relever tous les défis. Un regard brun, plein de lumière, enfoncé dans des orbites immenses. Avec ses mèches égarées qui lui voilaient par instants le visage, Henry pensa à une grive cachée dans une futaie.

— À quatre ou cinq cents mètres d'ici, en direction du col, montra-t-il de la main.

— Je vais vous raccompagner.

Henry refusa, arguant de son habitude à manœuvrer seul son fauteuil et objectant que la pluie ne le gênait pas, il avait l'habitude.

— Et le parapluie, vous y avez pensé… comment allez-vous faire pour le tenir ?

Elle n'avait pas tort. Les femmes auront toujours ce sens du détail qui renverse les situations. Sans rien dire, elle passa derrière le comptoir, fouilla dessous et en sortit un parapluie aux baleines torses. Dans l'autre main, elle tenait une casquette en tweed de style gavroche. Ensuite, elle aida Henry à se vêtir : une veste enduite genre chasseur, un chapeau de feutre noir piqué d'un edelweiss et une couverture de cocher en cuir, doublée de laine, avec laquelle il se protégeait du buste jusqu'aux pieds.

Avec de l'imagination, il aurait pu se croire dans la carriole de l'ancien médecin. Dans les années vingt, celui-ci avait ouvert son cabinet dans la maison médicale, à l'entrée du jardin botanique, selon la volonté de Marie-Louise Cognacq-Jaÿ. Simple petite chevrière de Samoëns, celle-ci était « montée » à Paris où elle avait créé *La Samaritaine* avec son mari, M. Cognacq. Fortune faite, elle avait décidé, entre autres bontés, d'installer un médecin à demeure dans son village. Un luxe pour l'époque. Toujours est-il que le docteur, portant moustaches impériales et se couvrant d'une pelisse en peau d'ours, faisait ses tournées dans une carriole tirée par deux chiens. Oui, oui des chiens ! De robustes bêtes attelées à la carriole, même par temps de neige. Il n'y avait pas si longtemps, les vieux se souvenaient d'en avoir entendu parler par leurs parents. Une curiosité, une aide précieuse, surtout en ce temps-là.

Il ne leur fallut pas longtemps pour arriver devant une belle demeure bourgeoise à l'allure massive, construite en pierre des Fontaines qui a la particularité de chanter comme un carillon d'église. À cette heure du soir, l'œil s'enfonçait dans la nuit. Les ombres n'existaient pas, les recoins sombres non plus.

— On y est, souffla Henry Payen d'Orville, le visage ruisselant malgré le parapluie.

— C'est immense…

— C'est grand, mes parents aimaient recevoir dans leur jeune temps.

— Et maintenant ?

— Ils vivent à Lyon. L'âge, l'usure de la vie, l'absence de projets, la peur des voyages, eux qui ont pourtant parcouru la moitié du monde à vendre de la soie. Ils relisent leurs souvenirs égrenés au fil des pages de leurs mémoires.

Plus bas dans la vallée, on entendait le Giffre rouler ses eaux d'automne, lourdes et puissantes.

— C'est un tennis, là ? demanda Lili, les yeux fouillant dans le noir.

— Oui.

— Ben dites donc… vous êtes riches.

Elle se reprit :

— Enfin, ils sont riches, vos parents.

Elle avait de grands yeux ouverts sur la nuit. Des yeux qui écartaient les ombres tels des rideaux pour voir ce qui se trouvait derrière. Du moins essayait-elle.

— Bougez pas, je vais vous aider à monter les marches, proposa la jeune femme.

— Laissez, c'est déjà très gentil de votre part.

— Mouillée pour mouillée, allons jusqu'au bout.

Elle se glissa sous le bras d'Henry pour qu'il s'appuie sur son épaule. Ainsi il pouvait s'agripper à la main courante en même temps. Au-dessus d'eux, une lanterne diffusait une lumière poussiéreuse permettant tout juste de repérer le nez des marches. Bien plus qu'un simple jonc de fer, la main courante était une grosse barre torsadée, sur laquelle étaient soudées des feuilles d'acanthe en métal martelé. Un bel effet annonçant une demeure cossue et un intérieur recherché.

Une fois en haut des marches, Henry s'arrêta, accroché à la main courante comme naguère il l'était aux parois des montagnes. Cela lui déplaisait d'être ainsi diminué. Le vin mélangé à l'alcool fort n'arrangeait rien. Lui qui autrefois ne buvait que quelques coupes lors des cocktails eut honte de ce qu'il était en train de devenir. Lili apporta son fauteuil, en le tirant à elle marche après marche. Cela aussi pinça son orgueil. En s'asseyant dedans, il sentit la main de la jeune femme le soutenir dans le dos puis effleurer son cou. Plus tard, il s'en souviendrait : ce ne pouvait être par hasard. Une main qui s'attarde, hésite et insiste ne le fait jamais au hasard.

Elle tourna la clef dans la serrure et poussa le fauteuil ; ils entrèrent dans le hall. Si elle avait osé, Lili aurait sifflé d'admiration. Sans éducation, elle savait d'instinct ce qu'il convenait de faire ou non. C'est pourquoi elle se retint mais l'envie y était. À trente ans passés, elle était persuadée de n'avoir jamais mis les pieds dans un tel lieu. Plafond en dôme, dallage au sol, tapis Gabbeh ou de Kairouan, toiles aux murs, bibelots sur les consoles aux jambes arquées, des œuvres qui cotaient certainement dans les salles des ventes de la place Bellecour ou de l'avenue Auguste-Blanqui, le quartier des antiquaires lyonnais.

Le vestibule passé, ils entrèrent dans une salle à manger avec un coin salon ouvrant sur l'extérieur. Plus tard, Lili découvrirait qu'il s'agissait d'une serre, soutenue par cinq colonnes de pierre, offrant une vue magnifique sur toute la vallée. Pour l'heure, elle ne voyait que les toits du village et les lumières disséminées des habitations comme si le vent avait fauché les étoiles et les avait laissées sur place.

— C'est là que vous vivez ?

Elle ne savait pas envelopper ses phrases, ni prononcer les mots en usage dans une certaine société. Elle parlait à tout le monde de la même manière, évitant mots rudes et grossièretés.

— Oui… répondit évasivement Henry.

En fait, il cherchait à parler d'autre chose. Un sujet qui ne le ramènerait pas à cette maison. Non pas qu'il ne l'appréciât pas ou en eût honte. Le problème venait du fait que cette maison n'était pas la sienne. Elle ne traduisait pas une réussite personnelle. Alors devoir commenter le bien d'un autre, fût-ce celui de ses parents, lui déplaisait. Cela faisait des années que durait ce mal-être.

Avec les parents de sa femme, tous deux également issus de la haute société lyonnaise, des banquiers en l'espèce, les choses n'étaient guère mieux.

Durant son adolescence, Henry Payen d'Orville aurait aimé venir vivre ici, peindre, dessiner, s'enivrer de liberté et de créations. Peindre à perdre haleine, le jour, la nuit si nécessaire, le dimanche si bon lui semblait, même les jours de fête quand il y avait urgence et que son esprit débordait. Fébrilement, il cherchait alors un bloc de papier, saisissait un crayon et se mettait à tracer, délimiter, hachurer, noircir, ombrer… On ne le dira jamais assez, créer est un acte de désespérance. Alors si en plus, il faut se soumettre à des horaires, à des conventions et à des habitudes, autant tout arrêter. C'est que l'art aura été sacrifié à d'autres contingences dont Henry ne voulait pas entendre parler.

— Je vous ennuie avec mes questions ? demanda Lili.

— Pas du tout.

— Alors pourquoi vous ne me répondez pas ?

— Excusez-moi, j'étais ailleurs. Que m'avez-vous demandé ?

— Pour manger, comment vous vous y prenez ?

Il eut envie de lui expliquer que l'on disait déjeuner pour le midi et dîner pour le soir, voire souper lorsqu'il était tard, mais s'en abstint.

— C'est une vieille dame, une voisine, qui me prépare des plats pour plusieurs jours, je les mets à réchauffer.

— Ah, fit Lili, un peu déçue, lui sembla-t-il.

Très vite, elle se ressaisit.

— Vous voulez que je mette à réchauffer ?

C'était demandé avec tant de candeur, du moins rien n'empêchait de le croire, qu'Henry accepta. Et puis Lili était belle, de visage, de corps et peut-être aussi de l'âme. Cela ne se voyait pas. Il fallait seulement parier sur une beauté invisible en imaginant des mots bleus que tout le monde a envie d'entendre et de prononcer. Des mots qui parfois devaient virer au noir à en croire les cernes sous ses yeux.

— Je veux bien… répondit-il, mais acceptez de partager ce repas avec moi.

Henry s'efforçait de garder un ton neutre. Des phrases et des mots sans chaleur, sans relief, une façon d'être courtois comme on le lui avait appris durant ses jeunes années. Ne jamais se dévoiler : une prudence érigée en principe.

« Vivre, revendiquait-il pourtant, s'enivrer par tous les sens, faire exploser les carcans pour accéder à la liberté suprême, celle d'être soi, seulement soi sans se soucier de l'opinion des autres, c'est à ce prix que l'esprit créatif donne sa pleine mesure. » Des mots, tout cela. Des envolées de mots comme des papillons échappés d'entre les pages d'un livre.

Pourquoi Henry agissait-il ainsi ? Sans doute parce qu'on n'efface pas quinze ans d'éducation chez les bons pères, ni une jeunesse corsetée entre des murs trop hauts pour voir le ciel. Rien ne lui interdisait pourtant un peu de compagnie, surtout à table, surtout par un temps à faire pleurer un saint d'église.

La maison était grande, la plus grande du village, et Henry s'y ennuyait. S'inquiétait aussi, se morfondait. Ses plaies tardaient à cicatriser, les douleurs persistaient, ses idées noircissaient. C'est de là que lui était venue l'envie des après-midi aux *Trois Tilleuls*. Et de beuveries en régalades, il s'était fait poisser par le faux bonheur de l'alcool. Comme tous, il jurait pouvoir s'arrêter quand bon lui semblerait. Depuis longtemps il savait que c'était faux. L'alcool est un ami fidèle entre tous, le plus fidèle puisqu'il accompagne ses proches jusqu'à leur dernière demeure.

Peu à peu, ses nuits grises étaient devenues blanches, le goulot toujours à portée de main, et pas du 11-degrés, des alcools forts, des mélanges, des mirages qui l'éloignaient un peu plus chaque jour de sa réalité. Voilà pourquoi il avait invité Lili à dîner. Pour ne pas être seul. Pour ne pas couler. Pour ne pas pleurer.

Lili accepta de bon cœur. Sa manière de faire était étonnante : elle baissait la tête et regardait par en dessous en levant grand les yeux. En même temps, ses lèvres souriaient à la vie. Était-ce préparé, cette mimique, étudié ou seulement une habitude dont elle n'était pas consciente ?

Elle chercha les plats, trouva d'elle-même les couverts, les assiettes et les verres. Pour boisson, elle apporta un cruchon d'eau. Henry le lorgna sans réagir, sans colère non plus, il avait toute la nuit pour se rattraper.

Au menu, des crozets, sorte de pâtes très courtes, en gratin, et de la tomme. De la céronnée à la croûte grise et poussiéreuse comme si la nuit des temps l'avait enveloppée de ses linges.

En dînant, ils parlèrent avec légèreté, échangeant des phrases sans conséquence, des banalités, une conversation d'entretien comme on le dit d'un feu que l'on alimente de bois de rebut. Lili riait mais demeurait prudente avec les mots. Maladroite aussi dans certaines de ses attitudes. Elle s'attendait à quelque chose et n'avait pas tort. Sans prévenir, Henry Payen d'Orville passa d'un registre à un autre. D'affable, plaisant et posé, il devint brusquement exigeant, rigide et sans élégance :

— Vous voilà donc propriétaire ! Patronne d'un café, ce n'est pas rien à votre âge quand même ?

— Oui... enfin ce n'est pas moi, c'est lui...

— Une petite affaire, mais une clientèle fidèle, c'est une sécurité pour vous. On vous a prévenus au moins : des exigeants, des fouineurs, des râleurs, des sans-gêne. Des gens aimables aussi... il y en a !

— Je sais.

— Vous êtes du métier ?

— Non !

— Votre mari alors, c'est lui qui connaît la musique, avec quelques fausses notes néanmoins, ne put s'empêcher d'ajouter Henry, comme cet après-midi avec le pauvre Didi.

— Non, il n'y connaît rien non plus...

— Eh bien, vous voilà dans de beaux draps! dit Monsieur Henry, surpris de tant de naïveté. Ce n'est pourtant pas rien, vous savez, une affaire de boissons. Lever à six heures, coucher au milieu de la nuit. Un vrai métier de...

Henry sentit que Lili hésitait à parler. Il fit mine de se pencher par-dessus la table comme s'il n'avait pas tout entendu:

— Vous dites? dit-il, l'oreille tournée vers elle.

— J'dis: ce n'est pas mon mari.

— Ah... j'ai dû mal comprendre alors.

— Ça vient de lui... Partout, il me présente comme sa femme, mais c'était mon voisin quand j'habitais chez ma grand-mère. Un jour, j'ai eu besoin d'aide et il est venu. Mais après, il n'a plus jamais été là. Il ne dit jamais où il est, ni ce qu'il fait. Vous croyez que c'est une vie pour une femme de ne jamais rien savoir? Et puis...

— Oui?

— Non, rien...

Lilli leva les yeux. Deux grands lacs aux eaux brunes miroitaient dans le creux de ses orbites. Elle regarda Henry en essayant de lui faire comprendre qu'elle ne pouvait parler qu'à demi-mot, qu'un autre jour peut-être, elle en dirait davantage.

— Plus tard, je vous dirai, réussit-elle à murmurer.

Elle lutta quelques instants, avalant sa salive de plus en plus rapidement et roulant entre ses doigts des boulettes de mie de pain. Sans prévenir, une première vaguelette passa par-dessus bord et roula sur ses joues.

Henry voulut manœuvrer son fauteuil pour venir la réconforter. Elle s'y opposa.

— C'est rien, ça va passer… un coup de fatigue. La dispute de cet après-midi n'a pas arrangé les choses…

L'un et l'autre se regardaient. Elle, les yeux sombres et les lèvres tremblotantes comme si le froid l'avait mise à nu. Lui, tassé dans son fauteuil, immobile et faussement distant, ressentant furieusement l'envie de se lever, de consoler la jeune femme, de lui redonner confiance. Il aurait pu dessiner pour elle des paysages, des animaux, des fleurs des champs ou des enfants, il savait tout faire, il suffisait de le lui demander. Lili ne demanda rien, muette, renfermée sur des débuts de mots qui ne franchiraient pas ses lèvres. Du moins pas ce soir.

Elle se leva, empila les assiettes sales, fit glisser les miettes dans sa main creusée en coque et se mit à la vaisselle.

— Laissez tout cela dans l'évier, quelqu'un passe chaque matin…

Lili resta sourde, le front buté, l'âme en peine. Quand tout fut rangé, la table nettoyée, elle alla chercher son manteau en faux poil de chameau, cette matière remontant aux années soixante. Au moment de l'enfiler, elle réprima un frisson. Il n'avait pas séché depuis leur arrivée, comme en témoignaient les grandes auréoles aux épaules et sur le devant. S'approchant d'Henry, elle lui tendit la main pour le saluer. Sa main était froide et humide :

— Merci, dit-elle seulement.

— De quoi donc ?

— De m'avoir donné un peu de chaleur.

En ajustant la ceinture de son manteau, elle demanda, l'air de rien :

— J'aimerais revenir demain.

— Ne vous donnez pas cette peine, j'ai appris à me débrouiller depuis près d'un an que je suis seul.

— Ça me ferait plaisir de vous aider.

— Dans ce cas, répondit Henry, je vous attendrai vers dix heures. Ça va, dix heures ?

En prononçant ces mots, il se demanda pourquoi il acceptait. Ce n'était ni dans sa façon d'être ni dans ses habitudes de s'ouvrir ainsi aux inconnus. Même s'il n'était pas montagnard, il avait acquis au contact des gens du cru cette réserve, ce besoin de connaître avant de se livrer et de partager.

— Oui, dit-elle, essoufflée ou oppressée, troublée en tout cas.

Il passa une partie de la nuit à réfléchir. Ce n'était quand même pas ordinaire cette façon de faire de la part d'une jeune femme, arrivée la veille. Dehors, la pluie avait cessé. Il le savait au bruit des gouttières qui s'étaient tues comme si l'heure était venue de laisser les hommes dormir. Seul gouttait de temps à autre le grand mélèze dont les branches pleuraient toujours plus longtemps que les autres. C'était sa façon à lui de se faire remarquer. Déjà qu'il était le seul conifère à perdre ses aiguilles en hiver, il fallait aussi qu'il ait des branches plus lourdes. Jadis Henry se chargeait de les élaguer à la scie, debout sur une échelle. Depuis son accident, il avait dû y renoncer, comme à beaucoup d'autres choses.

Comme le sommeil ne venait pas, il chercha à tâtons ses remèdes habituels. Cachés sous le lit, à l'abri des regards. Des bouteilles au corps carré, des alcools ambrés, des bocaux pleins de cerises et de kirsch… Les yeux fermés, il trouvait toujours ce qu'il cherchait. Selon l'heure, selon ses peurs, selon ses douleurs, les alcools différaient.

Quand il commençait à entendre des bruits griffus autour de lui, il savait que les diables étaient là. Rien ne les arrêterait. Ils s'installaient à côté de lui, l'observant, le provoquant, ricanant de leurs dents jaunes. Dans ces instants-là, il aurait bu n'importe quoi pour contenir sa peur. En général, la gentiane, appelée racine, faisait l'affaire. On y recourait pour sauver les bêtes malades. Soixante-dix degrés à la régalade, ça soigne une vache et, accessoirement, ça sauve un être humain. Les premières gorgées rassuraient, on avait l'illusion de redevenir un homme, en se mentant comme jamais. Puis les ombres obscurcissaient la pièce, les diables, immobiles, le guettaient. Il ne fallait pas lâcher prise. Attendre, espérer, ne pas renoncer. C'était cela le manège de ses nuits jusqu'à ce qu'il sombre dans un sommeil de brute.

Cette fois s'y ajoutait le mystère de Lili et du nouveau propriétaire du café. Quand même, on n'achetait pas un bistrot sur un coup de tête, pas plus qu'on ne se lançait dans une affaire sans rien y connaître. Il repensa à son père tapotant du doigt sur le plateau de son bureau : « Diriger une affaire, ça s'apprend et se mérite. Certains n'y parviendront jamais. » Henry se sentait visé et baissait le front pour qu'on ne le voie pas rougir.

Henry se mit à divaguer dans les vapeurs d'alcool comme un marin tirant des bords pour chercher le vent. Il se retrouva au large sans même s'en rendre compte.

À plusieurs reprises durant la nuit, il se réveilla, chagriné à l'idée que Lili puisse le voir tel qu'il apparaîtrait le lendemain : le regard terne, les joues grises, les épaules tombantes, mal fagoté, mal rasé, mal peigné. Bien avant le jour, il se leva.

Avec des cannes à sa taille, il parvenait à se déplacer. C'était lent, hésitant, chaotique, mais au moins il marchait. Il fut surpris que les choses aillent aussi bien. Les douleurs étaient toujours un peu présentes mais pas plus fortes debout qu'assis. Peut-être même moins. Il regarda autour de lui pour se persuader qu'il venait bien de marcher seul, sans aide ni soutien. Une dizaine de mètres quand même. Du coup, il fit une autre tentative. Pareil. Après trois allers-retours de la porte à la fenêtre, il se rendit à l'évidence, marcher lui était encore possible. Il suffisait de le vouloir. Rien n'était donc perdu. Et Lili serait la première à le constater dès son arrivée.

Du coup, il se mit torse nu pour s'asperger avec un broc en porcelaine, vestige d'une époque où la maison n'avait pour seul point d'eau qu'un robinet à l'évier. Puis il revint dans sa chambre, s'assit sur le bord de son lit :

Et s'il était coupable de ce qui lui arrivait ?

Tout en restant croyant, Henry s'était détourné depuis longtemps de la religion comme de tout ce qui l'avait contraint durant son enfance. Cette fois, pieds nus et misérable, il interrogea des yeux le petit crucifix cloué au-dessus du lit avec son rameau de buis glissé dans l'anneau d'attache.

Et si ses malheurs venaient de lui ?

Ce n'était pas vraiment une question, une hypothèse peut-être, un bout de chemin qu'il entrevoyait et s'apprêtait à parcourir pour savoir qui il était vraiment. C'est ainsi qu'il voyait la chose en tout cas.

Dans la grisaille de ce petit matin d'automne, il prit une résolution qu'il fut seul à entendre. Dieu aussi peut-être.

Sinon quel intérêt de faire une promesse si personne ne peut l'écouter ?

En même temps, il se souvint de la mise en garde du professeur Duffrênet qui l'avait opéré :

— Une fracture du calcanéum, c'est compliqué, on en a déjà parlé.

— Oui.

— Et là, ce n'est pas une, mais deux fractures que vous devez consolider. Ce n'est pas simple, pas simple du tout. Vous devez être raisonnable. En toutes choses, Henry, même avec ce qui vous semble difficile à oublier.

Le médecin aurait voulu aborder la question de l'alcool, des excès auxquels se livrait Henry, de ses négligences et de ses refus soudains des traitements, mais il n'osa pas. Il y avait les soirées chez les Payen d'Orville entre gens du même monde, vous comprenez ! Et chez ces gens-là, on ne dit pas les choses, on les suggère, on les effleure. Se limiter à une allusion suffisait. Inutile d'entacher la réputation de grandes familles. De surcroît, ils fréquentaient ensemble des cercles de jeux de la rue Lanterne ou de Constantine.

Le médecin avait expliqué aussi avec ses expressions savantes que l'avenir serait ce qu'Henry en ferait. La belle affaire. Tout le monde est capable de dire de telles phrases qui font naître l'inquiétude sans rien résoudre du problème. Ce qu'Henry aurait voulu entendre, c'était une date, même fausse, mais une date qui découpait le temps et lui redonnait l'espoir de retrouver l'usage de ses pieds. Quant à repartir en montagne, il en ferait son affaire si on acceptait de lui dire en détail à quoi se soumettre.

— Je ne vais pas vous mentir, Henry, avait répété le médecin d'un ton à la fois docte et paternaliste : je crains des séquelles longues à surmonter. Avec ce genre de blessure, vous savez...

Il avait hoché la tête... Il ne lui manquait plus qu'à se prendre le menton entre le pouce et l'index et la caricature aurait été parfaite. Il avait poursuivi :

— Les séquelles peuvent persister longtemps, et parfois même...

— Oui ?

— Laisser un handicap...

— Un handicap ? avait murmuré Henry qui regrettait déjà d'être venu à la consultation. Chaque fois c'était pareil, il en ressortait le cœur gonflé d'inquiétude et l'âme en déroute.

— Rien n'est sûr, Henry, l'homme a parfois des ressources insoupçonnées.

— Cela dépend de quoi ?

— De vous, avait lâché la blouse blanche énigmatique et suffisante. De vous, avait-il répété comme en écho.

Henry entendait sans écouter. Se sortir d'une chute pareille était pour lui la preuve de sa forte constitution. Jamais malade, jamais patraque. Le médecin avait conclu :

— Il va falloir vous prendre sérieusement en charge : repos, repos et encore repos. Et surtout pas d'excès, si vous voyez ce que je veux dire.

Henry voyait mais il s'en fichait.

Ce matin tout spécialement, Henry se fichait des avis médicaux. Pour lui, l'urgence était ailleurs. Sa mise, ses décors comme il appelait ses grosses broches accrochant l'œil, le lustré de ses bottines étaient autrement plus importants. Lorsqu'il entendit le son des deux cloches qui faisaient office de sonnette, il laissa tout en plan. Se hâta d'aller ouvrir la porte appuyé sur ses cannes.

La clé tourna dans la serrure. Elle était là, souriante, rassurante, pleine d'une confiance qui la rendait belle. Elle tendit la main, puis se ravisa et embrassa Henry. C'était peut-être réfléchi, peut-être pas. C'était beau, inattendu, frais comme une première fleur de printemps.

Elle fit un pas en arrière :

— Mais vous marchez ?

— Je me traîne, mentit le maître des lieux.

— Vous allez y arriver, vous verrez.

— Les médecins en doutent.

— On s'en fout des médecins. Moi, ils m'ont donnée pour morte plusieurs fois… et je suis toujours là. Grâce à Dieu et grâce à moi.

— Entrez, dit-il en s'écartant de la porte, dehors il ne fait pas chaud.

Lili ne répondit pas mais souffla dans ses doigts rouges. Elle ne portait ni gants, ni manteau chaud, ni bonnet ou chapeau.

Sur la table de la salle à manger, grande pièce austère aux meubles d'un autre âge, Henry avait déposé une cafetière, des tasses – plus élégantes que des bols –, un pot de miel d'acacia, un autre de confiture de cynorrhodon posés sur des assiettes plates, avec cuillère à miel dans l'un et cuillère à long manche dans l'autre.

— C'est la femme de ménage qui a fait tout cela ? s'informa Lili. J'veux dire, le café, les tasses, la brioche ?

— Non, c'est moi.

Elle le regarda avec une sorte de tendresse, la tête légèrement penchée. À cet instant, elle était belle comme le sont toutes les femmes sur le point de tomber amoureuse. Ses yeux bruns parlaient en silence. Des yeux qui se souvenaient du passé sans encore croire au futur. C'est du moins ce que l'on pouvait y lire, mais comment être sûr de ce qui passe dans l'esprit d'un autre ? Entre ceux qui s'enferment parce qu'ils ont peur et ceux qui se donnent à la vie, poitrine offerte et cœur battant, on a tôt fait de se tromper.

Une fois à table, Lili refusa d'être servie.

— Vous rigolez, déjà que vous m'invitez...

— C'est normal, vous m'aidez !

— À quoi donc ?

— À me déplacer, tenta d'expliquer Henry.

Il n'osa en dire davantage ; pourtant, les mots étaient là, légers comme des coulées de vent, des mots de tous les jours prenant brusquement des allures de jour de fête.

— La belle affaire.

Elle parlait comme à ses copines, pensant qu'il n'y avait pas de différences entre les mots. Sa façon d'être consistait à affirmer, puis elle voyait ce qu'il fallait enlever ou ajouter. Elle était comme cela, voulant faire croire à une éducation qu'elle n'avait jamais eue et prête à tout apprendre si on voulait bien lui expliquer ou lui montrer comment faire.

La brioche lui plut. Elle se resservit sans rien demander. La bouche encore pleine, elle demanda :

— Tous ces tableaux, là, c'est vous ?

— Certains oui, d'autres non.

— Montrez-moi ceux qui sont de vous.

Comme Henry s'apprêtait à se lever en prenant appui des deux mains sur la table, elle se précipita.

— Non, laissez, c'est idiot ce que je demande.

— Pourquoi idiot ? Chercher à savoir n'est jamais idiot ni inutile. C'est la preuve que l'on s'intéresse à l'autre, à ce qu'il est, à ce qu'il fait...

— Vous parlez drôlement bien.

— Je dis les choses avec sincérité, rien de plus.

Il pensa aussi « avec le cœur », mais n'osa employer l'expression. Une sorte de pudeur qui, au fil des ans, s'était muée en réserve envers les autres.

Une ombre passa dans le regard de Lili, comme si elle renonçait à monter dans le train dont elle avait pourtant rêvé. Le voyage s'arrêtait là. La destination n'existait pas. Elle voulut se reprendre :

— Moi, je parle mal, je ne sais jamais ce qu'il faut dire.

— Parce que vous craignez d'être jugée.

La bouche pleine, elle répondit :

— Oui c'est ça, comme à l'école quand il fallait aller réciter sur l'estrade. J'avais peur de rater, c'est pour cela que je n'y arrivais jamais. On me traitait de gourde, j'vous jure pourtant que j'essayais de retenir mes leçons, mais ça s'envolait tout le temps au moment de réciter.

— Il faut penser à quelqu'un que vous aimez bien, cela donne du courage.

Elle s'exclama, les yeux brillants d'émotion :

— Ma grand-mère !

— Par exemple. Vous l'aimez bien ?

— Si j'l'aimais... Je m's'rais fait briser les os pour elle. Combien de fois elle m'a recueillie, m'a fait dormir dans son grand lit pour me tenir chaud. Les draps sentaient l'eau de Cologne. Elle, elle disait de l'eau de senteur. C'est beau aussi, non ?

— Oui c'est beau. Vous parlez aussi bien que tout le monde, vous voyez.

Toute à son histoire, elle n'entendit pas. Le menton dans les paumes et les yeux embués, elle rêvait. Brusquement, elle reprit d'un ton enjoué :

— Tiens, je revois ma grand-mère quand elle préparait des bugnes. Ça aussi, c'est beau à raconter, ça vaut tous les souvenirs. Je pourrais vous décrire l'odeur de l'huile chaude qui crépite dans la bassine quand elle les plongeait dedans, le doré de la pâte qui commence à roussir, la bugne qui craque quand on mord dedans en évitant de se brûler la langue. J'étais heureuse, je pouvais en manger autant que je voulais, jamais la bassine n'était vide. Ces bugnes-là, on les appelle des craquantes ou des oreillettes pour ne pas les confondre avec les bugnes moelleuses qui, elles, ressemblent à des beignets.

— Il y avait du sucre glace dessus ?

— Oh oui, partout. Vous connaissez ? demanda-t-elle, oubliant qu'Henry était lyonnais.

Lili rêvassa encore une minute ou deux, les mains au-dessus de sa tasse, les doigts croisés. Cette grand-mère avait compté pour elle, comme c'est souvent le cas dans les familles éclatées. Elle avait été son phare, son secours. Henry n'osa pas lui demander si elle était morte depuis longtemps. Il se leva en prenant appui sur la table et en fit le tour en s'y accrochant comme à un bastingage. Bien des soirs, la table lui avait permis de ne pas passer par-dessus bord. Mais là, il voulait à tout prix avoir le pied marin. Pourquoi ? Il n'en savait rien.

Du bout de sa canne, il désigna une toile au mur.

— Voyez celle-là, elle est de moi, les deux autres là-bas aussi…

— Vous peignez que des montagnes alors ?

— Je peins ce qui m'attire. Les peintres ont souvent des périodes, des moments dans leur carrière où ils tombent amoureux d'un visage, d'un motif, d'un lieu en particulier.

Il eut envie de lui raconter Giverny ou la montagne Sainte-Victoire mais y renonça. Là aussi, c'était trop tôt. Ou trop tard. Il verrait avec le temps à quoi était sensible cette jeune femme.

— Ben dites-moi, avec la montagne, c'est mal tombé pour vous.

Elle était comme cela, Lili. Elle avait prévenu : les mots s'envolaient de sa bouche sans qu'elle y prenne garde, comme des papillons qui se précipitent pour aller sécher leurs ailes au premier rayon.

Ils échangèrent quelques banalités, le temps de partir pour les *Trois Tilleuls*. Une longue route en descente puis un faux plat avec des nids de poule dans la chaussée creusés par les intempéries. Il ne pleuvait plus mais le ciel n'en avait pas pour autant fini de ses caprices. Après l'eau, il déversait maintenant des milliers de tonnes de gris qui s'infiltraient dans la tête des humains et les rendaient tristes à ne plus savoir pourquoi.

Lili s'arrêta pour se moucher, ainsi qu'on fait quand on pleure. Elle avait un grand mouchoir à carreaux, un objet d'homme pour un chagrin de femme.

Tandis qu'elle poussait son fauteuil, Henry la devinait préoccupée. Il lui sembla que ses gestes se faisaient plus brusques à mesure que l'on se rapprochait du café.

— Arrêtez-vous quelques instants, lui demanda-t-il.

Cette façon d'exiger n'était pas dans ses habitudes, au contraire, et il avait donné cet ordre spontanément. D'ordinaire, il prenait son temps pour décider de chaque chose. Le temps de réfléchir, le temps de peser sa question ou sa réponse, c'était selon. Celui de regretter aussi parfois. Une lubie, alors ? Une urgence, un oubli peut-être ?

— On est presque arrivés, répondit Lili. Pourquoi s'arrêter maintenant ?

— Si, arrêtez-vous maintenant, la pria-t-il d'une voix insistante et aimable en même temps.

Lili cala le fauteuil le long du caniveau. En fait, une simple évacuation d'eau taillée dans le sol, une balafre qui enlaidissait le trottoir et devenait dangereuse en hiver quand le gel vernissait la pierre. Lili bloqua les roues puis contourna le fauteuil pour voir ce qui se passait. En se penchant, elle remonta une mèche qu'elle roula entre ses doigts.

— Qu'est-ce qu'il y a ?

— Voilà, j'aimerais vous demander…

— Oui ?

— Vous accepteriez de travailler pour moi ?

Le ton sur lequel il avait prononcé la phrase était cousu de maladresse. Hautain, malhabile, un brin méprisant, il montrait tout ce qu'il n'était pas. Il se reprit en tentant d'effacer le mauvais effet.

— Quand je dis travailler, c'est plutôt m'accompagner, m'aider, me soulager de tâches que j'ai du mal à faire.

— Et la vieille dame, celle qui s'occupe de votre chez-vous, elle deviendra quoi ? Vous allez quand même pas la renvoyer ?

— Elle m'a connu tout petit, vous pensez bien que je ne vais pas lui faire un tel affront. Pour la cuisine, elle va continuer comme avant, et pour le ménage de même. Pour elle, rien ne changera.

— Tant mieux, soupira Lili, parce que les vieux, faut pas les laisser tomber, vous savez. Moi je vois avec ma grand-mère, à soixante-quinze ans, elle faisait encore des ménages et de la couture pour ses voisins. La faute à sa pension, maigre comme un jour de carême.

Elle réfléchit puis revint à la conversation, le front plissé. Étonnant pour une jeune femme d'avoir autant de rides. Les soucis, les déceptions et les échecs avaient laissé leurs sillons sur son front.

— J'ai une condition aussi.

— Dites, on verra si je peux.

— Je ne veux pas d'argent pour mon travail.

— Comment ça ?

Lili planta ses yeux dans ceux d'Henry et le jaugea du regard.

— En échange de ce que je pourrais faire pour vous, je voudrais être logée… enfin, si c'est possible. Une chambre au fond d'un couloir ou sous les toits, même petite, ça m'ira. Maintenant, c'est vous qui me dites si c'est possible.

Henry déglutit avec peine.

— Possible… bien sûr que c'est possible, j'ai au moins cinq ou six pièces jamais occupées. Mais pourquoi cette demande, vous n'êtes pas bien où vous êtes ?

— Non !

— Où est-ce ?

— Dans ma voiture, dans un coin d'un parking souterrain. C'est sans risque, vous pensez bien, un immeuble de vacances, personne n'y vient hors saison. Sauf que j'ai froid la nuit. Très froid… et j'ai peur aussi. Francky a bricolé un passe. Il a été serrurier dans l'temps, enfin à ce qu'il dit. Je ne veux pas dormir sous le même toit que lui.

Henry fut surpris mais ne le montra pas, comme il avait appris à le faire. Gêné, il l'était un peu par la demande. Des questions qui ne manqueraient pas d'être posées par la bien-pensance. Il y aurait fatalement les sous-entendus et leur cohorte de pensées grises.

Avant d'entrer aux *Trois Tilleuls*, ils décidèrent. À elle de convaincre Francky d'accepter sans faire d'histoires. À lui de régler les problèmes d'intendance. Henry insista néanmoins pour lui payer des gages comme il disait, selon la formule désuète entendue jadis chez ses parents, à l'époque où les domestiques étaient aux ordres.

À contrecœur, Lili accepta.

— Surtout n'en parlez pas à Francky, sinon il va tout me prendre.

— Et pourquoi il vous volerait cet argent que vous aurez gagné ?

— Pour aller jouer, pardi. Il mise sur tout, sans arrêt. C'est même plus un vice, c'est devenu une maladie. Et j'peux vous dire que quand ça le prend, il fait pas les choses à moitié : un jour, il a même joué ma voiture, sans m'le dire. Vous le croyez, ça ?

5

Aux *Trois Tilleuls*, ça piaillait déjà fort. L'algarade d'hier n'avait servi à rien sauf à ce que Francky ait des bouchons de ouate dans les oreilles. De loin, on aurait dit des touffes de poils blancs comme les vieux en ont parfois quand ils n'arrivent plus à les couper. En tout cas, les habitués étaient en joie et seul la Banquise rongeait son frein en se demandant s'il n'avait pas perdu la main. Pour la première fois, un loufiat lui échappait et le toisait à trois mètres de lui. Des stratagèmes, il en avait échafaudé pas mal depuis la veille au soir, durant la nuit qui avait été blanche. Sur le matin, il s'était dit que la meilleure manière de faire était d'attendre.

Pour surveiller sa proie, il s'était remis à la poésie. C'est étonnant de dire les choses de la sorte à propos d'un tel personnage, mais c'était pourtant ainsi. Son calepin aux couleurs marron et rouge était devant lui, placé bien droit. L'homme aimait l'ordre et la rigueur. Son Criterium attendait l'inspiration. Pour une fois, ses poèmes du jour ne parleraient ni de vin ni d'alcool, mais de blessures et de coups. Cela le distrayait. « Ce sera comme un entracte », se dit-il plusieurs fois en se curant les ongles du bout de sa lame. Parce qu'il avait aussi sorti son Opinel, davantage pour impressionner que pour menacer. En même temps, « armistice » était un mot qui n'avait pas droit de cité chez lui. Un mot qui n'avait jamais trouvé sa place ni dans son vocabulaire, ni dans sa tête, ni dans ses poèmes. Quant au mot « paix », n'en parlons pas.

D'un seul coup, il envoya une énorme claque sur le comptoir comme s'il avait surpris une blatte cavalant entre les verres.

— Bon Dieu, Rimbaud c'est un *d* ou un *t* à la fin ?

Tout le monde sursauta puis on se regarda. Un tel effort à tout juste dix heures du matin pour si peu de chose. Et de surcroît, quel intérêt de savoir ça ? Personne ne répondit sauf Francky, le sourire flambard.

— C'est un *d* voyons, tout le monde sait ça.

La Banquise le regarda de ses petits yeux froids qui le faisaient ressembler à un poisson mort et annonça :

— Tu t'en sors bien, mon garçon. Tu peux dire que tu t'en sors bien. Parce que si tu t'étais trompé, je t'étripais comme une morue accrochée à son clou.

Puis il replongea dans son poème en comptant sur ses doigts qu'il dépliait un à un. Les rimes semblaient se rebeller et ne pas rentrer dans les douze pieds réglementaires. Pourtant son poème prenait forme, vu le nombre de mots alignés dans son carnet.

En voyant Henry arriver avec Lili, le bistrotier l'apostropha sans qu'il ait le temps de se défaire de sa grosse veste de velours côtelé. Veste de couleur noire, comme il se doit dans un certain milieu mêlant aisance financière et fréquentation des galeries d'art et des salons mondains.

— Bonjour, m'sieur l'artiste, qu'est-ce qu'on boit, c'matin ?

Le bistrotier accompagna sa question d'un coup de menton lancé à la volée. Henry ne daigna même pas lui répondre.

Depuis la veille, Francky se rongeait les sangs. À son goût, les vieux ne consommaient pas assez. Il avait donc décidé d'y remédier à sa manière. À moins d'un verre par demi-heure, les vieux n'étaient pas rentables. Il l'avait calculé, c'était écrit là, devant ses yeux. Il fallait leur faire sortir leurs sous et sans tarder. Leur annoncer qu'il ne faisait plus crédit était au programme aussi, il attendait seulement le moment propice pour aborder le sujet. Chacun allait devoir solder ses dettes. Faute de quoi il couperait les vivres. Régime sec, même pas un verre d'eau parce qu'il faut rincer le verre.

Il remâchait ses mots, le nouveau patron. Il n'avait aucune crainte, ce n'était pas une bande de petits vieux qui allait l'impressionner. Bien sûr, il y avait la Banquise. De lui il se méfiait. Dire qu'il en avait peur n'aurait pas été totalement juste, mais il avait vite jugé qu'avec des mains et des bras pareils, le gros homme n'avait rien d'une dentellière. Il avait repéré son Opinel ouvert et toujours à portée de main. Francky se rassurait en se disant qu'il avait la jeunesse pour lui, l'agilité et la rapidité, du moins tant que l'autre ne l'avait pas alpagué.

En attendant, il allait mettre les choses au point.

— Messieurs…

Personne ne l'écoutait.

— Messieurs, j'ai à vous parler.

Aucun effet, sauf auprès d'Henry qui sentit l'atmosphère s'électriser. Avec le ciel c'est pareil lorsque le temps tourne à l'orage. En plein été, un grondement de tonnerre peut déchirer d'un coup les nuages et la pluie se met à tomber comme d'une outre crevée. Seulement, pour qui sait observer, il y a toujours des signes avant-coureurs. Le vent en est un. Il prévient en venant fouiner sous les arbustes et les ronciers. Les feuilles tournoient au sol ou bien se mettent à frémir dans les hautes branches. Un langage facile à comprendre, certains pourtant ne le connaîtront jamais.

Au bistrot c'était pareil. Il y avait des signes à connaître.

Francky abattit sa main sur le comptoir.

— Silence, bon Dieu…

La Banquise en sursauta.

— Ça va pas, non, de t'attaquer comme ça à la poésie ! J'ai perdu mon vers, moi, maintenant, lança-t-il dépité et passablement indigné d'être ainsi dérangé en pleine écriture.

— J'ai à vous parler, répéta le bistrotier un ton plus bas.

— Ben vas-y, au lieu de déranger tout le monde…

C'était le Juge qui parlait, agacé aussi de ces manières qui n'avaient pas leur place ici.

— Voilà, poursuivit le nouveau patron. À partir de maintenant, j'fais plus crédit. Les ardoises, c'est fini. C'est pas que je veux pas, mais question finances j'peux pas. Vous comprenez, plaida-t-il, les bras écartés pour faire voir ses poches vides et la misère qui le guettait, je n'y arrive déjà plus. Alors messieurs, va falloir vous y faire ou bien…

— Ou bien quoi ?

La Banquise s'était levé, les deux poings sur les hanches. Une sorte d'équarisseur prenant la pose. Sa lèvre retroussée indiquait que ce n'était pas un jour à faire le malin. L'inconscient peut-être, mais le malin surtout pas.

Le blanc-bec avait une manière de faire porter aux autres la responsabilité de ses difficultés, vraies ou imaginaires, qui agaçaient à seulement les entendre. Une façon aussi de tout décider qui n'incitait pas à la confiance. Des passes difficiles, le précédent patron en avait lui aussi traversé et n'en avait pas fait toute une histoire. En quelques mots il avait dit les choses, avait proposé des solutions et tout le monde avait essayé d'aider selon ses moyens. Ce n'est pas plus dur que cela, la vie : quand ça ne va pas, autant le dire, chacun peut comprendre.

Voyant les petits vieux s'affoler, vider leurs poches de ce qui leur restait de monnaie et l'étaler piteusement sur le comptoir, Henry Payen d'Orville eut pitié.

— C'est bon, gardez vos sous, j'avance l'argent pour tout le monde. Vous n'aurez qu'à me rembourser quand vous pourrez.

Sciemment, il avait employé le mot « sous » qui évoquait encore quelque chose de précis à certains d'entre eux. Dans leur jeunesse, ils avaient connu les pièces percées de leurs parents. Cela leur rappelait le temps d'avant, quand ils ignoraient que le corps a des limites et que l'esprit peut avoir des envies de repos.

— J't'ai pas demandé ça, tenta de se justifier Francky, brusquement refroidi par la tournure des choses.

Dans quelques instants, ce pouvait être la grêle parce que la Banquise, lui, ne perdait pas un mot de ce qui se disait. Prêt à entrer dans la danse, il avait déjà remonté ses poignets de chemise.

— Votre problème, demanda Henry en s'adressant à Francky, c'est le manque d'argent, ce qui s'appelle de la trésorerie, c'est bien ça ?

L'autre resta muet.

— Vous êtes à sec, quoi.

— Pas à sec, mais c'est plus dur que prévu.

— Eh bien, vous voilà sorti d'affaire.

Le loufiat eut un rictus comme pour contenir une aigreur d'estomac. En fait, il tentait de réfléchir vite, visiblement gêné par la façon dont l'affaire tournait. Au bout d'un moment, il reprit la parole.

— C'est que j'avais pas vu les choses ainsi.

— Tu les avais vues comment, tête d'œuf ? s'énerva la Banquise.

— Moi j'aurais plutôt pensé à un pari.

— Un pari sur quoi ?

La Banquise saisit son Criterium en métal et commença à le mordre à pleines dents. Mauvais signe quand il lui fallait quelque chose pour se passer les nerfs. Les choses allaient mal finir, Lili le savait. Les bagarres et les disputes, elle connaissait. Alors elle se rapprocha d'Henry Payen d'Orville, lui posa la main sur le bras en lui glissant :

— Surtout t'en mêle pas.

Henry la dévisagea. Elle venait de le tutoyer sans prévenir, sous le coup de l'urgence, à moins qu'elle sache habilement tirer parti des circonstances. Plusieurs fois, elle lui serra le bras comme on presse un fruit. Dans ses gestes, il y avait des mots, des idées, des conseils, peut-être des sentiments adressés du bout des doigts.

La Banquise en avait assez entendu. Il fallait lui couper le sifflet, à l'autre :

— Tu vois, p'tit gars, ton pari, tu vas le plier en quatre et te le glisser dans la poche. Ici, on est un groupe de copains, on se chicane des fois mais il n'y a jamais rien de grave. Ici, on trouve notre réconfort. Et cette cambuse nous apporte la chaleur qu'il n'y a pas dehors. Alors c'est pas toi, blanc-bec, qui va venir foutre le ch'ni entre nous. T'as compris ?

Comme Francky ne répondait pas, bien à l'abri derrière son comptoir, la Banquise fit mine de l'alpaguer comme il gaffait jadis des morues qui se tortillaient sur le pont du chalutier. L'autre se recula d'un pas. Raté.

— T'as entendu ? insista la Banquise.

L'autre marmonna.

— Bon Dieu, réponds ou je t'étripe.

— Oui.

— Et puis faut aussi t'dire une chose, j'peux pas blairer ceux qui s'en prennent aux vieux. Ton coup d'hier, j'l'ai encore là, fit la Banquise en pressant du doigt sur son cou pour montrer là où ça coinçait. Alors t'essaie pas de rouler l'un d'nous, parce que là j'réponds plus de rien. Monsieur Henry est un gentilhomme, il arrange le coup pour cette fois et c'est lui qui tiendra le carnet des dettes. On a confiance en lui, pas d'embrouilles, pas de combines. J'pourrais pas en dire autant d'toi. La tranquillité, c'est ça qu'on veut ici, t'as compris, gamin ? La tranquillité. Et t'avise pas d'une entourloupe, hein, parce que j't'bouffe le foie, compris ?

La Banquise respira deux grosses goulées, accompagnées de trémolos avant de demander une deuxième fois :

— T'as compris ?

Silence.

— T'as compris, hurla la Banquise, le visage empourpré, les deux mains à plat sur le comptoir.

Plus jeune, il aurait sauté par-dessus pour attraper l'autre au collet. Là ce n'était même pas la peine d'y penser.

Étonnamment, Francky qui n'avait pas ses bouchons de ouate dans les oreilles ne sursauta pas. Henry classa cela au registre des bizarreries. Il ne s'agissait pas encore de soupçons. Cela viendrait plus tard, pour d'autres raisons autrement plus graves.

Pour reprendre la main, Francky de Beaugency proposa une tournée générale. Une façon de faire qu'il pensait infaillible. Il avait encore beaucoup à apprendre sur les gens d'ici. Une fois les verres remplis, il leva le sien.

— À la vôtre…

Les hommes ne bougèrent pas. Il leur en fallait du courage pour ne pas y toucher. Ils crevaient de soif pourtant. Et c'était gratuit. Seulement, ils avaient encore de l'honneur, ce sursaut de l'âme acquis durant leurs jeunes années. Ils laissèrent s'écouler des secondes longues comme des heures. Leur langue et leur palais s'empâtaient sous l'effet de l'envie, mais ils demeuraient de marbre. Francky n'en revenait pas. Des soiffards pareils qui ne touchaient pas à leur verre sous prétexte que le gros lard les avait mis en garde. Ils allaient voir. Francky vida son verre d'un trait et s'en servit un autre en faisant tinter le goulot contre le verre. Muet en paroles, il fulminait en pensées ne pouvant s'empêcher de s'en prendre un peu à tout le monde. « Ils vont voir… »

Au troisième verre vidé par le patron, le bras bien rond et la tête en arrière, les petits vieux finirent par craquer. Comment le leur reprocher ? La plupart burent, les yeux fermés, la main tremblotante. Peu importait la manière, il fallait faire vite, des fois que l'autre change d'avis et reprenne les verres sous un prétexte ou un autre.

Le plus surprenant c'est qu'il y avait de la dignité dans leur façon de se comporter, quoi qu'en disent les mal-pensants, lesquels allaient et venaient en traînant les pieds devant le café, les oreilles grandes ouvertes et les yeux en embuscade. Qu'un ragot vînt à leur échapper à ceux-là, ou pire, une vraie nouvelle, et c'était toute la semaine gâchée. Alors ils combinaient, biaisaient, s'arrêtaient devant les *Trois Tilleuls* pour se moucher ou relacer leurs chaussures.

Pauvres ombres, pauvres chimères. Leur moment de gloire, c'était d'être les premiers à apprendre une tromperie ou la maladie grave d'un paroissien. Mortelle de préférence, cela donnait plus de valeur à l'information.

Quand la bouteille fut vidée, Francky enfila son costume de bonimenteur de foire. Là, il était à son affaire.

— J'voulais vous demander à vous qu'êtes d'ici, la montagne là, au-dessus du village, elle a un nom ?

— Bien sûr, c'est le Criou.

— Le Criou, répéta-t-il en hochant la tête. Quelqu'un l'a déjà gravi par cette face ?

— Où ça ?

— Là devant nous… la face ouest, non ?

Les hommes se regardèrent. La question ne se posait plus depuis des lustres, vu que l'on pouvait monter par la forêt. Une halte aux chalets de Criou accroupis dans la pente, avec leurs madriers cuits par le soleil et grisés par le gel, et après il n'y avait plus qu'à filer tout droit. Enfin, façon de parler parce que ça grimpait ferme le long de l'arête sommitale, tout en herbage et en pâture. Par temps de pluie, il fallait avoir le pied sûr, ça glissait là-haut, surtout après une nuit de rosée.

— Tu t'enfiles dans le chemin à la chapelle de Vallons, c'est l'itinéraire normal, lui indiqua le Juge, après tu montes. Qu'est-ce que tu vas chercher les difficultés ?

— Une balade pour touristes, ricana Francky.

— Tâche donc d'y monter déjà, après tu causeras.

— Tu parles, j'ai fait cent fois plus dur, j'vous raconterai un jour. Des courses difficiles, j'en ai aligné. Pas loin d'une centaine et pas de la balade de boy-scouts, hein, de la montagne, de la vraie, avec des - 20, - 30 sous la tente. Ça ne vous parle pas à vous, des sommets pareils, je vous montrerai, promit-il en hochant la tête comme pour faire revenir ses souvenirs, j'ai des photos, on s'fera une soirée.

Les petits vieux écoutaient, imaginaient, rêvaient à ce qu'ils avaient raté durant leur vie. La plupart auraient aimé aller sur ces sommets lointains dont ils connaissaient les noms par les livres et les revues en papier glacé. Aucun n'y avait mis les pieds. Aucun n'avait même imaginé y aller un jour. C'était ainsi, ils étaient taillés à la mesure de leurs costumes. Regretter ne servait à rien, ni s'en prendre au destin. Alors vous pensez bien que rencontrer un gars qui était allé là-bas, ça valait quand même la peine de l'écouter.

— Nous, quand on monte les bêtes en estive, c'est par l'chemin… on a toujours fait comme ça.

— Avec les bêtes j'dis pas, concéda Francky, mais c'qui m'intéresse, moi, c'est la grande paroi d'un seul tenant, vous voyez. La grande verticale qui donne à l'ouest et un peu au nord.

— Te risque pas là-dedans, mon gars, tu vas y laisser tes abattis. Et tu n'seras pas le premier. Dans l'temps, nos pères et nos grands-pères allaient faire les foins là-haut sur les lanches herbeuses, c'est comme ça que des drames se produisaient. J'peux te dire qu'un gars ramené dans une toile de bâche, ça n'a pas belle figure. Le teint, les mains, les lèvres, tout est gris poussière avec du sang rouge brique partout. Des fois, on a du mal à reconnaître un visage tellement il est cabossé. Ça refroidit, j'peux te l'dire. Tous sont là-bas au cimetière dans leur costume des dimanches, bien sages à regarder la montagne jusqu'à la fin des temps. Par là-haut, la roche est pourrie, du calcaire mité par l'eau et la neige, une vraie passoire. Des fois, ça s'éboule et ça dévale jusqu'aux premiers chalets en bas, vers les Chosalets. Des blocs gros comme des maisons. Un jour, il y en a un qui roulera plus bas… c'est forcé !

Le Juge parlait en moraliste avec l'espoir de ramener Francky à la raison. Rien n'y fit. Il était certain de pouvoir ouvrir des voies pour y laisser son nom. Une obsession. Il y revint au moins dix fois.

Se voulant persuasif, le Juge s'adressa à la Banquise :

— Passe-moi une feuille de ton carnet.

— Pour quoi faire ?

— Lui montrer que c'est pas possible son histoire de voie directe, il va y laisser sa peau.

— Ça le regarde...

Après s'être mouillé le pouce d'un coup de langue, la Banquise arracha un morceau de mauvais papier gris de son carnet et le tendit au Juge. Non sans ajouter après un long reniflement :

— N'y reviens pas, hein, parce qu'après, ça s'barre de partout mes poèmes. Comment j'fais si j'retrouve pas toutes mes pages, hein ?

La Banquise s'excitait tout seul. La seule perspective de se retrouver avec un poème dont il ne parviendrait pas à recoller les morceaux l'énervait. Il s'échauffait.

— Bon Dieu, c'est du sérieux, la poésie ! Vous croyez qu'il suffit d'aligner n'importe quels mots pour faire des vers, vous ? Faut les trouver, les mots, les choisir, les regarder sous toutes les coutures, les polir, les rapiécer... Y en a des choses à faire avant de trouver les bons. Voilà comment j'vois les choses, moi : la poésie, c'est de l'horlogerie avec des roues et des engrenages en dentelle. C'est ça, la vraie poésie, c'est pas difficile de vous mettre ça dans le crâne, tout de même. Et puis quand vous me parlez, ça me dérange. Fallait qu'j'vous le dise, maintenant c'est fait.

Les petits vieux baissaient les yeux. Ils redoutaient les disputes et les éclats de voix. Cela leur rappelait le temps où ils étaient mariés, époque où les discussions tournaient souvent à l'aigre.

Comme la Banquise avait juré que son Criterium, il ne le prêterait jamais à personne, on se contenta d'un vieux stylo à bille aux couleurs de l'anisette de Marseille dont une bouteille poussiéreuse dormait sur l'étagère. Ici, l'anis n'était pas en terrain conquis. La concurrence veillait avec les blancs de Savoie sans parler de l'Ayse et de son cépage gringet élevé sur les coteaux de la vallée de l'Arve, à quelques kilomètres d'ici.

Le Juge traça un triangle.

— Là, c'est le Criou. Et partout des couloirs d'avalanches, là, là et là, montra-t-il en hachurant à grands traits pour signaler par où avaient dévalé les coulées les fois précédentes.

Il voulait tellement bien faire qu'il en perça le papier.

— Et là, sur le côté, c'est la Chaumette.

— Ce serait pas par là que sont montés les frères Bozonnet dans les années cinquante ? demanda Adrien Cervoz.

— De quoi j'm'occupe ? Toi, cuve ton vin et fous-nous la paix…

Agacé, le Juge ne supportait pas qu'un autre que lui parle des passages, des itinéraires, des voies et de ceux qui les avaient ouvertes. Cette montagne, c'était la sienne, il la connaissait comme personne : son père y avait perdu la vie, son oncle gagné une infirmité. C'était chez lui, même si la montagne lui avait volé son père.

— Tes deux gars, là, c'était qui ? s'intéressa brusquement Francky.

— Des gars d'ici, des tailleurs de pierre.

— Ils y sont bien arrivés, eux !

— Parce que Dieu leur a tendu la main, qu'est-ce que tu crois ?

— Et pourquoi ça ne serait pas pareil pour moi ?

— J'vais te dire une chose, expliqua le Juge en remontant les mèches de ses cheveux gris jaune, peu de gens la connaissent comme moi cette montagne, même parmi ceux d'ici. Beaucoup ignorent c'que j'vais te dire : à mesure qu'ils grimpaient, les frères Bozonnet, la roche s'éboulait sous leurs pieds. C'est pas ordinaire ça, hein, et pourtant c'est vrai... Y a des vieux qui l'ont entendu dire par leurs parents. Rends-toi compte, la roche qui s'effrite sous tes semelles et roule dans la pente, rebondit et finit trois cents mètres plus bas. Rien pour te retenir : parce qu'à l'époque, ni pitons, ni coinceurs, tu t'en doutes.

Le Juge reprit haleine comme s'il était lui-même engagé dans une voie difficile.

— Et les prises de main, tu y as pensé ? C'est friable comme des gaufrettes. Alors un conseil, oublie cette paroi, des endroits où grimper, ça manque pas par ici.

— Ça n'empêche qu'ils ont réussi.

— Et alors, la belle affaire ! La voie est ouverte maintenant, elle porte leur nom, je ne vois pas c'que tu veux aller foutre là-dedans.

Il avait son idée, le nouveau patron des *Trois Tilleuls*, mais c'était trop tôt pour en parler. Cette bande de semelles cloutées allait découvrir à ses dépens comment on gagne de l'argent avec la montagne.

— Je peux ? demanda Francky en prenant la feuille griffonnée... C'est pour m'en souvenir. Des fois que...

— Des fois que quoi ? De toute façon, on ne peut plus y monter. Depuis le dernier éboulement, un arrêté municipal en interdit l'accès.

On n'en parla plus. Du moins pour le moment. Parce que Francky, lui, n'avait pas l'intention de renoncer. Plusieurs fois, il était allé à pied sur la route des Moulins, poussant souvent plus loin, à la limite de l'interdit et du raisonnable. Là, installé au bas de la paroi mais à bonne distance tout de même, il avait détaillé la roche à la jumelle, bien décidé à gravir le Criou par sa propre voie directe. Celle qu'il appelait « la voie royale ». Pas peu fier d'imaginer qu'il serait le premier et qu'elle porterait donc un jour son nom.

6

Quand le carillon de l'église sonna midi, les petits vieux commencèrent à s'emmitoufler puis sortirent un par un. On aurait dit une procession de pénitents. Le cœur n'y était pas, seule l'habitude les guidait, le cache-nez bien serré autour du cou et le dégoût d'être seul collé à la peau. Une fois chez eux, ils se nourriraient d'un rien et videraient deux ou trois chopines pour faire passer. Après, ils attendraient comme chaque jour, comme chaque heure, le moment de revenir se chauffer l'âme et le corps aux *Trois Tilleuls*.

Quand Henry commença à manœuvrer son fauteuil, le patron vint vers lui et lui posa la main sur le bras.

— Bouge pas, j'ai à te parler.

— De quoi donc ?

Pas de réponse. Juste un regard appuyé et un air entendu.

Tout de suite, Henry Payen d'Orville pensa à la proposition faite le matin même à Lili. Le cafetier avait dû mal prendre l'affaire et voilà qu'il s'apprêtait à faire le coq de basse-cour, exigeant des explications et pourquoi pas un contrat signé pendant qu'il y était. Lili avait pourtant bien dit qu'elle n'était ni sa femme ni sa maîtresse.

Le bistrotier demanda :

— Qu'est-c'que tu bois ?

Comme Henry hésitait, il précisa :

— C'est moi qui rince, fais-toi plaisir !

Ça sentait le mauvais départ, le nid à merde, comme disent les anciens. Il faut avoir l'expérience de la vie pour savoir qu'un homme qui offre à boire avant d'avoir parlé a forcément quelque chose d'ennuyeux à demander ou à annoncer. Ou alors c'est plus grave encore, il s'est enlisé dans une solitude noire et cherche quelqu'un à qui raconter sa misère.

— La même chose, fit Henry en désignant son verre de la pointe du menton.

— Deux gentianes, Lili... et avec de la glace, hein, pas comme la dernière fois.

La jeune femme ne répondit pas. Plusieurs fois, elle se força à avaler sa salive, le poing en boule devant la bouche. Ces incessantes remarques en présence des clients la blessaient, mais elle n'osait rien dire. Déjà qu'elle dormait dans une voiture, elle ne voulait pas risquer de se retrouver à la rue. La nuit, la température descendait de plus en plus bas au fond de ce parking où des infiltrations d'eau suintaient le long des murs en laissant d'immenses traînées blanches. Le calcaire, toujours et encore. Les sièges et le tapis de sol de sa voiture étaient humides et rien ne permettait d'espérer que les choses iraient en s'arrangeant. Au contraire.

Le plateau posé sur le bord de la table, Lili aligna les verres l'un après l'autre. Les glaçons tintèrent. À part cela, pas un remerciement, ni un mot aimable. Seul Henry leva les yeux. Au fond de son regard d'un bleu lustré, on semblait lire une incitation à ne pas répondre, à se protéger de la vie et à reconquérir les forces dont le corps a besoin. « Tous les combats ne se mènent pas en même temps, semblaient-ils dire. Chaque victoire est le fruit d'une défaite passée. »

— Et les cacahuètes, faut que j'aille les chercher ?

Encore une fois, Lili encaissa. Une gifle sur sa joue tendre. Le patron attendit d'être servi avant d'attaquer à sa manière, à la hussarde, comme on dit dans les cercles militaires :

— T'es artiste peintre, si j'ai bien compris ?

— Oui…

Payen d'Orville eut envie d'ajouter : « de père en fils », histoire d'imaginer son père un pinceau à la main ou le crayon sur l'oreille. Ç'aurait eu du panache devant le blanc-bec assis sur son petit bord de chaise. Après quelques instants d'un silence lourd, Payen d'Orville relança :

— Pourquoi cette question ?

— Attends, j'y viens. Voilà, j'aurais besoin de tes services ou plutôt de ton talent… Et pour commencer de ton avis !

— Si je peux !

— Bien sûr que tu peux, c'est ton rayon.

En deux phrases, il venait d'enfiler son costume de camelot et d'endosser son statut de séducteur. Il fallait admettre qu'il savait s'y prendre. Plus tard, les commères diraient qu'il portait beau, expression aux senteurs de brillantine et de bouquet fleuri. Mais le fond de l'affaire était ailleurs. Toutes auraient aimé avoir connu l'amour, celui qu'elles appelaient le « grand amour » et lui, Francky, était aux aguets, pour laisser croire et faire rêver. C'était même son fonds de commerce. Le nombre de viagers qu'il avait raflés à la barbe des héritiers l'attestait. L'histoire du renard dans le poulailler en somme. Commères ou pas, une fois les actes signés, elles n'avaient eu que leurs yeux pour pleurer. Certaines y avaient laissé les économies d'une vie au nez et à la barbe de leur mari. À ce niveau-là, c'était du talent, pas encore de l'art, mais on s'en rapprochait. Francky était dans la malhonnêteté jusqu'aux cheveux, mais il avait du savoir-faire quand même, on ne pouvait pas le nier.

« La voix, la pose, le regard complaisant, le geste qui presse le bras comme à un ami, il savait s'y prendre, je peux vous le dire pour l'avoir vu faire. Il était doué pour mettre les gens en confiance. » C'est le maire, dix ans plus tard, qui l'exprimerait en ces termes. À croire que lui aussi y avait laissé des plumes. Comme on n'a jamais su, on ne peut que supposer.

— Voilà ce que j'aimerais, poursuivit Francky. Tu vois ce grand mur beige là ? C'est moche, non ?

— C'est sale surtout.

— T'as raison, ça fait sale toutes ces chiures de mouche et ces traînées jaunâtres. Eh bien voilà, j'aimerais que tu peignes quelque chose pour cacher cette mocheté. Quand je dis quelque chose, je vois une œuvre. Un tableau signé de ton nom, une sorte de fresque avec ta signature en grandes lettres en bas. Ç'aurait d'la gueule non ?

— Faut voir.

— C'est tout vu. Viens, on va se mettre là, dit-il en s'asseyant à côté de Payen d'Orville. Regarde et ouvre grand tes yeux. L'horizon se finirait dans le plafond, un bleu léger avec des étoiles filantes et les portraits des grands guides d'ici morts en montagne, qui voleraient au-dessus des montagnes. Ç'aurait de la gueule une fresque pareille, hein, on viendrait de partout pour la voir. Faudrait que ça ressemble à Chagall, tu connais ?

Henry Payen d'Orville ne s'abaissa même pas à répondre.

— Oui… bien sûr, tu connais.

Après, ils déjeunèrent de pas grand-chose, burent un peu, parlèrent beaucoup. Plusieurs fois, Henry objecta qu'il n'avait plus l'usage de ses jambes, du moins dans l'immédiat. Qu'il fallait compter avec ses difficultés à se déplacer.

— C'est rien, on va t'aider, on va te construire un échafaudage et un nouveau fauteuil s'il faut.

Francky avait réponse à tout. C'était à la fois sa force et sa faiblesse. Parce que, à tant parler, il ne se souvenait pas forcément de tout. Il y avait des mots qui surgissaient en urgence, comme jailli de derrière un rideau, juste pour distraire l'adversaire, et ceux-là il les oubliait vite. Ce n'était pas le cas de Monsieur Henry qui, en silence, se faisait un portrait de l'homme qu'il avait devant lui, le complétant à mesure des échanges.

— Au fait, Lili, elle t'a dit ?

— Quoi donc ?

— Avec l'hiver, je vais avoir besoin d'elle. Elle portera mes boîtes de couleurs, mes chiffons, mes toiles, et m'aidera pour le fauteuil… Et pour que ce soit plus facile pour elle, je vais lui louer une chambre.

— Une chambre où ça ?

— Chez moi, j'en ai une inoccupée, petite mais convenable.

— Ah, s'étonna Francky, pris de court.

Quand il fut question d'argent pour sa fresque murale, Henry Payen d'Orville le rassura, repoussant à plus tard le moment d'annoncer son prix. Le patron des *Trois Tilleuls* insista :

— Dis un prix, juste pour voir.

— Laisse-moi le temps de réfléchir, et puis peut-être qu'il n'y aura jamais de tableau…

— Et pourquoi donc ?

— Parce que je n'aurai pas trouvé l'idée. C'est une loterie, tu sais, des fois tu piétines et jamais tu ne trouves.

— Ah, fit l'autre, pensif. Ben, quand t'auras trouvé, donne-moi ton prix, que j'voie comment financer ça.

— Promis.

Une promesse n'engage que celui qui la croit, dit-on parfois. Lili semblait soulagée en accueillant les petits vieux qui rentraient, se bousculant comme des gamins dans le couloir de l'école. Cela se vit aussi à sa façon de se déplacer entre les tables, tout en finesse et en mouvement de hanches. Au moins, elle n'avait pas eu à affronter Francky, souvent blessant, violent aussi quand il se sentait acculé.

Cet après-midi, Lili était d'humeur souriante en regardant dehors, le plateau à la main. Ses yeux semblaient voir au-delà des choses.

Dehors, le ciel était froid. La neige menaçait. Là-haut sur les sommets, l'hiver s'était déjà installé, étendant de grandes toiles blanches dans les champs d'altitude. Que le gel se mette de la partie et c'en serait fini : la terre se recroquevillerait pour plusieurs mois. Depuis toujours c'était ainsi. Il n'y avait rien à redire, juste à accepter et à se préparer.

— La neige, ça va pas tarder, lâcha brusquement la Banquise.

Le nez dans son carnet à poèmes, il savait tout ce qui se passait autour de lui. La neige, il la sentait. Ses vieux membres devaient le prévenir à force d'avoir enduré le froid et le blizzard givrant en terre de Baffin ou en Atlantique nord.

Les autres levèrent leurs yeux rouges : allait-il raconter une histoire du temps d'avant, comme parfois ? Hormis la guerre dont toutes les blessures n'étaient pas encore refermées, les anecdotes un peu anciennes avaient leur public tout acquis. D'autant qu'il racontait bien, la Banquise, il avait la voix pour cela et le savoir-faire pour pétrir les mots et leur faire dire plus qu'ils ne signifiaient en réalité.

Vu l'assistance, il se décida.

— Quand ça menace, la neige, je ne peux pas m'empêcher de repenser à ce gamin du Perret, à la sortie de Vallons. Comment qui s'appelait déjà? dit-il en se grattant la barbe.

C'était du chiqué, il n'avait jamais connu son nom, mais il aimait laisser des attentes dans ses histoires pour garder en éveil l'attention des petits vieux. Il poursuivit :

— Il devait avoir dans les quatorze, quinze ans. C'était un jour comme aujourd'hui, tiens, des heures d'avant la neige. Dans c'temps-là, les gamins avaient des godillots mal foutus avec une poignée de foin à l'intérieur pour les garder un peu au chaud. Comme son père, il était rantourneur. C'était toute une affaire à l'époque c'métier, je vous parle de ça, c'était au temps des premiers guides, y a plus d'un siècle… oh oui, même peut-être plus loin encore.

« Les rantourneurs accompagnaient les touristes avec des mules et des mulets. Les grands de ce monde se distrayaient en montant aux glacières, c'était comme cela qu'on appelait les glaciers à l'époque. Tu parles, ils n'escaladaient rien du tout, ils se faisaient porter le plus souvent par les mules et parfois à dos d'homme. Si, si, à dos d'homme, les vaches, comme si on avait été des bestiaux, nous autres. Parce que faut vous dire, messieurs, que les riches étaient exigeants, de vrais seigneurs. Là-haut, il leur fallait leur argenterie et leur vaisselle de porcelaine et de cristal. J't'en aurais foutu, moi, de la vaisselle de riches ! ajouta la Banquise en feignant d'armer son bras pour envoyer des baffes.

« Quand il y avait de la casse, c'était pour nous. Ils déduisaient cela des gages. Et la bonne main, le pourboire si vous voulez, macache, sous le nez, dit-il en se passant le doigt sous les narines.

Il s'arrêta pour sortir un petit ninas d'une boîte en carton posée sur la table. Il faut avoir déjà fumé ces petits cigares faits de débris de tabac pour savoir qu'il y a plusieurs couleurs de boîtes. La sienne était rouge. Après avoir aspiré plusieurs goulées de fumée qu'il souffla au plafond avec un air de penseur à qui on ne la fait pas, il revint à son histoire.

— Le gamin, donc, accompagnait son père. Il leur fallait vider le refuge avant l'hiver, la cantine, comme on disait alors, redescendre le matériel. Et des tables, des chaises, des buffets, de la vaisselle, il y en avait plus que le curé peut en bénir. Enfin, façon de parler, dit-il aussitôt, des fois que le Tout-Puissant l'entende depuis là-haut.

« Le père et le fils avaient déjà fait plusieurs allers-retours quand la neige s'est mise à plomber le ciel. On aurait dit une outre prête à se rompre. C'est toujours pareil avec la neige, elle emmitoufle peu à peu les sommets, les étreint entre ses bras blancs, puis les étouffe. Tant que les résineux restent visibles, c'est que la neige ne tombe pas. Il faut avoir l'œil, c'est vrai. Si jamais la brume s'installe par là-haut, y a pas à hésiter, faut rentrer, c'est un signal, la neige ne va pas tarder.

« Le père et le fils ont bien vu la neige arriver. On ne peut pas s'y tromper quand on est des gars d'ici. Il ne leur restait qu'un aller-retour à faire, alors ils se sont dit qu'en forçant le pas, ils allaient réussir. Après tout, ce n'est pas si haut, le Buet. Ils le connaissaient par cœur à force d'y monter une bonne dizaine de fois par saison. Pour la dernière descente, le fiston a été retardé par sa mule et le père est parti devant.

« Quand la nuit a commencé à tomber, le père était déjà rentré depuis une bonne heure. Mais pas de nouvelle du fils. Plusieurs fois, il est sorti sur le seuil de la ferme, les mains en visière pour tenter de repérer le balancement d'une lampe ou le halo d'une lanterne tenue à bout de bras par le gamin. On n'y voyait rien. La nuit épongeait tout.

« Une fois les meubles entassés dans la remise, le père entra dans son bas de ferme pour allumer une flambée. L'air était immobile, glacial. Les mains offertes aux flammes, il se repassait le chemin, essayant de se souvenir des dévers et les trous où la mule aurait pu verser avec son chargement. C'est qu'il y en avait pour cher de toute la vaisselle qu'elle transportait, sans parler des bouteilles de vin, des grands crus, qu'il fallait redescendre aussi. Si par malheur la mule s'était rompu les reins, ce serait le coup de merlin entre les yeux, une sacrée perte d'argent pour la famille.

«À aucun moment, il ne pensa à son fils. À sa peur, à ses pieds gelés, à sa tête croûtée de neige. C'était ainsi. Jadis, les enfants étaient davantage des bouches à nourrir que des corps à chérir. Quand on en perdait un, on en faisait un autre. Les femmes n'avaient pas leur mot à dire ; leur ventre était un dû, la maternité un devoir.

«Sur les coups de sept ou huit heures, le père s'est décidé à partir au-devant de son fils. Dans une main, une longue canne en bois, dans l'autre deux lanternes, une à pétrole pour éclairer autour de lui et une au carbure, plus puissante, pour fouiller la nuit. La neige ne tombait pas encore très fort. Le plus désagréable, c'étaient les flocons durs comme des grains de riz qui piquaient le visage comme une fouettée d'orties. Ils semblaient s'incruster sous la peau tellement ça cinglait fort. Là-haut, le vent avait dû prendre de la force lui aussi et se mettre à donner de la voix sur les arêtes de schiste.

Brusquement, la Banquise s'interrompit pour regarder autour de lui. Et dans un rugissement exigea :

— À boire, bon Dieu, j'ai soif, moi, à parler tout le temps.

Lili remplit un carafon de blanc directement au tonneau. Tous les yeux convergèrent vers le pichet mais personne n'y toucha. Cela ne se faisait pas, il y avait un rituel : une fois l'histoire racontée, le patron offrait la première tournée. Après c'était chacun, selon sa soif et ses moyens.

La Banquise vida un premier verre, les yeux à l'envers, des yeux dont on ne voyait que le blanc veiné de rouge. On l'entendit souffler d'aise lorsque le vin commença à lui baigner les entrailles puis plus rien. Au deuxième verre, ce fut un soupir, un vrai, pareil à ceux que l'on pousse après un gros effort. Son souffle était court. Il prit le temps de se remettre d'aplomb et poursuivit son histoire.

— J'en étais où déjà ?

Tous avaient suivi, vous pensez bien.

— Le père partait à la recherche de son fils quand t'as arrêté, précisa Adrien Cervoz. Il avait deux lanternes à la main, une à pétrole et l'autre au carbure.

Sitôt que l'on parlait technique, cela le réveillait, Adrien Crevoz. On ne passe pas quarante ans de sa vie dans la même usine sans que cela ne laisse quelques sillons dans le cerveau.

Les autres le dévisagèrent. Il n'était pas dans ses habitudes de parler ni de se faire remarquer. Être transparent lui suffisait largement. Mais là, il était question d'éclairage et de technique. Quand il devina le regard des autres braqué sur lui, ses épaules s'affaissèrent, son dos prit la forme d'une barrique. Il rentra en lui, le seul endroit où il était bien. Finalement, c'était mieux ainsi, cela ne prêtait ni à la discussion, ni aux controverses. Il était tranquille, on lui fichait la paix, c'était tout ce qu'il demandait.

La Banquise reprit pied dans son histoire sans hésiter, il savait raconter, perdait rarement le fil de l'histoire. Ce n'était pas toujours la vraie vérité, mais qu'importe s'il lui fallait prendre des raccourcis. Il affirmait parfois ne plus retrouver tel détail de son histoire. Il avait beau se taper derrière la nuque pour faire tomber les mots et les idées, rien ne revenait. Tous craignaient ces instants parce qu'il leur fallait accepter d'être face à eux-mêmes et admettre que leurs belles années étaient définitivement révolues.

La Banquise s'en fichait, lui, des conséquences de l'âge. Il reprit son récit là où il l'avait laissé.

— Tant que la route resta visible, les choses allèrent leur train. Les bords charnus du talus servaient de repères. Quand la nuit devint épaisse, le père se repéra en piquetant le sol de sa canne à long manche. Il marchait à l'oreille. Ce n'était pas un alpenstock, on n'en utilisait déjà plus à cette époque, mais une canne de berger à la pointe ferrée. Pratique pour faire la trace dans la neige même profonde. Pour se défendre aussi, combattre les lynx, se sortir d'une mauvaise passe, un bel outil en somme.

« Tout en avançant, il avait beau chercher des traces, il ne voyait rien. Ni empreintes de pied, ni de sabot. Il se mit à marcher à grandes enjambées comme seuls les montagnards savent le faire. Il se souvenait d'avoir quitté son fils quelques lacets plus bas que la cantine. C'était un espace ouvert aux quatre vents où caisses et ballots étaient entassés sur le dos des bêtes. Un genou au sol, le père inspecta les lieux à l'aide de sa lampe au carbure. Il y avait encore des traces, un piétinement et d'autres moins profondes. Son fils avait bien chargé la mule, la preuve était là, sous ses yeux.

« Le père décida de redescendre en inspectant le sol, s'arrêtant tous les vingt mètres. La neige était en train de tout effacer, il fallait faire vite. Il se baissait, détaillait la neige avec sa lampe qui avait sur le devant un gros pavillon de cuivre et une vitre pour que la flamme ne s'éteigne pas. D'ici une heure ou deux, tout serait uniforme et duveteux, la neige aurait tout recouvert. Un homme seul ne peut pas grand-chose dans une tempête de neige, si ce n'est s'abriter. Alors pensez donc, un enfant d'à peine quatorze ans.

« Plusieurs fois, le père appela, les mains en cornet autour de la bouche, ne sachant en fait vers quelle direction se tourner. Mais chacun sait que la neige avale les bruits. Alors le père se résolut à rentrer. En passant le seuil de sa ferme, il avait la tête basse et le regard en dedans. Inquiète, la mère l'attendait en se tordant les doigts.

— Alors ? demanda-t-elle.

— Rien.

Le père parlait d'une voix lasse.

— On n'y voit plus rien, là-haut... Sais pas où il est passé, j'l'ai cherché partout.

« En entendant ces mots, la mère, une femme encore jeune au corps mince avant d'être maigre, réprima un sanglot. Sa main se porta à sa poitrine à la recherche de son petit scapulaire. Lorsque l'émotion noue la gorge et la peur fige le sang, en général on s'en remet à Dieu. Malheureusement, c'est souvent trop tard. Avec une lenteur de mère torturée, elle rangea le bol de trop dans la crédence, la cuillère de bois par-dessus. Les femmes savent ces choses-là. Elles les sentent. Elles entendent leur chair hurler bien avant d'avoir des preuves sous les yeux.

— Demain, j'y retournerai, promit le père. Il a dû se rencogner sous un coin de rocher ou dans le creux d'un arbre... Et puis la mule lui aura tenu chaud. Ces bêtes-là, c'est du solide, tu sais.

« Sa femme ne l'écoutait plus. Inquiète, elle l'était évidemment comme une mère en pareilles circonstances. La voyant ainsi, le père eut un égard, peut-être un fond d'humanité :

— Allez, te tourne pas les sangs, je vais bien y retrouver demain.

« La mère sentit ses yeux se noyer, puis déborder. Elle voyait deux petits pieds bleuis par le froid, des poings serrés cachés sous les aisselles pour y grappiller un peu de chaleur et un corps tremblant de peur, seul, là-haut dans le noir, avec rien pour se rassurer, rien pour se protéger, rien pour se réchauffer. Sur le moment, elle se demanda si les larmes ça gelait aussi.

La Banquise savait la fin de son histoire proche. Pour garder encore un peu son auditoire en haleine, il annonça qu'il lui fallait aller vidanger les soutes. Aux *Trois Tilleuls*, il n'y avait pas de toilettes. Dire que certains se soulageaient dans le lavabo de la cour serait une insulte à l'hygiène mais pas une entorse à la vérité. En fait, on s'arrangeait comme on pouvait, de préférence le long de la rangée de noisetiers au fond de la cour. Quand il rentra, les petits vieux s'étaient mis à piailler au prétexte que la Banquise racontait trop vite. Personne n'aurait soupçonné qu'il inventait à mesure qu'il parlait. Pourtant, c'était cela la vérité : il inventait tout. Un authentique conteur, mais ce titre l'indifférait. Lui se voulait poète, le seul statut qu'il défendait comme étant le sien.

— J'en étais où déjà ?

Là, les petits vieux s'enflammèrent. La Banquise savait parfaitement où il s'était arrêté, c'était seulement sa manière de les faire revenir dans l'histoire. De leur laisser un rôle et leur maintenir une envie.

Il s'assit avec difficulté sur son tabouret haut et reprit :

— Avant l'aube, le père réunit deux, trois voisins. C'est un trait commun aux montagnards de se soutenir dans l'adversité. Coulée de boue, éboulement, avalanche, incendie ou inondation, les querelles du moment s'oublient quand il y a un drame.

« Les hommes emmenèrent deux chiens de berger, de la soupe chaude dans un bidon porté en bandoulière et quelques branches sèches pour allumer une flambée. Personne ne se faisait d'illusions sur l'issue, mais par principe ou par piété, tous feignaient d'y croire encore.

« Le ciel s'est mis à rosir, annonçant les premières lueurs de l'aube. Le gros de la neige était tombé durant la nuit. Seuls persistaient des nuages lourds qui effleuraient la pointe des épicéas de leur panse rebondie. Des restes de neige qui ne tomberaient pas ou alors plus tard quand les nuages s'écorcheraient sur les arêtes effilées du Grenier de Commune ou de la Tête à l'Âne.

« Autour des hommes, pas un bruit. Un immense silence de début du monde. Seuls les pas rythmaient la marche avec un bruit de ouate que l'on déchire.

La Banquise s'interrompit de nouveau :

— Vous voyez comment ça fait quand on marche dans la neige fraîche ?

— Oui, répondirent les petits vieux de la tête ou des lèvres.

La Banquise poursuivit :

— Les uns derrière les autres, ils refirent le chemin jusqu'au moment où l'un des chiens se mit à grogner. Son maître le saisit par le collier, comme ça… montra la Banquise sur un collier imaginaire, histoire de faire durer l'histoire encore un peu. « Cherche, mon chien, cherche », lui ordonna-t-il.

« Il n'y avait pas d'excitation chez l'animal. Mauvais signe. C'était autre chose, du dépit peut-être, si les bêtes sont capables d'en avoir comme nous. Ces petites plaintes tristes comme des pleurs ne présageaient rien de bon. Tous s'arrêtèrent. Il y avait des traces, à demi effacées par la neige tombée jusque tard dans la nuit. Ils s'arrêtèrent au pied de la grande croix. Visiblement, c'était là qu'il s'était passé quelque chose. Ils s'approchèrent du bord du chemin. Ce n'était ni très pentu, ni très profond, quelques dizaines de mètres au plus. « Là... », montra le plus grand des types. Ah, c'était comment son nom déjà à celui-là ? s'interrogea faussement la Banquise. Bon Dieu, j'le savais dans le temps...

— Ça fait rien, continue... demanda l'homme des compteurs électriques.

— Le grand type, donc, montrait un monticule de neige dans la pente avec une caisse dont les planches étaient brisées. La mule a glissé, pensèrent tout de suite les hommes, et le gamin est coincé dessous. À tous les coups, c'est ce qui a dû se produire.

« Ils descendirent après avoir tendu une corde de vie afin de remonter le petit et les caisses qu'ils reviendraient chercher plus tard. Après une heure de déblayage, il fallut se rendre à l'évidence, l'enfant n'était pas en dessous, ni à côté, ni dans les touffes d'arbustes. Et rien pour les renseigner.

« Alors ils remontèrent un par un, la mine basse et le noir dessus, comme on dit ici quand on a le moral en berne. C'est là que le grand maigre... Bon Dieu, son nom ne m'revient pas...

Les petits vieux ne dirent rien, pourtant il leur tardait de savoir la suite. C'est normal, des histoires pareilles, il y en avait tellement eu par ici que si la Banquise leur racontait celle-ci, c'était qu'elle était pas ordinaire.

La Banquise reprit son souffle comme un chanteur avant de monter la note finale.

— C'est là que le grand maigre a pointé le doigt vers la croix en criant : « R'gardez, là devant vous. — Quoi ? », demandèrent les hommes. Il eut du mal à en dire plus tant sa gorge était nouée.

« Accroché à la croix, là », insista-t-il d'un doigt tremblant comme un grelot.

« Les hommes regardèrent. S'approchèrent, les yeux pointus. Ils auraient voulu ne pas croire ce qu'ils voyaient. L'enfant était assis à califourchon sur la traverse, les bras noués autour du poteau central. Dans l'une de ses mains, la grosse lanterne, éteinte désormais, se balançait encore sous les sautes de vent. L'enfant avait dû estimer qu'on le verrait mieux installé en haut de la croix. Cela lui avait été fatal. Il était mort de froid.

« Pour le redescendre de la croix, les hommes se montèrent sur les épaules les uns les autres. Le premier à le toucher fut son père. En caressant ses cheveux devenus raides, il eut un sursaut. « Ils étaient durs comme une couronne d'épines », dit-il plus tard. Ses yeux étaient nacrés, ouverts sur l'infini, étonnés d'être là et suppliant qu'on vienne le chercher.

« Le plus dur restait à faire. Le corps était collé au bois de la croix. Alors les hommes ont allumé un feu, ont fait fondre de la neige, ont déchiré une de leur chemise. Et avec une infinie douceur, le père a décollé son fils de la croix à l'aide de chiffons tiédis. Ses bras demeuraient ouverts comme ceux d'un enfant prêt à embrasser. Il fallut ensuite faire de même avec sa joue, son front, son oreille pris par la glace. Il avait dû pleurer longtemps. Les hommes mirent plus d'une heure à décoller son visage sans écorcher sa peau fragile.

« Le retour se fit sans un mot. Il y a des morts qui révoltent et des injustices qui répugnent. Celle-ci en était une dont on parla longtemps.

« En souvenir, il ne reste qu'un gros rocher pas très bien taillé à quelques pas de la croix, un peu sur la gauche. Même les inscriptions ont disparu. Allez-y, vous verrez ! lança la Banquise, des fois que l'un de ses auditeurs ait eu des doutes sur ce qu'il venait d'inventer.

Seulement là, personne n'aurait osé trouver à redire, vous pensez bien, avec des symboles aussi forts : la croix, la couronne d'épines, l'enfant, la nuit, la mort… Les petits vieux se taisaient. Muets comme des pierres. Bouleversés aussi.

Quand la tournée du patron fut servie, tous se précipitèrent sur leur verre. Leurs mains à la peau ridée et aux veines bleutées tremblotaient. C'est fou comme cela donne soif d'écouter les autres parler. On n'a jamais su pourquoi. L'émotion sans doute.

Une fois les verres vidés, les petits vieux, Lili et même Francky eurent un moment de flottement avant de revenir à la réalité. Seul Monsieur Henry ne semblait pas ému le moins du monde. Il faut dire qu'il avait éventé depuis longtemps la combine de la Banquise. Sa sensibilité aux récits avait eu tôt fait de le mettre en alerte, il l'avait écouté avec attention, vérifié, recoupé pour se rendre à la conclusion grandiose que la Banquise inventait tout à mesure qu'il parlait. Un conteur magnifique. Dans la lignée des faiseurs de veillée et des colporteurs d'histoires. Mais la Banquise ne l'entendait pas ainsi. Il était poète par une sorte de volonté divine, peut-être même la réincarnation du flamboyant Rimbaud. Alors qu'on lui fiche la paix avec ses récits, c'était juste pour faire passer le temps et donner un peu de bonheur aux autres.

7

Le soir venu, le retour chez Payen d'Orville fut plus pénible qu'à l'ordinaire. Lili l'aidait de son mieux. Ne sachant ni les gestes ni les manœuvres, elle hésitait sur tout. Avec patience, Henry expliqua, montra, conseilla tout en se demandant si son idée de lui offrir l'hospitalité était aussi judicieuse qu'il l'avait cru. La montée du léger raidillon fut difficile, les pneus accrochaient mal sur la chaussée. Traverser la cour avec ses graviers qui croustillaient sous les roues parut interminable à l'un comme à l'autre.

Arrivé au bas de l'escalier, Henry Payen d'Orville se leva de son fauteuil à la force des bras.

— L'escalier, je le monte seul. J'ai seulement besoin d'être soutenu au cas où l'un de mes pieds viendrait à déraper.

— Oui, fit Lili, pas très sûre d'avoir tout compris.

L'escalier était gigantesque. Rien de commun avec les échelles de meunier ni les marches ajourées des vieilles fermes. Une demeure solide construite pour durer. Les architectes s'étaient fait plaisir, associant esthétique Art nouveau et techniques modernes. Le résultat était impressionnant mais tellement éloigné de ce que l'on trouvait dans les pays de montagne. Cela avait néanmoins permis de dégager l'espace pour une immense terrasse où cinquante personnes pouvaient se réunir sans peine.

Payen d'Orville père l'avait voulu ainsi. Accueillir des clients fortunés, des partenaires de jeu, des élus de haut rang, des politiques de petite volée mais promis à un bel avenir. Lors des soirées données ici, les femmes étaient belles, mais leurs yeux souvent mélancoliques et leur sourire figé. Quand le champagne remplissait les coupes, elles s'animaient davantage mais avec tact et retenue. Certains soirs, elles s'aventuraient plus loin, les yeux cachés derrière un loup, se pensant à l'abri de tout. Les hommes venus avec elles les entraînaient à l'abri des regards. Le lendemain, cela alimentait la chronique mondaine écrite à l'encre de la jalousie et de la médisance.

Parvenu en haut de l'escalier, Henry pensa que Lili allait ôter son bras de sa taille. Elle n'en fit rien. Maladresse, inexpérience, manœuvre de femme ? Il ne savait quoi penser. Le temps de retrouver son souffle, il s'assit sur la balustrade entourant la terrasse. De là, on surplombait tout le village. Lili fit de même, son épaule contre celle du peintre.

— C'est beau, n'est-ce pas ? interrogea Henry, se parlant à lui-même autant qu'à la jeune femme.

Des yeux, il désignait les toits d'ardoise réfléchissant les lumières montées des réverbères. En particulier ceux de la ruelle qui menait au Jardin botanique, offrande de Marie-Louise Cognacq-Jaÿ au village de Samoëns qui l'avait vue naître.

— C'est vrai, c'est beau, confirma-t-elle, songeuse, un peu triste aussi.

Peu satisfaite de sa réponse, elle se reprit :

— En fait, ce n'est pas ça que je voulais dire...

— Dites alors !

— J'trouve pas les mots, j'vais faire comme je peux, alors. Ce qui est sûr, c'est que je suis rassurée en voyant le village d'ici, il ne me fait plus peur.

— Peur... peur de quoi ?

— Vous voyez, je ne sais pas raconter.

— Au contraire, continuez, Lili, cela m'intéresse.

Elle prit son élan comme une gymnaste devant la poutre.

— Voilà, déglutit-elle, j'ai l'impression d'être sortie d'un ventre.

— Un ventre ?

— C'est drôle, hein, mais c'est ce que j'ressens. Et puis, j'me sens libre, je peux sortir, je peux m'montrer. C'est ça que je veux dire. Faut me croire, Henry, mais ne le répétez à personne. Parce que ça va encore faire des histoires avec les toubibs. Vous savez, avec la maladie que j'ai dans la tête, ils me font des piqûres longues comme ça, montra-t-elle avec ses doigts. Après tu dors comme si t'étais entre deux matelas. Il paraît que dans le temps, les malades on les tuait de cette manière... Faut pas le répéter, hein, tu me le promets.

Elle avait glissé du « vous » au « tu » sans même s'en apercevoir. Lorsqu'elle parlait, elle voulait être comprise dès ses premiers mots. Et surtout qu'on lui dise qu'elle avait raison, qu'elle ne s'était pas trompée. Cela la rassurait pour une heure ou pour plus longtemps. Être acceptée en somme, considérée, un peu respectée. Juste un peu, elle ne demandait pas grand-chose. Au lieu de quoi, lui tombaient chaque jour dessus injures, sarcasmes ou remontrances. Quand ce n'était pas pire…

Cela datait de sa rencontre avec Francky. Avant, elle était heureuse chez sa grand-mère, elle se sentait à l'abri du monde. Elle était bien alors, faisait des rêves de jeune fille et de prince charmant, de voyage de noces et de nuages blancs. Elle avait appris à grandir, à s'affirmer, avait commencé à s'aimer. Bientôt, la vie l'autoriserait à s'envoler.

Seulement un jour, sa grand-mère n'avait pu se lever. Le médecin avait fait la moue, le curé serré son missel. Avant de changer de monde, la vieille femme avait parlé longtemps à Lili, d'une voix de plus en plus faible, la mettant en garde contre les embûches et les chausses-trappes de l'existence mais lui promettant aussi de belles surprises, de jolis moments, remplis d'espoir et de rires d'enfants.

Mais dans les semaines qui avaient suivi la mort de sa grand-mère, Lili avait senti que se creusait dans sa tête un immense trou noir. Des blouses blanches s'en étaient mêlées qui voulaient la soigner, des prêtres aussi, décidés à la sauver. Résultat, la solitude l'avait enveloppée de ses draps mouillés et froids.

En écoutant Lili parler, Henry Payen d'Orville ne pouvait s'empêcher de penser au froid du parking où elle dormait, avec ses murs de béton et ses longues traînées d'eau qui devaient ressembler à des fleurs sans âme. Des fleurs qui ne voyaient jamais le soleil et ne se nourrissaient que de la nuit.

En se levant du muret, Henry prit appui sur l'épaule de la jeune femme. Malgré le froid du soir, elle avait le cou et la nuque chauds, une peau douce, subtilement grenue. Quelques frisons châtains s'étaient échappés des peignes qui lui relevaient les cheveux en chignon. Sous ses doigts, Henry sentait la vie sommeiller. Il tenta de déplacer sa main, mais retint son geste. Il ne voulait pas briser cette harmonie naissante, tellement fragile, une goutte d'eau suspendue à un brin d'herbe.

« Dans quoi je suis en train de m'embarquer ? » se demanda-t-il en franchissant le seuil de la maison. Par paresse, il repoussa la réponse à plus tard. « Demain... j'y repenserai demain, rien ne presse... » Autant dire jamais. Car en réalité, la paresse n'avait rien à voir dans son attitude. Henry Payen d'Orville était joueur. Et parfaitement conscient de l'être. Enfant, les cercles fréquentés par son père l'impressionnaient par leur ambiance enfumée et le volume des salles de jeu. Ces réunions de gens anxieux, trépignants ou frivoles l'avaient intrigué puis envoûté. Dès qu'il avait pu, il s'était mis à jouer de façon solitaire et clandestine sur des sites en ligne.

À ce stade, ce n'était déjà plus une passion, le vice avait depuis longtemps gagné la partie. Sa femme s'en était aperçue, avait tenté de l'aider, puis s'était lassée. Le voyant de surcroît s'adonner à l'alcool, elle s'était désintéressée de lui peu à peu, compatissant par éducation mais renonçant à intervenir. L'amour s'était éteint entre eux parce que ni l'un ni l'autre n'avait eu envie de le ranimer.

Une fois dans le vestibule, Henry demanda à Lili de lui apporter son fauteuil. Elle voulut l'aider à s'y installer, ne sachant pas comment le soutenir. Mais pour rien au monde elle n'aurait montré son embarras ou ses difficultés. Il s'y laissa tomber. Pour qui voulait lire les choses d'une autre manière, c'est vrai qu'elle était attentive, soutenait Henry, lui passait les bras autour du corps pour lui éviter un mauvais geste ou une chute. Attentionnée, prévenante, agréable mais rien de plus. Il n'y avait qu'Henry pour y voir autre chose. Les artistes ont une sensibilité parfois étrange, c'est ce qui fait leur différence.

— Je vais vous aider, annonça Henry.

— M'aider à quoi ?

— Je m'occupe de préparer le repas.

— Laissez, je sais me débrouiller.

— Non, lança Henry en élevant la voix.

C'était un ordre qu'il venait de lui adresser. Lili en resta figée.

Henry s'en aperçut et redevint plus attentif à ses mots.

— Ne le prenez pas mal, mais je ne veux pas être servi… C'est ma manière de ne pas sombrer, vous comprenez.

Elle fit oui de la tête. C'était déjà beaucoup parce qu'il n'aurait pas fallu grand-chose pour que les larmes débordent de ses yeux et roulent sur ses joues.

Le dîner aurait pu être agréable : la vieille cuisinière avait préparé un carré de veau accompagné d'un gratin de cardons. Seulement le cœur n'y était pas. Le silence étouffait tout. Lili ne savait comment s'en sortir. Elle avait beau se tordre les méninges pour trouver une idée, tout ce qui lui venait lui semblait futile. Peur du ridicule. Peur d'elle-même surtout. Alors elle se taisait. Et Monsieur Henry buvait son vin dans un verre en cristal comme chaque soir, comme chaque nuit avec une application de vieux pharmacien pesant ses drogues au trébuchet. Une atmosphère lourde, un dîner en train de chavirer.

Malgré les deux bouteilles déjà vidées, Henry pressentait l'imminence du fiasco. Maintenant qu'ils s'étaient apprivoisés, tout aurait pourtant dû bien se passer. Sans raison, il prit une voix sourde de chanteur d'Alhambra et leva son verre. C'était incroyable, ni son bras, ni sa main ne tremblait. Et ses mots, même un peu empâtés, restaient audibles.

— Je lève mon verre à votre premier jour auprès de moi, il y en aura d'autres, beaucoup d'autres, il faut seulement que…

Silence.

Il venait de perdre le fil de sa pensée. Comme si les mots manquants étaient au fond de son verre, il fit tourner le vin restant.

— Voyez-vous, Lili… Ah, j'ai retrouvé le fil : il faut que nous apprenions à nous connaître. Ce que j'ai dit tout à l'heure vous a choquée, acceptez mes excuses.

— Mais non, voyons, mais non, s'empressa-t-elle de répondre.

— Si, je le sais ou à défaut, je le sens.

— Ce n'est rien, j'en ai vu d'autres.

— Vous savez, un artiste c'est plein de défauts, c'est comme une rose avec ses épines. Tout cela n'est qu'apparence. Je vous raconterai plus tard, vous verrez, je vous raconterai…

Elle sentait le sang revenir en elle. C'est étonnant la vie, on peut tout gâcher sur un détail et passer son existence à le regretter. Ou bien tout recoller en employant les mots qu'il faut.

Ils allèrent se coucher, lui s'appuyant sur ses cannes, elle suivant à deux pas. Sa chambre à lui était à l'entrée du couloir, celle de Lili au fond, une grande pièce au papier vert amande avec des feuilles d'acanthe plus claires, des doubles rideaux aux fenêtres et un dessus-de-lit en reps vert bouteille. Du cossu, estimaient ses parents, du lourd, affirmait Henry en privé.

Les chambres n'étaient pas très éloignées l'une de l'autre, seule une grande salle de bains les séparait. Avec entre elles une longueur de parquet gémissant. Les lattes se rebellaient sous les pieds et prenaient un malin plaisir à rappeler aux hommes qu'ils n'ont pas le pouvoir de tout décider. En dépit de la grande cheminée du salon et des radiateurs dans chacune des chambres, il faisait froid et humide dans les chambres. Henry s'en satisfaisait tout en se disant que cette atmosphère n'était pas très indiquée pour ses blessures. Quand il le pouvait, il s'installait devant l'âtre, les pieds nus exposés aux flammes, laissant la chaleur le pénétrer.

Le corps déjà plein d'alcool mais le cerveau en réclamant encore, il attendit un bon moment avec l'espoir de résister. Puis il céda. Son bras glissa sous le lit. Dans ces moments-là, parmi les alcools divers qu'il y stockait, il savait d'instinct lequel allait l'aider à terrasser ses démons et museler ses peurs. Alors il but, pas très fier de lui, sachant pourtant qu'il n'avait pas d'autre issue.

Et comme chaque nuit, il sombra dans un sommeil épais où les couleurs se mélangeaient, les sentiments se dissolvaient. À peine si de temps à autre sa mémoire revenait, lui rappelant qu'il était vivant, que la vie ne l'avait pas abandonné et qu'un avenir était encore possible. La nuit lui entrait dans la tête à coups de marteau, ses tempes cognaient, son front s'échauffait.

Plusieurs fois, il se retourna, s'agrippa à son oreiller, à la tête de lit. Le montant en bois aurait pu témoigner de ses combats au corps à cœur avec lui-même.

Sentant quelque chose de frais sur son front, il s'apaisa.

— Henry…

On l'appelait… pour le Jugement dernier sans doute. Il s'affola, ses bras se mirent à battre l'air au-dessus de sa tête.

— Henry, c'est moi….

Cette fois il s'assit sur son lit, le corps en eau et la tête en folie.

— Qui est-ce ?

— Lili.

Il se laissa retomber sur ses draps en bouchon. Déglutit péniblement. Sa langue occupait toute sa bouche. Il lui fallut du temps pour se souvenir. Au plus profond du sommeil, quand l'alcool fait son plein effet, il est difficile d'échapper à son étreinte. Il exige, ordonne et vous veut uniquement pour lui.

— Oui, articula-t-il, à peu près distinctement.

— Je peux allumer ?

— Oui !

Était-ce une réponse ou un soupir ?

Lili était là, pieds nus, revêtue d'un tee-shirt trop grand pour elle, qui tombait jusqu'au bas de ses cuisses. Ses bras étaient nus, ses épaules aussi, que l'on apercevait par l'échancrure du cou. La jeune femme tenait son oreiller à la main. Visiblement, elle avait pleuré, son visage était encore mouillé, ses yeux larmoyaient.

— Henry, j'ai froid.

— Ah, c'est la chaudière, elle ne donne pas assez fort.

Lili le regardait avec tristesse. Se pouvait-il que l'on soit à ce point incomprise, se disait-elle en se protégeant de son oreiller qu'elle avait posé sur sa poitrine. Elle n'avait pas seulement froid, elle avait peur, mais cela elle ne l'avouerait pas. Elle n'avait jamais pleuré sur sa vie, cela n'allait pas commencer maintenant. Elle pensait : « S'il ne comprend pas, je m'en irai, ce soir ou demain, mais je m'en irai. »

Lili avança dans la pièce, accompagnée par les plaintes du parquet. Elle s'assit sur le lit. L'extrême bord du lit. Là où le corps ne va jamais de peur de tomber et attendit en grelottant.

— Viens, lui proposa Henry.

Elle remua les lèvres. Remerciement, ébauche de sourire ou tremblement ? Toujours est-il qu'elle se glissa dans l'espace qu'Henry venait d'ouvrir en repoussant les draps. Elle s'y blottit, les jambes en chien de fusil, le dos tourné, les mains sous les aisselles pour récupérer un peu de chaleur et resta ainsi sans bouger de longues minutes. Se retournant, elle se fit suppliante :

— Je ne te dérangerai pas, Henry, mais ne me mets pas dehors, s'il te plaît, ne me mets pas dehors...

Même s'il comprenait tous les mots prononcés, Henry avait du mal à organiser sa pensée. Tout ce que disait la jeune femme lui paraissait possible mais pourquoi l'aurait-il mise dehors alors qu'il venait de lui proposer une chambre ? Peut-être avait-elle réellement froid.

Henry prit appui sur un coude pour ramener les couvertures sur leurs deux corps.

— Ça va aller mieux. Demain, je pousserai la chaudière.

Elle fit oui de la tête, incomprise et triste jusqu'au bout.

Les draps étaient propres, mais il s'en dégageait une odeur surette comme dans les chambres où l'humidité reste toujours présente. Lili le remarqua en se disant que ce n'était pas le moment de faire l'exigeante. Seulement, il y avait cette idée qui ne la quittait pas. Et elle n'aimait pas ces idées qui tournent en rond. À l'hôpital, les médecins lui avaient dit de les éviter, de s'en éloigner, se construire un autre monde plus calme et plus tranquille, sinon elle serait de nouveau hospitalisée.

Une fois la lumière éteinte à l'aide d'un va-et-vient en forme d'olive comme aux temps anciens, Lili se sentit moins seule. C'est étonnant comment vont les choses. Alors qu'elle aurait dû de nouveau s'inquiéter du lendemain, elle s'apaisa, trouva matière à espérer, voulut le faire partager. Se tournant vers Henry, elle murmura :

— C'est bien que tu sois là ! Tu me protégeras, hein…

La nuit a ceci de particulier qu'elle permet aux rêves de se déguiser en réalité. Lili roula sur le côté. Les draps, encore bien tirés à cet endroit, étaient rêches et froids. Ses jambes, ses cuisses en frissonnaient. Elle se rapprocha. Ils étaient à quelques centimètres l'un de l'autre. Elle le savait, le ressentait. Lui ne bougeait pas. Les mains jointes derrière la tête, il naviguait entre veille et sommeil, le cœur grand ouvert, l'âme à l'abandon.

N'y tenant plus, Lili s'approcha plus près encore. C'était un mouvement lent qu'elle pouvait arrêter à tout instant. Elle poursuivit jusqu'à ce que leurs deux corps se touchent. C'était agréable et riche de promesses. Pour finir de se rassurer, elle entoura la poitrine d'Henry de son bras. Sous sa main aux doigts écartés, elle entendit battre son cœur.

Elle aurait aimé qu'Henry la prenne dans ses bras, la serre à ne plus pouvoir respirer. Elle aurait poussé de petits soupirs comme un jeune animal appelant sa mère. Aimé, surtout, qu'il lui promette que l'été reviendrait, que jamais plus elle ne dormirait dans sa voiture, qu'ils allaient construire un monde à eux où il ne ferait plus froid. Un monde contre lequel les injures et les vexations rebondiraient. Elle aurait aimé…

Quand Henry l'attira à lui, Lili se dit qu'il avait suffi d'espérer pour que les choses arrivent. Maintenant, elle n'osait plus bouger de peur de mal faire ou décevoir. Henry lui prit le visage et l'embrassa avec une infinie tendresse. Ses caresses n'étaient pas appuyées, elles couraient sur son corps comme des frissons. Peut-être en étaient-ce d'ailleurs. Elle se dit que c'était l'habitude de tenir un pinceau qui le faisait agir ainsi, sa façon d'étaler des couleurs légères et transparentes. Elle se dit… Elle se dit… Puis se laissa aller pour le rejoindre dans cette barque qui allait les emmener en pleine lumière bien que l'on soit au plus sombre de la nuit.

8

Le lendemain, ils se réveillèrent dans les bras l'un de l'autre. La nuit avait été douce, le lit était chaud sous les couvertures de laine, leurs corps et leurs pensées s'étaient mis au repos. Ils s'embrassèrent doucement, presque timidement, puis laissèrent la vie les enflammer. C'était plein d'une belle lumière comme une trouée de ciel bleu entre les nuages. Dehors, le ciel était encore habillé de gris, le soleil peinait à se lever. Autour des volets, il n'y avait qu'un pâle filet de lumière. Eux s'en fichaient éperdument. Les amants ou les amoureux sont toujours égoïstes, ils ont tellement à partager.

Depuis des semaines, des mois même, Henry rêvait de retrouver l'envie de peindre. Tout le monde pense qu'il suffit de se mettre devant une toile, de regarder le ciel ou les sommets pour que les lignes naissent sous la main, les fonds, les personnages et les perspectives. Rien n'est plus faux. Peindre, c'est voir et raconter la vie autrement, lui donner une dimension que l'œil ne voit pas, faire entrer celui qui s'arrête devant une toile dans un carré de lumière où tout est différent. Que ce soit sombre ou coloré ne change rien à l'affaire. Ce n'est pas le regard que porte le peintre sur les choses qui compte, c'est ce qu'il ressent.

L'âme y est-elle pour quelque chose ? Personne ne sait. Les artistes, les vrais, se taisent sur la question ou alignent des mots pour faire rêver le chaland. Il est déjà suffisamment difficile de se colleter avec la création pour qu'il soit besoin d'aller exposer ses travers et ses faiblesses. Certains en parlent, ça les regarde. À chacun sa croix. Tous tâtonnent, se remettent en cause, hésitent, se désespèrent ou s'enflamment. En fait, seule l'envie compte. Quant à savoir d'où vient cette envie, personne ne peut répondre. Et comment la faire renaître quand on l'a perdue, personne ne sait non plus. C'est le grand mystère. Certains parlent de Dieu, d'autres d'amour, d'autres d'alcool… Henry, lui, penchait pour l'amour comme grand ordonnateur de l'envie. L'expérience le lui avait appris, expliquait-il, le regard absent, les yeux en voyage. Quant à l'alcool, c'était un assommoir, rien d'autre.

Après ces moments de grande tendresse, la jeune femme prit appui sur un coude pour regarder Henry. Elle était nue, souriait à son bonheur, à son amant, à la vie. Elle ne savait plus très bien. Elle souriait, c'était suffisant. Son corps était ferme et chaud. Elle avança la main pour effleurer Henry, lui caresser la nuque et le cou, puis s'arrêta sur les cheveux, les laissant glisser comme de l'eau entre ses doigts. L'instant d'après, elle les saisissait à pleine main, les serrait fort pour le plaisir de relâcher ensuite son étreinte et les caresser, lentement, les effleurant à peine.

Longtemps, ils restèrent ainsi à faire rejaillir la vie. Ils voulaient que cela dure longtemps. C'était comme un acte fondateur dans ces premiers moments de leur amour, un départ vers un futur dont ni l'un ni l'autre ne connaissait les contours. Seul le désir était là. C'est cela l'essentiel. Ne pas craindre le lendemain, se dire que l'on saura y faire face quitte à repeindre en couleur ce qui est noir ou gris. Cette promesse, tous les amoureux se la font depuis la nuit des temps.

Brusquement, le regard de Lili s'assombrit. Les mains levées pour remettre en ordre les mèches de son chignon défait, elle dit d'une voix sentencieuse :

— Fais attention…

— De qui veux-tu que je me méfie ? s'étonna Henry.

— De Francky.

— C'est un mariole, un demi-sel, non ?

— Tu te trompes, le coupa Lili, c'est un malin doublé d'un teigneux. Fais attention, il a tout de suite repéré que tu étais riche. « Un beau gibier », comme il dit. Il ne va pas te lâcher comme ça. Pour ce qui est d'entourlouper les gens, il est fort. Je l'ai vu faire dix fois, vingt fois. Un matin, tu te réveilles et tu ne comprends pas comment il s'y est pris… mais t'as tout perdu.

— Je ne crains rien, ne t'inquiète pas…

— Que tu dis !

Elle se pelotonna contre lui, sa main à plat lui caressait le torse qu'il avait puissant et couvert d'une toison de poils blonds.

— Le tableau qu'il t'a demandé hier, ne le peins pas. Dis-lui que tu n'y arrives pas ou invente un prétexte, dis ce que tu veux mais ne le fais pas.

— Pourquoi ? Cela fera plutôt joli au café.

— Parce qu'il veut le revendre, se faire de l'argent en obtenant de toi une œuvre gratuitement. Il s'est renseigné sur le prix de tes tableaux, je le sais, il m'a même demandé de voir si je pourrais te soutirer des informations. Il ne veut pas que tu peignes directement sur le mur mais sur un panneau. Quand il laissera tomber le café, il dévissera le panneau pour le mettre en vente… Je crois qu'il a déjà un acheteur ou un mandataire de galerie.

Lili se laissa aller sur l'oreiller. Sans pudeur, elle avait les mains derrière la tête et offrait son corps au regard. Belle, elle l'était et le savait. Elle en profitait. Elle semblait flattée de connaître la face cachée des choses et de pouvoir en faire profiter Henry. Elle réfléchit un temps, ne sachant par où commencer.

— Tu te doutes bien qu'il ne l'a pas acheté, ce café, il n'a déjà pas de quoi payer l'électricité. On va se faire couper le courant d'un jour à l'autre. Avec toutes ses combines, des fois, je ne sais même plus démêler le vrai du faux.

— Comment il s'y est pris ?

— En le jouant au poker.

— Tu plaisantes ?

— Pas du tout. Ça pourrait même me valoir une sacrée raclée s'il apprenait que je t'en ai parlé. Mais c'est plus fort que moi. À vous voir tous, surtout les petits vieux, heureux dans ce café qu'il veut déjà mettre en vente, cela me fait venir les larmes aux yeux. C'est pas un beau café, mais il est plein de souvenirs pour eux, et puis la beauté ils s'en fichent un peu, non ? Ce qu'ils veulent, c'est être entre eux. Boire leur coup et être tranquilles. Même ça, il va leur enlever. Ils me font penser à ma grand-mère, ces petits vieux. Cela me suffit pour avoir envie de les défendre.

— Au poker… Je n'en reviens pas.

— Il a des cartes truquées, et puis ça va si vite que personne n'y voit rien.

— Biseautées, les cartes ?

— Non, c'est trop connu comme tricherie.

— Alors comment il fait ?

— Il a une carte imprimée sur chaque face. Tout se joue au moment où il place les cartes, faut être rapide et habile. Avoir les nerfs. Et ça, faut reconnaître qu'il est fort. À tous les coups il gagne, faut seulement trouver le pigeon.

— Après, comment il a fait pour devenir propriétaire ?

— L'autre a signé une reconnaissance de dette puis a fini par admettre qu'il ne pouvait pas payer. Alors il lui a proposé de lui céder son café. Ils sont allés chez un notaire et ils ont signé un acte de vente.

— Au poker ! fit Henry en hochant la tête. Jamais je n'aurais imaginé ça.

En déjeunant, Henry se remémora des détails confirmant les dires de Lili. Plusieurs fois, Francky avait sondé la cloison devant recevoir le tableau en toquant dessus avec la jointure de l'index comme on le fait sur une porte avant de rentrer. Après avoir hésité, il avait décidé de faire installer un panneau de bois vissé dans le mur. Ce n'était pas une preuve, bien sûr. Cela pouvait néanmoins figurer au rang des indices. Pareil quand il avait demandé à Henry chez quel galeriste il exposait à Lyon.

Face à lui, Lili l'observait, un grand bol entre les mains, perdue dans un monde à elle, ne buvant pas, ne parlant pas. Son café était froid depuis longtemps et elle souriait encore. Des sourires qui s'envolaient en lui frôlant le visage, se posaient sur ses cheveux et lui effleuraient le cou de leurs mouvements d'ailes. Elle était heureuse de ce bonheur soudain, sachant néanmoins qu'il ne durerait pas.

Le bonheur, c'est éphémère comme les premières fleurs qui percent la neige. Il vient, il va, c'est pourquoi il faut en profiter lorsqu'il est là. « Parce que, pour ce qui est de le garder en cage pour le conserver à portée de main, personne n'a encore trouvé la cage », lui racontait sa grand-mère lorsqu'elle était enfant. C'est à elle que pensait Lili en regardant Henry, « ça n'existe pas une cage à bonheur, c'est comme vouloir retenir des flocons dans sa main ».

Dehors, le temps n'était plus à la pluie. Il faisait froid, trop froid pour qu'il pleuve. L'eau semblait figée dans le ciel comme une goutte au bout d'un robinet. De temps à autre, un mauvais crachin, mi-grésil mi-neigeote, venait par bourrasques balayer le sol en pourchassant les dernières feuilles de platane.

Lili dirigeait le fauteuil. Malgré toute la force mise par Payen d'Orville pour faire avancer les roues, ils allaient lentement. De mois en mois pourtant, ses bras avaient forci, ses épaules aussi et ses mains étaient devenues des pinces de forgeron. À la porte du café, Francky les attendait, bras de chemise relevés et cravate noire. En les voyant, il lâcha :

— Les v'là… C'est pas trop tôt.

Henry manœuvra de manière à amener son fauteuil dans l'axe de sa table habituelle. Vêtu d'une veste longue en drap rouge framboise et d'un pantalon de velours couleur moutarde, il avait belle allure. Son éternel insecte était accroché par ses six pattes au revers de sa veste. Une coccinelle bleue ou un scarabée? Le bijoutier avait pris des libertés créatives. De la classe assurément. Sans qu'il ait besoin de parler ou de bouger, on le remarquait.

En pivotant, Henry s'aperçut que sa table était occupée par un client nouveau, un petit gros à la chemise ouverte, avec une moustache fine en coup de crayon. Sous la lèvre inférieure, une mouche à l'impériale – marque suprême de la virilité, devait-il estimer. Il aurait pu être dompteur, il en avait le physique en tout cas.

Francky fit les présentations. Il s'appelait Léonce. Henry ne put s'empêcher de poser la question:

— Vous êtes dompteur?

— Non, pourquoi? répondit l'autre, ne sachant s'il s'agissait d'une flatterie ou d'une moquerie.

Il était là pour affaires. Il le répéta deux fois dans la même phrase. Et ses affaires consistaient aujourd'hui à refaire le café de fond en comble. Pour expliquer, il laissa Francky raconter.

— Tu vois, Henry, commença l'homme de Beaugency, il faut voir les choses en grand aujourd'hui. Garder l'café comme il est là, c'est la mort assurée. À part vous, qui est-ce qui vient ici? Personne. Alors nous, avec Léonce, on va tout casser et tout refaire. C'est un grand, lui, un bon: architecte, Beaux-Arts, Arts et Métiers.

Henry écoutait. Son idée était faite sur le petit gros. Un faiseur de bas étage comme il en avait parfois croisé dans les vernissages. Il laissa le bistrotier poursuivre:

— Quand je dis en grand, c'est en très grand. On va ouvrir la salle de derrière, on va faire sauter l'comptoir, comme ça, montra-t-il avec ses bras, et là-bas on ouvrira une verrière. Ce sera la salle de jeux.

— Quel genre de jeux ? s'étonna Henry Payen d'Orville.

L'autre ne répondit pas. L'envie taraudait Henry de taper un grand coup pour renvoyer tout ce petit monde à des projets à sa mesure. Lili lui avait plusieurs fois pressé le bras, signe convenu entre eux de ne pas envenimer les choses. « Attendre et se préparer au pire », avait chuchoté Lili.

— Et le public, tu vas le faire venir comment ?

— En car, c'est ça le coup de génie. Des cars remplis de petites gens qui vont venir se faire plumer.

Il s'enflammait, Monsieur Francky, et y perdait même sa prudence tant il était grisé par la perspective de l'argent facile.

— Et tes cars, tu vas les garer où ?

Silence.

Francky questionna son compère d'un coup de menton. Sans réponse, Henry se fit insistant.

— On les mettra où, les cars ?

— C'est pas l'urgence, répondit l'architecte, faut déjà avoir un permis et une autorisation préfectorale. Après, on tâchera de s'arranger avec le maire.

— Et l'argent pour les travaux ?

— C'est rien ça, l'argent, ça se trouve toujours quand le projet est bon.

Le faux dompteur était satisfait de lui. Il lui semblait avoir parlé comme un livre. Une vraie démonstration, une vérité d'homme qui s'imposerait à tous. Sauf aux montagnards, mais cela, ils ne le savaient pas encore.

— Pourquoi vous me parlez de ça ? Je ne suis qu'un client, moi, dit Henry Payen d'Orville, légèrement irrité.

— Oui, mais t'es artiste, le rassura Francky, et puis tu as un nom, des relations, des gens qui te connaissent. Alors là, tu vas pouvoir te faire plaisir.

— De quelle manière ?

— En décorant tous les panneaux, y en a pour des mois et des mois. C'est la fortune qui te tend les bras, Henry. Une signature en bas du contrat et te v'là riche.

Pendant qu'il parlait, Léonce avait sorti des feuilles, agrafées par paquets. Il sortit son stylo.

— Tu signes là, dit-il à Henry, ton prix sera le nôtre. On n'a pas l'habitude de discuter quand les gens ont du talent. Tu dis un prix et on l'écrit en chiffres et en lettres. Ça te va ?

— Non…

L'autre encaissa en creusant les reins.

— Pourquoi non ?

— Parce que je n'ai pas la signature sur ce genre de contrat.

— Tu t'en fous, t'as quand même le droit de peindre ce que tu veux, non ?

— Non…

— C'est quoi cette tambouille ? Tu peux pas faire ce que tu veux avec tes pinceaux ?

— Non. J'ai un agent et un cabinet d'avocats qui gère tous mes contrats.

Le petit gros avait des yeux pareils à des agates noires. Sans éclat, sans profondeur, dépourvus d'humanité. Un mot qui ne figurait probablement pas dans son répertoire. Il se mordit la joue quelques instants, puis ordonna à Francky :

— Suis-moi…

Ils passèrent dans la salle de derrière servant pour le moment de dépotoir, d'entrepôt à bouteilles et de chambre à coucher pour Francky. Un sommier, trois pieds et un parpaing pour caler le tout. C'était sommaire et solide en même temps. Pendant plusieurs minutes, on entendit des éclats de voix, des invectives et des mots qui fusaient, inattendus et menaçants.

Entre-temps, les petits vieux étaient arrivés seuls ou en grappe. Sans qu'ils aient regardé l'heure, ils déboulaient toujours au même moment, à quelques minutes près. L'horloge du ventre ou plutôt du palais leur tenait lieu de montre.

En entendant des éclats de voix, la Banquise s'informa :

— Qu'est-ce qui se passe là-dedans ?

Henry expliqua. Il n'y avait pas de mots superflus même si certains étaient infusés de colère et d'inquiétude. Pendant qu'il expliquait, la Banquise, posté à l'extrémité du comptoir, avait la tête penchée, les yeux perdus. Quand la porte s'ouvrit, il la prit en plein flanc. Pas un cri, pas un soupir de sa part.

— Bouge-toi, j'peux pas passer, hurla le petit gros.

La Banquise se redressa d'un bond. C'est toujours surprenant de voir de gros gabarits comme lui retrouver leur agilité. Il fit face à Léonce. L'un faisait le triple de l'autre. Et à voir ses yeux, on ne pouvait douter que la Banquise pouvait l'éventrer sans état d'âme. Morues ou petites frappes, il n'avait pas toujours dû faire la différence.

— Y a des mots pour demander, dit-il, la main déjà glissée dans la poche de son pantalon.

— Allez, c'est bon, laisse passer.

La Banquise le laissa s'engager puis, dans ce qui aurait pu être un réflexe, lui écrasa le nez d'un coup de coude.

— Ça, c'est pour la porte dans les côtes, dit-il, pas ému le moins du monde de voir l'autre le nez éclaté. C'est pour t'apprendre à parler convenablement aux inconnus.

L'autre ne demanda pas son reste mais, sur le point de sortir du café, lâcha :

— On se retrouvera, tu verras, et là, ce sera pas la même musique, ivrogne !

La Banquise l'avait suivi jusqu'à la porte, le bras tendu. Il réussit à lui allonger une claque sur la nuque qui le propulsa d'un bon mètre. Cette fois, le petit gros disparut à toutes jambes.

Trente secondes plus tard, il revint, penaud :

— J'ai oublié ma veste.

L'altercation aurait pu en rester là. Sauf qu'il n'était pas uniquement question d'avenir, mais de souvenirs communs, de belles soirées et de mémorables beuveries. Cela soudait des vies et donnait aux petits vieux l'illusion d'appartenir un peu à une famille. Alors imaginer que l'on allait abattre les murs pour transformer le café en salle de jeux avait de quoi leur retourner les sangs. Tous étaient avachis sur le comptoir, attendant un mot d'espoir, une étincelle pour que leur vie ne s'éteigne pas de la sorte, entre les quatre murs de leur chambre ou l'anonymat de leur garni. Après tout, ils avaient travaillé honnêtement, contribué à la richesse du pays, avaient tenté de construire leur vie même si tous n'y étaient pas parvenus.

Francky, lui, faisait mine de ne s'apercevoir de rien. Les mains au fond de son bac à plonge, il récurait on ne savait trop quoi. Cela lui calmait les nerfs. Il avait roulé sa cravate dans l'échancrure de sa chemise, afin d'éviter de la tremper dans l'eau de vaisselle. Ce n'était pourtant pas là sa principale préoccupation. Hier, il était certain d'avoir tiré le gros lot. La preuve, il s'était permis de faire déplacer Léonce, un demi-caïd monté de Grenoble. Et maintenant, il devait en rabattre devant ces petits vieux qui sentaient le rance ou la savonnette bon marché. Ce n'était pas sa journée. Alors, il la joua grand prince face aux habitués, offrant une tournée de vieille vinasse au goût de vinaigre. Les petits vieux s'en fichaient. Ils vidaient leur verre en deux gorgées, pressés de revenir à la charge.

— Alors pour le café ?

— Rien n'est fait, je vous dis…

— Oui, mais toi, qu'est-ce que tu veux en faire ?

— Le rénover, l'agrandir un peu, juste c'qui faut pour être moins à l'étroit.

— Ça va t'obliger à fermer alors ?

— C'est pas dit, ça… Faut voir.

Cela leur faisait du bien de s'entendre dire que rien ou presque ne changerait, même si dans leur for intérieur ils n'y croyaient qu'à moitié. Henry Payen d'Orville, lui, savait que le temps était désormais compté. Quant à Lili, elle rêvait, comme une femme amoureuse. Plus rien de mal ne pouvait lui arriver. Un artiste l'avait serrée dans ses bras, lui avait offert des mots tendres inventés seulement pour elle, l'avait enlacée, l'avait aimée. Léonce ? Elle ne le connaissait pas et ne s'en inquiétait pas trop. Elle en avait vu par dizaines des hommes comme lui, brutaux en surface, avec les femmes le plus souvent, et couards quand les choses tournaient mal.

Ils burent sans plaisir, vidèrent des bouteilles au goût de fond de cuve. L'habitude était là, rassurante et lancinante, quelques-uns faisaient semblant de réfléchir. Mais à quoi ? Ils ne voulaient qu'une chose, ils l'avaient dit avec des mots mal assurés et leurs yeux aux paupières lourdes : ils ne voulaient pas que les choses changent. Pour conserver leurs habitudes, garder un coin de comptoir même crasseux, même collant, ils auraient tout donné. Seulement ils n'avaient pas de fortune, plus beaucoup d'honneur et depuis longtemps plus d'espoir. Cela fait peu pour livrer un combat.

Dans son coin, Henry Payen d'Orville échangeait des mots feutrés avec Lili. Personne ne pouvait les entendre. Les commères auraient dit qu'ils minaudaient, mais les commères, allez savoir si elles pensent vraiment ce qu'elles disent. Elles parlent, alignent des mots pleins de venin mais, au final, qu'en reste-t-il ?

Lili souriait des yeux, des lèvres. Au bas de ses joues venaient se creuser deux fossettes qui lui faisaient un visage de petite fille. Elle était heureuse. Pour un peu, elle aurait battu des mains. Puis tout rentra dans l'ordre. Si l'on peut dire, parce que dehors les premiers flocons commençaient à voleter, encore hésitants, encore malhabiles.

Tous s'en allèrent sans réclamer une dernière tournée. On les aurait crus en vacances, les petits vieux. C'est vrai que durant l'après-midi, Lili les avait rassurés, leur soufflant des mots apaisants à l'oreille. Elle pensait à sa grand-mère en agissant ainsi. Elle aurait été fière d'elle, l'aurait félicitée de tendre la main et de défendre les faibles contre les malfaisants.

Pour donner le change, tous partirent dans leur direction habituelle mais se retrouvèrent avec Henry sur la place de la Grenette. Pas un chat, pas un passant. Même si les bras étaient faibles et les jambes mal assurées, ils s'emparèrent du fauteuil d'Henry qui résista.

— Mais si, laisse donc, on peut bien te faire ça.

Ils avaient gardé le geste sûr. Si la force n'y était plus, ils savaient encore où se placer pour faire avancer le fauteuil. Qu'il neige ou pas n'était pas un problème. Lili les rejoignit, les bras chargés de pains qu'elle avait fait envelopper dans un sac à farine. De vieux gestes, d'anciennes habitudes qui revenaient.

Sur le chemin, les roues crissèrent timidement. Étonnamment, les petits vieux ne se méfiaient pas de la neige, le risque de chute, de glissade ne semblait pas les inquiéter. Quand ils furent parvenus à la villa des Payen d'Orville, Henry les fit tous entrer dans le vestibule puis il monta à l'étage le premier, se hissant avec les mains et les bras comme un marin dans les haubans. Les autres suivirent, portant son fauteuil. Lili fermait la marche.

Quand ils furent tous réunis dans la salle à manger, vaste pièce, bien chauffée et joliment éclairée par un lustre en cristal et des candélabres en bronze ciselé, Henry fut étonné du bonheur simple lisible sur les visages. Plus d'inquiétude, plus de regard rentré comme tout à l'heure, mais au contraire, des rires et des plaisanteries. La Banquise, d'ordinaire renfrogné ou absorbé dans ses rimes, admirait les tableaux aux murs en sifflant entre ses dents, les mains sur les hanches, le ventre en avant.

— Installez-vous… la place ne manque pas.

Les petits vieux sourirent, n'osant demander si, des fois, un fond de bouteille… On imaginait sans peine à quoi ils pensaient. Henry expliqua à Lili où était le cellier. Les yeux ailleurs, elle le regardait, les lèvres prêtes à aimer. Quand elle revint, elle peinait à porter un panier tressé rempli de bouteilles. La Banquise s'en saisit d'une main, mit les bouteilles dans l'évier et fit couler un fond d'eau. Blanc et rouge, il y en avait pour tous les goûts.

De belles soirées, Henry en avait connues à l'époque flamboyante de son père. Peut-être s'en souvenait-il à cet instant, ou peut-être avait-il uniquement en tête d'offrir un peu de réconfort à ses compagnons de beuverie. Lili ne voyait pas les choses de cette manière. Après tout, on pouvait la comprendre. Pour elle, c'était un geste plein de délicatesse grâce auquel Henry souhaitait célébrer la naissance de leur amour.

Plusieurs bouteilles furent débouchées, les verres remplis. Au bout d'un moment, il fallut bien en venir à l'essentiel.

— Voilà, j'ai voulu qu'on se voie pour parler de ce qui se trame aux *Trois Tilleuls*.

Les petits vieux auraient préféré attendre encore un peu, boire le cœur léger et se sauver en rasant les murs pour ne rien entendre. S'extraire du monde pour ne plus avoir à s'y confronter est une façon d'aborder les choses. Chez les petits vieux, cela pouvait s'admettre, avec les vies déchirées et cent fois recousues qu'ils avaient connues. Seulement, il y a des circonstances auxquelles on ne peut pas échapper. Et puis il y avait Monsieur Henry. Il les accueillait, offrait son vin, les régalait, les tenait au chaud, au moins pour ce soir. Il fallait rester. Dans leur jeunesse, ils n'avaient pas été du genre à renoncer, même quand les muscles brûlaient d'avoir trop forcé. Jusqu'au bout ils étaient capables d'un dernier sursaut, d'un dernier effort. Se dire encore une longueur, encore un pas, encore un geste.

Henry n'en était pas à réfléchir. Pour lui, il y avait urgence. Il vida son verre et commença d'une voix un peu sourde.

— Comment vais-je vous expliquer cela… d'autant que je ne suis sûr de rien. C'est juste de l'intuition. Et un peu de bon sens.

Ne trouvant pas la bonne phrase pour aborder le sujet, il décida de ne ménager personne. Il fallait faire vite après tout.

— Voilà, finit-il par dire, je crains que notre café soit tombé entre de sales mains.

Les hommes se regardèrent apeurés. Tous vidèrent leur verre comme si c'était le dernier avant de mourir.

— Selon moi, ce n'est pas Francky le vrai propriétaire, c'est juste un homme de paille pour donner le change, mais il n'a pas de pouvoir.

— Tu veux dire quoi ? demanda le Juge, inquiet visiblement de la tournure des choses.

— Qu'il n'a pas son mot à dire. Les décisions ne viennent pas de lui, si vous voulez mon avis. D'autres décident à sa place.

— Qui ça, d'autres ?

— D'autres… des associés, ou des gars qui le parrainent. Ça revient au même. Vous avez vu ce matin, le prétentieux avec ses plans et ses projets ? Ce sont ces gars-là les vrais patrons. Ils ne se salissent pas les mains, eux. Ils donnent des ordres et passent à la caisse.

— Nom de Bleu, nous v'là bien. Fallait bien que ça nous tombe dessus, les emmerdes. Sans parler des descentes de police, ça va bien finir par arriver ça aussi, faut s'y attendre.

L'homme des compteurs électriques s'inquiétait sans raison, parce que c'était dans sa nature. Le noir était sa couleur, il en broyait à s'en rendre malade pour ensuite remonter, marche après marche, en se disant qu'il l'avait échappé belle. Normalement, personne ne s'alarmait en l'écoutant parler. Sauf que là, c'était du sérieux, tous étaient concernés. Le Juge posa la bonne question :

— Et d'après toi, qu'est-ce qu'on peut faire ?

— D'abord, il faut en être sûr. J'ai un frère avocat à Lyon, il peut se renseigner, ça sera vite fait. Maintenant, s'il y a des prête-noms, ce sera plus compliqué, c'est sûr.

La Banquise demeurait muet. Il se curait les ongles avec son Opinel, histoire de se passer les nerfs. Il y a des hommes pour qui l'entre-deux n'existe pas : soit on ne fait rien, soit on rentre plein fer dans l'adversaire. Cela avait au moins la vertu d'être simple. Pour l'instant, la Banquise bataillait avec sa lame, cela lui suffisait.

— T'aurais pas une pierre à affûter des fois, demanda-t-il comme tombé d'un rêve.

— Un fusil si tu veux ?

— Ça m'va.

Lili le lui apporta.

— Merci, mademoiselle Lili.

La Banquise ne savait jamais quelle attitude adopter avec les femmes. Il en était gêné au point d'être ridicule ou de sortir des fadaises à faire pleurer un bedeau. Pour lui, les occasions de connaître les femmes n'avaient pas été si fréquentes non plus. C'étaient principalement des filles de bar qu'il avait séduites. Encore que « séduites » n'était pas le mot juste. Il faudrait dire : suivies, accompagnées, payées, consolées… il y avait bien des façons de dire la vérité. Souvent c'étaient des arpenteuses de quai ou des filles perdues qui, pour un verre ou un plat chaud, vendaient leurs charmes à qui voulait bien d'elles. À celles-là, il donnait souvent plus que demandé. Parce qu'il n'aimait pas la misère. Parce qu'il en avait réchappé en s'embarquant à seize ans sur un chalutier à Lorient. Parce qu'il ne voulait pas voir ces vies gâchées qui lui rappelaient la sienne.

Alors, il réchauffait les âmes et entrebâillait les cœurs, sans jamais rien demander en retour, assis sur une chaise de l'autre côté du lit, engoncé dans son caban de marin. Il offrait à ses filles l'occasion de parler d'elles et d'exister un peu. Au bout d'une heure, rarement moins, jamais plus, il s'en allait, les mains dans les poches, ce qui rendait sa silhouette encore plus massive.

Avec le vin déjà bu, les petits vieux en avaient presque oublié leurs soucis. Restait, pourtant, l'essentiel à aborder. Henry frappa sur son verre avec la lame de son couteau, cela faisait un joli son mais personne n'y prêta attention.

Lili, rayonnante, revint de la cuisine, les bras chargés. Elle souriait à la vie, dansait en marchant, chantonnait en parlant. Chaque fois qu'Henry racontait quelque chose à sa portée, elle s'arrêtait pour l'écouter. Cela pouvait durer des minutes comme des heures, elle ne bougeait pas, parce qu'elle était comme ça, Lili : quand elle aimait, il n'y avait pas de limite. Elle se serait perdue qu'elle ne s'en serait même pas aperçue. D'ailleurs, cela lui était déjà arrivé d'aimer au-delà du possible. Elle s'était gravement brûlée, on l'avait brisée, jetée dans le caniveau… Elle s'en fichait. Elle recommencerait indéfiniment parce que si elle perdait son espoir de jours nouveaux, elle mourrait. Elle le savait. Cela lui était déjà arrivé d'aller rôder à la gare en regardant passer les trains à pleine vitesse. Le déplacement d'air, le bruit de la machine, l'odeur de fer brûlé. Elle avait tout calculé, elle savait comment s'y prendre pour aller retrouver sa grand-mère.

D'un même mouvement, elle posa toutes sortes de victuailles sur la table : une brassée de baguettes croustillantes, encore chaudes de la fournée du soir, des terrines sorties du garde-manger, des oignons confits, de l'ail des ours conservé dans de l'huile d'olive. Un grand silence se fit.

En plein milieu de ce beau moment d'allégresse, la grêle arriva d'un coup.

— Le plus grave c'est qu'on risque de le perdre, le café, lança Payen d'Orville.

Il avait parlé avec le sérieux d'un juge énonçant son verdict. Son ton était sans émotion, il disait les choses, c'était tout. Il pouvait donner toutes les explications qu'on voulait, le résultat resterait le même. Demain ou dans huit jours, ils risquaient de se retrouver tous dehors. Il fallait reconnaître que pour faire naître l'inquiétude il n'y avait pas mieux. Les petits vieux en oubliaient même de refermer la bouche. Certains avaient des têtes de pénitent à la recherche de la dernière goulée d'air.

Seul la Banquise n'avait pas bronché. Lui, il mangeait. Il avait même déjà englouti une quantité impressionnante de nourriture. Quand il eut calmé sa fringale, il prit ses aises, essuya la lame de son Opinel sur sa cuisse et annonça avec un calme glaçant :

— J'vais les saigner !

— Qui donc ? s'inquiéta l'homme des compteurs.

— Les gueules en biais qu'ont racheté le café, et le Francky aussi s'il m'passe à portée d'main. Après tout, il a une dette, va falloir qu'il paie.

— Déconne pas, ça va faire des histoires.

— Les saigner j'te dis, confirma la Banquise en passant lentement son pouce sur sa gorge… Moi, à mon âge, j'ai plus rien à perdre.

Comme il avait l'ongle du pouce très long, à la manière d'un joueur de guitare, il réussit à se faire une griffure sur tout le bas du cou. Cela impressionna les petits vieux qui regardaient fixement la marque. Ils se dirent : « Il en est capable ! » Bien sûr qu'il en était capable. Ce serait même à ses yeux une belle façon d'en finir avec ce bas monde et de montrer un peu « qu'il en avait », comme il le répétait sans cesse.

Henry aussi l'en croyait capable. C'est pourquoi il ramena les choses sur un terrain moins dangereux.

— Allez, vous autres, servez-vous, lança-t-il.

Il ne savait pas que les vieux mangeaient peu. Ils se mettaient à table pleins d'envie et d'enthousiasme puis s'arrêtaient après quelques bouchées. Après ils picoraient, faisaient semblant pour ne pas vexer, pinaillaient et disaient oui pour qu'on leur fiche la paix tout en pensant non.

Comme un silence que l'on aurait pu prendre pour un assentiment au projet de la Banquise risquait de s'installer, Henry prit les devants.

— Avant d'en arriver à la bagarre…

— Y a que ça qu'ils comprennent, j't'dis, ces gars-là, le coupa la Banquise.

Il n'en démordait pas, il voulait sa couronne de lauriers et du sang plein les mains.

— Quand même, j'ai une autre idée.

— Dis toujours !

— Voilà comment je vois les choses. On leur propose de leur racheter les *Trois Tilleuls* et après on aura la paix. Toi, Roger – c'était le prénom de la Banquise que seul l'Artiste avait le droit d'utiliser vu qu'ils étaient artistes tous les deux –, tu veilles à ce que tout se déroule bien.

— Mais, mon pauvre, j'y connais rien, moi, dans les papiers, tu t'en doutes bien un peu quand même ?

La Banquise avait perdu de son assurance. Il voyait les dossiers comme des anneaux de chaîne et ne voulait pas se faire embarquer là-dedans.

Henry le rassura à sa manière. Il ne fallait pas qu'il lâche l'affaire, le marin pêcheur, sinon tout serait compromis. Personne n'était de taille ni de force à affronter Francky et les siens.

— Mon frère établira l'acte de vente. À moi de les faire signer. Toi, tu veilleras à ce qu'il n'y ait pas d'embrouille.

— Vu comme ça… admit la Banquise en haussant une épaule et en penchant la tête.

Son cou de taureau se rida, ses poils de barbe s'ébouriffèrent.

Du coup, les petits vieux sentirent une bouffée de grosse chaleur pleine d'espérance leur monter au visage, suivie tout de suite après d'une grande désespérance.

— Et avec quoi on va le racheter, le bouclard ? On n'a pas un fifrelin en poche, se lamenta le Juge.

— C'est déjà toi qui nous dépannes pour nos dettes de pinard depuis que l'autre veut plus nous faire crédit, rappela la Banquise.

Il avait un ton posé cette fois, entre déception et fatalité.

Il disait vrai. En revanche, il ignorait qu'Henry Payen d'Orville, étant fils et petit-fils de soyeux, avait, durant son enfance, entendu parler de la révolte des canuts, les ouvriers de la soie, au milieu du XIXe siècle. Secrètement, Henry avait toujours nourri de l'admiration pour ces hommes et ces femmes descendus pieds nus ou en galoches de la colline de Fourvière pour réclamer une juste rémunération de leur travail. Leur devise « Vivre en travaillant ou mourir en combattant » avait du panache. Comme s'il avait eu sous les yeux un livre d'images, le petit Payen d'Orville entendait les canons tonner, les balles siffler, le drapeau noir, emblème des canuts, claquer au vent. Un coup de force comme il aurait aimé en connaître un, mais qui avait été férocement réprimé. Voilà pourquoi il venait de décider d'apporter son concours à ses compères de beuverie.

Ce parti pris en faveur des ouvriers de la soie était évidemment bien éloigné des valeurs familiales. Tourné sans doute aussi un peu contre son père, autoritaire et dur. Les méfaits auxquels ses ancêtres avaient participé lui avaient toujours laissé un goût amer. Cette fois, il tenait l'occasion de réparer l'injustice et de mener un combat à la hauteur de l'idée qu'il se faisait de la dignité de l'homme.

On sortit la tomme de chèvre, le sérac et le reblochon. Chacun mangea, but beaucoup en faisant claquer sa langue. Personne ne savait au juste pourquoi. C'était ainsi depuis toujours : quand on prenait du plaisir, on le manifestait. Pour finir, Lili apporta de grands bocaux fermés d'un caoutchouc et conservés dans le noir du cellier. Dedans, des fruits à l'eau-de-vie : pruneaux, cerises, mirabelles...

Les petits vieux commençaient à se demander s'ils seraient en état de rentrer chez eux. Le Juge habitait loin. Par mauvais temps, il lui fallait plus de deux heures de marche. C'est lui qui se leva le premier de table. De la manche, il essuya la vitre. S'approcha pour être sûr :

— Bon Dieu, ça neige bien.

Les autres voulurent vérifier. Ils se bousculèrent à la fenêtre. La neige tombait, serrée et fine. Cela ressemblait à la trame d'un gros vêtement ondulant sous les humeurs du vent. Les grands sapins qui montaient la garde à l'entrée du parc étaient déjà poudrés de blanc, pareil pour les haies de buis qui enserraient les parterres.

Henry se leva et s'approcha de la fenêtre, appuyé sur ses cannes et plutôt habile à les manier. Les petits vieux étaient heureux de le voir ainsi. C'était la première fois. De lui, ils ne connaissaient que le torse et les bras, parfois les cuisses quand il repoussait sa couverture en poils de jument. Il se pencha : la neige avait forci, elle tombait à un rythme pressé désormais, voulant se débarrasser au plus vite de ses milliards de flocons. À mesure que les courbes s'arrondissaient, la neige se teintait de bleu. La couleur des nuits d'hiver. Le bleu des jours heureux pour certains d'entre eux.

Henry sentit la main de Lili se poser sur la sienne.

— C'est beau, murmura-t-elle.
— Tu aimes ?
— Oui…
Il la prit par l'épaule. Ce n'était pas encore un geste d'amour, les prémices peut-être ou le souvenir d'une autre vie.

Quand il vit le Juge endosser sa canadienne, il s'informa :
— Tu ne vas pas rentrer par ce temps quand même ?
— Va bien falloir.
Debout, Henry Payen d'Orville avait une stature imposante. Grand, charpenté aussi, comme on disait jadis. Il s'approcha de Lili, échangea quelques mots. Elle semblait d'accord, s'en mordillait les lèvres d'un plaisir inavoué. Henry expliqua :
— Avec ce qu'on a bu, c'est pas très prudent de rentrer. On va s'organiser. Là-haut, il y a des chambres libres. Et on peut mettre des matelas et des duvets devant la cheminée, indiqua-t-il en montrant l'âtre où des bûches brasillaient encore. Qu'est-ce que vous en dites ?
Les petits vieux en souriaient bouche ouverte, la tête chamboulée par l'alcool, les yeux pleins du bonheur d'avant. Pensez donc, une soirée et une nuit comme jadis en alpage ou dans les cabanes et les refuges. Pas un instant ils n'avaient imaginé que l'occasion leur serait offerte de revivre cela. Tous ou presque avaient vécu les chaudes nuits d'été, quand ils étaient en estive. Le soir venu, les plus amoureux redescendaient à grands pas pour aller retrouver leur bien-aimée sur une autre montagne ou un autre versant. C'était connu de tout le monde mais personne n'en parlait. Les troupeaux se gardaient bien tout

seuls à l'époque, un chien suffisait. Une fois réunis, les corps s'aimaient dans le foin croustillant qui se creusait sous leur poids. Six mois plus tard, les jeunes filles avaient vu le maire et le curé, juste avant que des petits pieds ne se mettent à remuer dans leur ventre.

Il ne fallut pas longtemps aux petits vieux pour prendre les choses en main. Même perclus, même maladroits, les hommes savaient encore mener l'ouvrage. Ils s'organisèrent sans dispute ni chicaneries. Entre eux, au café, quand des éclats de voix éclataient, ce n'était jamais pour bien longtemps. L'orage passé, l'honneur retrouvé ou le compromis négocié, on scellait la paix, le coude levé. À leur âge, ils avaient depuis longtemps compris que les disputes ne mènent à rien, tout juste à se gâter les humeurs et à faire enfler le foie.

Henry les laissa faire. Cela lui était agréable de les voir ainsi revivre, mettant tant d'énergie dans des gestes si simples. Il entraîna Lili dehors sur la terrasse, lui posa son manteau sur les épaules. La neige tombait à son rythme, pressé et têtu. Pas un bruit, pas un craquement. Un calme rassurant, à peine griffé de temps à autre par une branche de ronce qui se détendait pour se libérer du poids de la neige.

Protégée par l'avant-toit, la façade de la maison était épargnée par la neige. Contre le mur de crépi jadis blanc se trouvait un banc à claire-voie avec des pieds en fonte figurant des branches d'arbre ; Henry s'y assit.

— Viens, dit-il, la main tendue.

Lili s'assit comme dans le beau monde, sur le rebord du banc, les jambes serrées.

— Écoute ! lui dit Henry.

Elle tendit l'oreille, tourna la tête à droite puis à gauche…

— Écouter quoi ?

— Le silence.

— Ça ne s'entend pas, le silence.

— Mais si, écoute le chant du silence, celui qui ramène la paix en nous et fait grandir nos rêves.

Elle posa sa tête sur l'épaule d'Henry.

— Quand tu parles, tu me donnes des frissons.

— C'est le froid, dit-il en lui remontant le col de son manteau.

Elle se mit à réfléchir en cherchant à percer la nuit du regard. Le voile des flocons s'était épaissi. Ils ondulaient plus lourdement sous les sautes de vent. Bientôt un silence plus profond allait s'installer, presque dérangeant pour qui ne le connaissait pas. Là-haut vers le col, il s'était déjà installé pour de longues semaines.

— Pour les frissons, je suis sûre que c'est pas le froid, reprit Lili. Les frissons de froid, ils viennent du dehors avant d'entrer en toi. Là, ce sont des frissons qui sortent du ventre, tu comprends ? On dirait un parterre avec des fleurs qui poussent partout en moi. C'est ridicule, hein, ce que je dis ?

— Si tu le sens ainsi, c'est comme cela qu'il faut le dire. Tu sais, le plus ridicule, c'est de parler quand on n'a rien à dire et là, je peux t'assurer qu'il ne manque pas de candidats pour ce rôle-là. Quant à l'avis des autres, n'y prête pas attention, souffla Henry, se souvenant sans doute de ses premières toiles et des critiques qui l'avaient étrillé à défaut d'avoir eu quelque chose d'intéressant à dire.

Ce genre d'histoires, les cimetières d'artistes en regorgent. Il est fort probable que les asiles aussi. Allez demander à Camille Claudel ce qu'elle en pensait. Malheureusement, elle est morte, seule, prostrée sur son tabouret de bois à regarder son talent dans un miroir sans tain et à se dire que certains hommes ne méritent pas d'être aimés.

Lili était toujours dans son histoire de frissons. Elle avait découvert quelque chose toute seule et cela ne lui avait attiré ni ridicule ni moquerie. C'était bien la première fois qu'elle prenait le risque de dire ce qu'elle ressentait et, étonnamment, cela lui valait un peu de considération. Elle en était certaine, Henry appréciait, cela se sentait à la manière dont il lui caressait les cheveux et la nuque. Elle continua à raconter :

— Des fois, ma grand-mère me prenait dans son lit pour me réchauffer. On mettait entre les draps une brique passée au four et enveloppée dans une chaussette pour ne pas se brûler les pieds et on se glissait sous les couvertures. Après, elle me caressait les cheveux, la nuque, le dos. Je ne bougeais pas, tu penses bien, même pas un doigt, ni une paupière. J'avais tellement peur qu'elle s'arrête.

Là, Lili cessa de parler. Son visage était devenu triste brusquement, elle paraissait étonnée d'être là. La transformation s'était faite à la vitesse d'un coup de vent. Elle se tourna vers Henry et lui avoua d'une petite voix d'enfant :

— Je crois que ma grand-mère t'aurait plu, tu sais...

Elle avala sa salive une fois ou deux, péniblement, avant d'ajouter :

— Pourtant, elle avait un lourd secret, une histoire de femme qui a mal tourné.

La main d'Henry suspendit ses caresses.

— Je ne veux pas savoir, Lili, dit-il avec douceur, garde ce secret pour toi. C'est un bien très précieux que vous avez entre vous, même si ta grand-mère n'est plus là.

— Si… Il faut que tu connaisses ma vie, sinon tu vas m'aimer comme un aveugle.

— Plus tard, Lili, laissons les jours s'écouler et aux choses le temps de se construire. Je t'écouterai quand le moment sera venu.

Elle fut un peu déçue. Elle aurait aimé partager ce secret tout de suite, là, face à cette immensité propre comme un linge blanc, à ces formes de plus en plus douces. C'était rassurant, cela lui rappelait ses rêves d'enfant dans des édredons blancs. Parce qu'il était lourd à porter, ce secret. Parfois, la nuit, elle était prise de suées et de tremblements qui l'empêchaient de s'endormir. C'est pourquoi elle aurait aimé se confier. Mais puisque Henry voulait attendre, elle ferait comme il voulait.

Ils rentrèrent dans la grande salle à manger. Certains petits vieux n'avaient pas eu le courage d'apporter un matelas pour s'y installer. Ils s'étaient endormis à même la table, les bras sous la joue. Ils rêvaient de leurs belles années. Certains ronflaient à s'en faire peur, d'autres grognaient ou bredouillaient. Ces quelques heures ensemble ailleurs qu'au café étaient comme un sursis donné par le ciel. Un dernier petit bonheur avant le grand voyage qu'ils savaient devoir faire seul.

Pour la vaisselle et le rangement, ils s'en étaient débrouillés. Tous étaient couchés ou affalés, seul la Banquise était assis, en bout de table, ses éternels carnets posés devant lui.

— Tu ne dors pas ?

— Tu veux rire.

— Pourquoi ?

— Regarde, fit-il en brandissant un livre relié de cuir. Une belle édition pas très ancienne. Remise au goût du jour par un éditeur parisien. Un ouvrage de qualité assurément.

— C'est quoi ?

— La vie de Rimbaud, fit la Banquise en soufflant sur la couverture pour en chasser quelques traces de poussière.

Pour un peu, il l'aurait fait reluire avec sa manche.

— Garde-le, je te le donne.

Il en aurait eu des sanglots d'émotion, l'ancien pêcheur. En regardant le livre posé devant lui, il se tordait les doigts en faisant craquer ses jointures, se curait une dent avec la langue. Du coup, son visage était tout en grimaces. N'y tenant plus, il lâcha, comme un appel au secours :

— Tu crois, toi, que Rimbaud aurait pu se réincarner ?

Il n'osa pas aller jusqu'à dire « se réincarner en moi ». C'est qu'elle était pleine de pudeur, cette question. Une sorte de gêne à oser penser une chose pareille. Pourtant il n'en démordait pas : il y avait trop de similitudes, de hasards pour que le doute existe. Alors, à ses yeux, demander son avis à Henry, ce n'était pas vraiment le déranger, juste le mettre un peu dans la confidence.

Lui-même d'ailleurs ne dédaignait pas à en parler. Une fois, un soir de grosse grisaille, Payen d'Orville s'était mis à parler des esprits qui vivent autour de nous. Il avait raconté la vie de Victor Hugo, sa douleur, sa tristesse après la noyade de sa fille. Sa certitude que les esprits existent et viennent nous visiter. Ces choses mystérieuses semblaient éveiller son imagination.

Après un temps de réflexion, Henry se fit prudent.

— Comment veux-tu que je te dise ? Il y a des coïncidences, c'est vrai, mais cela ne prouve rien.

— Ah, tu vois, j'te l'avais dit.

— Des coïncidences, je te dis... D'ailleurs, avec cet autre monde autour de nous, rien n'est jamais sûr, à chacun d'interpréter les signes.

— Ah, fit la Banquise en se tapant sur les cuisses, ça tombe bien. Moi, des signes j'en ai. Par dizaines, y en a partout quand tu cherches un peu. J'les sens, les signes, ça me secoue là-dedans sitôt que je parle de Rimbaud.

La Banquise s'échauffait et le vin n'en était pas l'unique raison.

— Tiens, Henry, assieds-toi, j'vais t'raconter. Ce sera pas long, j'vais t'en donner trois des signes, moi. Que trois, c'est promis.

Henry s'assit parce qu'il ne voulait pas le décevoir. Parce qu'il savait qu'Arthur Rimbaud était le bastingage auquel la Banquise s'accrochait pour rester vivant. Il pouvait lui accorder cela. Lili vint s'asseoir à côté de lui, posa la tête sur son épaule. La Banquise s'en aperçut. En d'autres temps, il aurait levé le sourcil mi-surpris, mi-complice. Là, il avait d'autres soucis en tête autrement plus importants à ses yeux.

Cette histoire de réincarnation avait pris de telles proportions que toute sa vie tournait autour. Lui enlever cela, c'était le précipiter dans la folie violente. Personne ne le souhaitait. Il n'était pas fou, pourtant. Seulement seul. Affreusement seul, comme jamais il ne l'avait été. Sur un chalut, on avait toujours quelqu'un à qui parler, en partageant la besogne ou en vidant une bouteille entre deux remontées de filet. Là-bas, on vivait, même si ce n'était qu'une illusion. Ici il s'enlisait, alors il buvait, et les autres faisaient pareil. Le gris métallique de l'horizon lui manquait, le roulis, l'odeur des corps mal lavés, le remugle des couchettes, les coups de gueule du vent, la fureur de la houle et puis le calme froid. Il aurait voulu retrouver tout cela. Seulement c'était trop tard, il ne lui restait que ses poèmes et la vie chaotique de Rimbaud pour rêver.

— Tu vois, dit-il en fouillant dans sa poche de poitrine, les détails y en a tellement que j'ai dû les écrire.

— Je vois, dit Henry pour ne pas l'accabler.

— C'est pas la question de voir, écoute plutôt.

Il commença à raconter :

— D'abord faut savoir qu'il a eu deux vies, Rimbaud. La première en France, à Charleville-Mézières. Là-bas, il étouffait, il serait parti de la tête s'il ne s'était pas enfui. Une fleur dans du ciment, tiens, c'est comme cela que je lui aurais dit s'il m'avait demandé. C'est le mauvais moment de sa vie, il a eu toutes ces histoires avec l'autre poète, qui a commencé à le faire voyager et pas seulement en bateau... Comment y s'appelait déjà ?

— Paul Verlaine.

— C'est ça... Tu connais ?

Henry hocha de la tête. La Banquise enchaîna :

— Après toutes ces histoires, il est parti en Abyssinie, c'est vers la péninsule Arabique. En Afrique, si tu veux... Là, il a fait comme moi : mille métiers, mille misères. Le plus incroyable, c'est qu'à un moment de sa vie, il a fabriqué des cordes avec des nerfs d'animaux tressés... Ça te dit rien à toi ?

— Non...

— Nous, on faisait pareil quand les filets se déchiraient, on tressait le chanvre, comme Rimbaud. Ça secoue, hein, quand tu l'apprends. Y a encore mieux, tu vas voir. Quand il a vécu à Harar, c'est une ville à l'est d'Addis-Abeba, la capitale, qu'est-ce qu'il a fait, Rimbaud, je te le donne en mille ? Il avait abandonné la poésie déjà à cette époque, mais il s'est mis au commerce avec le Moyen-Orient et l'Afrique. Moi, c'était pareil avec les défenses de morse, les dents de poissons, les carapaces de crabes, j'ai rapporté de tout, gravé au couteau par les tribus du nord du Canada. Pareil, j'te dis. Ça m'fout le tournis quand j'y réfléchis, tu sais.

Il en avait le souffle court de remuer ainsi ses souvenirs. Sans rien demander, il attrapa une bouteille sur la table et emboucha le goulot. La tête en arrière, on ne voyait que sa pomme d'Adam faire des va-et-vient dans sa gorge, il fallait bien laisser remonter l'air. Quand la bouteille fut vide, il la regarda, un peu dépité, pas très fier de lui.

— Excuse… j'en rapporterai une.

Henry haussa une épaule pour faire comprendre le peu d'importance de la chose. Il avait soif, il buvait, voilà tout. Le marin avait encore un mot à dire, le plus important, le plus triste sans doute :

— Tu sais de quoi il est mort, Rimbaud ?

— D'un problème à la jambe, hasarda Payen d'Orville. On n'a pas réussi à le soigner en Éthiopie, c'est ça ? Et il a mis du temps à trouver un bateau pour rentrer à Marseille. Je dois pas être loin.

— T'es pas loin… Juste que c'était pas la jambe, mais le genou. Une chute de cheval ? J't'en foutrais moi, fit la Banquise en armant son bras pour claquer des têtes imaginaires. C'était un cancer du genou qu'il avait, et tout s'est répandu dans le corps. Faut dire qu'il était un peu délabré, le garçon, à force de mâcher du khat à longueur de temps. Le khat et tout c'qui allait avec. Moi, j'ai jamais touché à ça, même quand on faisait des quarts de vingt heures sur le pont. On tenait à l'orgueil, nous. C'est ce qui nous faisait rester debout. Bon, c'est vrai, j'ai forcé un peu sur le « pinuche », ça j'le reconnais, et en fin de compte, c'est pas vraiment moins mauvais.

Il s'arrêta pour réfléchir ou se calmer les nerfs. Il lui fallait convaincre Henry de ce qu'il avançait, la réincarnation et le bouillonnement qu'il ressentait sitôt que l'on parlait poésie.

— La preuve, tu veux la voir ?

— La preuve de quoi ?

— Que Rimbaud est bien en moi. Tu veux la voir ? s'emporta brusquement la Banquise en remontant sa jambe de pantalon. J'vais t'la montrer…

Là, on entra dans le tragique. Sa jambe avait trois fois son volume normal, rougeâtre, violacée, suppurante. Il l'avait enveloppée dans du papier journal pour se donner l'illusion de se soigner, et avait ficelé le tout avec du chatterton. N'importe quel médecin lui aurait signé immédiatement un bon d'entrée à l'hôpital. Sauf que la Banquise l'avait toujours juré la main sur le cœur : « Moi vivant, jamais je n'mettrai les pieds à l'hosto. » Il réfléchissait pour donner de l'épaisseur à sa pensée et finissait souvent en disant : « Je ne veux pas mourir dans des draps blancs. Ne me laissez pas tomber, les gars, hein, pas dans des draps blancs. »

Quitte à y perdre la vie, il restait fidèle à sa parole. Il ne fallait pas être bien malin pour en deviner la raison : Rimbaud avait été amputé de la jambe à l'hôpital de la Conception à Marseille, avant d'y mourir abandonné de tous. Même sa famille ne vint pas le voir, hormis sa sœur

Isabelle. Ce fut elle qui paya le surcoût d'une chambre individuelle. Certains hommes sont comme les animaux : ils veulent vivre en solitaire leurs derniers instants, face à Dieu et face à eux-mêmes. Leur pudeur est respectable, leur courage admirable. Rimbaud était de ceux-là.

Alors vous pensez bien, l'hôpital, la Banquise ne voulait pas en entendre parler.

Après – parce qu'il y a toujours un après –, la Banquise se cramponna à la table, tangua un peu du regard et de la tête et s'affala comme une voile alourdie par la glace. Trente secondes après, il ronflait à tous les échos. C'étaient de longues inspirations sonores, presque des soupirs, suivies d'un petit bruit discret. La joue sur son bras, les mains posées à plat sur la table, il s'était embarqué pour une saison en enfer.

9

Une fois les bouteilles vides remisées dans le cellier et les verres pleins de dégueulures mis à tremper, Henry prit l'une de ses cannes et posa sa main sur l'épaule de Lili. Un détail sans doute, mais cela faisait deux ans qu'il n'avait pas marché sans l'aide de ses deux cannes. Le silence était de plus en plus épais. Cette fois, la neige dictait sa loi. Il fallait l'accepter, se dire que ces milliards de flocons fondraient au printemps et allaient aider à féconder la terre. La lumière reviendrait, le cycle se reproduirait, la vie gagnerait comme toujours, comme depuis la nuit des temps.

Malgré la chaudière poussée à fond, un froid humide rampait dans la chambre. C'est toujours ainsi dans les maisons anciennes, elles n'ont plus la force de repousser le froid dehors. Elles laissent cela aux nouvelles demeures, aux chalets, pour l'essentiel, qui fleurissaient sur le coteau. Les amants se dévêtirent vite, se glissèrent dans les draps changés du matin et laissèrent leurs corps décider pour eux. Henry avait les yeux grands ouverts. Son regard tâtonnait dans le noir de la chambre. Il percevait des mouvements de lumière dus sans doute aux allers-retours des petits vieux, encore éveillés pour certains d'entre eux. Le corps de Lili le réchauffait par petites bouffées.

Était-il coupable ? Oui, aux yeux de la morale des hommes, non face à la vie. En fait, que se passe-t-il d'important durant une vie ? se demandait-il. Presque rien. À part ce qui grandit dans le silence du cœur, tout le reste est sans importance. Si l'on se fie à ses sentiments, peu importe de se tromper ou non, on a toujours la certitude de bien faire. Alors on s'engage, on avance, parfois on largue les amarres. On peut se tromper, on va se tromper, on va le regretter. Peu importe, au moins on vit et cela n'a pas de prix.

Lili étendit les jambes. Son corps s'offrit alors. Il n'y avait plus d'obstacle entre elle et lui. Allongée sur le flanc, elle entourait Henry d'un bras. De sa main libre, elle lui effleurait le cou, les épaules, le buste, c'était juste un murmure de caresse, une coulée de vent léger, les soirs d'été, quand il descend des sommets.

Elle changea de geste et se mit à redessiner les contours du visage d'Henry d'un seul doigt, s'arrêtant sur les zones sensibles, se frottant aux joues piquées de barbe, avant de revenir vers les lèvres. On aurait dit un enfant se faisant expliquer les différentes parties d'un visage. Elle n'était pas pressée. Ou plutôt si, mais elle voulait contenir cette envie le plus longtemps possible. De l'index, elle poursuivit son exploration avec cette saveur mystérieuse qu'offre la nuit. Même les regards sont à deviner ou à imaginer quand il fait noir. Pour certains, cela procure une sensation plus forte que la caresse elle-même. Il fallait qu'Henry se souvienne de cet instant. Ils s'aimèrent longtemps, lentement, en silence pour ne pas déranger, avant de s'engourdir serrés dans les bras l'un de l'autre.

Malgré ses trente ans, elle dormait comme une enfant, suçant l'intérieur de sa joue comme un bonbon, murmurant des mots inconnus suivis de soupirs à réveiller un gisant. Dans la grande pièce d'à côté, les corps avaient fini par rendre les armes, avachis ou affalés là où ils avaient trouvé à s'étendre. Henry attendit encore avant de se lever. L'histoire de la vente du café le tracassait. Francky et le Grenoblois avaient des idées bien arrêtées, un obstacle ne les ferait pas reculer. Mais il avait son idée sur la manière de s'y prendre. À la loyale. L'ennui était que Lili allait s'y opposer.

Dans un jour ou dans un mois, les marioles allaient revenir. Mettre Francky sur la touche. S'organiser, dépecer le café comme une bête suspendue à un crochet, se répartir les rôles. À l'un, les tables de jeux clandestines et les consommations de comptoir. À l'autre, les thés dansants et les soirées masquées avec robes fendues et masques vénitiens. Du cousu main. De l'argent recyclé sans risque. Mais pour finir, leur café à eux allait disparaître, leur fraternité et leurs soirées aussi. Les petits vieux y perdraient leurs derniers espoirs et s'éteindraient un à un comme des bougies à court de suif.

Il faut toujours se méfier des idées flottant dans l'air du matin. Elles sont si claires et si limpides qu'elles entrent sans bruit dans les têtes encore endormies. On ne s'en aperçoit pas. Puis on les remercie presque d'être là. En fait, on ne se demande pas d'où elles viennent ni qui nous les envoie. Pourtant, une fois installées, s'en défaire n'est pas une sinécure. Pour certains, cela tourne parfois à l'idée fixe. Payen d'Orville n'en était pas encore là. Il était satisfait et rassuré d'avoir aisément trouvé le moyen de résoudre le problème du rachat du café. Tout semblait simple finalement.

Pour autant, l'idée n'était pas sans risques. Le premier étant que Francky refuse le marché ou ricane, une moue aux lèvres, en lui montrant ses pieds blessés et ses chaussures orthopédiques. Henry savait comment le provoquer. L'autre s'était laissé aller aux confidences, vraies ou imaginaires. Pour un peu, Henry aurait réveillé Lili pour lui parler de cette idée. Elle dormait encore. Au fond de lui, il sentait bien qu'elle allait mal prendre la chose et le dissuader d'entreprendre une pareille folie. Alors il ne dit rien.

Entendant les bruits dans la cuisine, il s'habilla sans bruit, se coiffa de la main en écartant les doigts pour se donner l'illusion d'un peigne et entra, pieds nus sur le parquet froid. La Banquise était levé, hirsute de cheveux et miteux de barbe. Ça sentait un peu la fumée de bois. Les petits vieux savaient pourtant rallumer un feu : une feuille de journal froissée, quelques bourrées de brindilles et du petit bois. Les flammes revivaient, la vie revenait.

La Banquise interpella Henry en prenant une voix de souffleur de théâtre :

— Dis-moi, demanda-t-il, penché vers lui pour ne pas forcer la voix, hier on a oublié l'essentiel…

— Concernant quoi ?

— Rimbaud, pardi !

— Ah !

— T'as mal dormi, toi : *Le Bateau ivre*, ça te rappelle rien ? Rimbaud a tout dit du grand large et de la beauté des flots là-dedans. Il sentait bien qu'allait venir un gars comme moi, marin sur le *Victor Pleven*, c'est ça qu'il a pensé quand il a écrit ce poème. Tu sais, ajouta-t-il en s'agrippant au bras d'Henry, c'est pas ce qui est dit qui compte, c'est ce qu'on vit. Quand tu ressens les choses comme lui, t'es dans le vrai. Toujours.

Voyant Henry surpris de l'entendre parler ainsi à peine levé, il ajouta :

— Assieds-toi… on a mis au chaud une marmite de café. Y a du pain, du frais, et une motte de beurre de chez la Francine. C'est Eugène qui y est allé. La neige, ça le connaît, lui, quand il vivait là-haut, aux Allamands, il en a vu des sacrées tombées.

Eugène était un homme petit. Vraiment petit. C'était même son principal trait physique. Il avait des tics et des manies comme tout le monde. Ici, au café, personne n'y prêtait plus attention. À l'extérieur, les choses se gâtaient. Quand il lui fallait s'expliquer ou demander un renseignement, il se mettait à se gratter partout. La tête, le cou, les joues, les oreilles, les aisselles, l'entrejambe… Tout.

« Eczéma réactionnel », avaient diagnostiqué les médecins en hochant la tête. En d'autres termes, « on ne peut rien faire, c'est dans votre tête que ça va mal ». Lui, Eugène, avait compris « examen réactionnel » et cela lui avait flanqué une telle frousse qu'il affirmait ne plus rien ressentir depuis sa visite chez le médecin. Il avait ainsi échappé à « l'examen réactionnel », mais pas aux démangeaisons.

Les deux hommes servirent le café comme à l'armée, debout devant la marmite qui chauffait à feu doux, une louche à la main. Les bols étaient alignés sur la table, un pour chacun. Pour le service, Eugène officiait et la Banquise surveillait. Plusieurs fois, Payen d'Orville observa une petite boîte en bois posée au milieu de la table, genre coffret à bijoux ou quelque chose de ressemblant. Ce n'était pas faute de chercher dans sa mémoire d'où venait cet objet, mais il ne s'en souvenait pas. Peut-être l'avaient-ils déniché en bas, dans le fourbi des garages ou dans le débarras de la cave.

Un à un, les hommes se réveillèrent. Pressés de se soulager, ils sortirent à plusieurs et restèrent longtemps dehors, les pieds dans la neige et les mains grelottantes. Cela réveillait leurs souvenirs. L'armée, les chasseurs alpins pour la plupart d'entre eux ou l'artillerie de montagne, sauf Eugène qui avait été réformé. Sur son livret militaire figurait l'annotation : « faible de constitution ».

Cela leur rappelait aussi les grandes beuveries des *Trois Tilleuls*, quand ils sortaient pour pisser aux étoiles, alignés les uns à côté des autres, avant d'entonner tous en chœur le *Chant des Allobroges* en beuglant dans la nuit. La grande époque !

Quand ils rentrèrent, en tricot de corps, les mains rougies, ils grelottaient. Leurs yeux, eux, brillaient d'un grand bonheur. Des gestes d'avant, des souvenirs, des odeurs, des parfums, il ne leur en fallait pas davantage pour retrouver un peu de la force qui maintenant leur manquait. Cela leur faisait garder la tête haute. Ces derniers efforts étaient les plus beaux, ils le savaient. Ils vidaient des pichets entiers de vin de Savoie en sachant que le lendemain, leurs articulations leur feraient jurer contre la terre entière. Pour l'heure, ils s'en fichaient. Cela en valait encore la peine.

Ce n'est pas toujours l'âge qui ôte l'envie, parfois le regard des autres pousse aussi à renoncer. Eux avaient décidé de rêver encore un peu, jusqu'à leurs derniers jours, de s'inventer des histoires, de se chicaner, de se rabibocher, de s'évader de leur prison à coups de pichet de blanc ou de rouge. C'était leur façon à eux de ne pas sombrer. Qui aurait pu les en blâmer ? On donne bien un dernier verre aux condamnés.

Quand Lili entra, tous se turent. Certains avaient oublié sa présence. Ils la regardèrent comme une intruse avant de se souvenir. Elle était belle, Lili, comme toutes les femmes amoureuses. Ce matin encore davantage, se dit Henry, cela lui faisait plaisir de le penser. Sans doute y avait-il quelque grain d'orgueil dans son regard. Les hommes sont ainsi. Ils ont besoin d'être rassurés et les femmes le savent. C'est même la principale porte par laquelle elles se faufilent pour approcher leur âme.

Lili s'était faite belle en nouant un bandeau de tissu à pois rouges dans ses cheveux. Elle était belle mais soucieuse. Elle embrassa Henry du bord des lèvres. Un baiser glissant comme elle savait les donner. Un baiser caché, discret, comme ceux qu'enfant, elle offrait à Francky derrière les portes du garage ou le long du mur du cimetière. Le bellâtre n'avait été ni son mari ni son amant. C'était son voisin, il demeurait à l'étage au-dessous de chez sa grand-mère à l'époque où Lili avait été recueillie par elle. C'est moins romantique. De là était née leur complicité. De là et d'une sale affaire à laquelle la grand-mère de Lili s'était trouvée mêlée. Une histoire qui vous envoie en prison pour vingt ans. Personne n'avait parlé. Parce que dans ces moments-là, des fois, on préfère taire les choses plutôt que de tout étaler au grand jour.

Après quelques gorgées de café bues à la va-vite, elle s'approcha d'Henry, la voix en sourdine :

— Je voudrais te parler, viens.

Il la suivit. Ils s'assirent sur le lit défait, encore tiède de leurs deux corps :

— Oui ? dit Henry.

— On t'a déjà dit que tu parlais la nuit ?

Il ne répondit pas, étonné, ne sachant pas quoi répondre.

— Tu parles beaucoup… et de choses graves, tu sais.

— Graves ? Cela m'étonnerait…

— Si, Henry, dit-elle, affectant la maîtrise de soi alors qu'elle se débattait pour éviter à son menton de trembler.

Elle voulait contenir ses larmes. S'y employait du mieux possible. Ses joues avaient viré au rouge comme souvent chez les femmes émotives, ses yeux cherchaient où se réfugier. On aurait dit des papillons de nuit surpris par la lumière.

— Qu'est-ce que j'ai dit en dormant ?

— Escalader le Criou, ça ne te rappelle rien ?

— Non.

— C'est quoi ? Un projet, un rêve ou une cachotterie… En tout cas si tu as ça en tête, oublie, parce que sinon je te quitte immédiatement. Je n'ai pas envie de m'habiller de noir pour suivre ton cercueil jusqu'à l'église. Pas ça, Henry, ne me demande pas ça.

Elle avait piqué fort. Elle s'en aperçut, s'en voulut aussitôt, se rapprocha d'Henry pour poser sa tête sur son épaule. Un grand désarroi la faisait trembler à l'intérieur.

— Je ne te laisserai pas partir, jamais. Il faudra que tu me brises et encore je m'agripperai à toi pour t'empêcher de monter.

Son cœur battait fort, la peau tendue de ses tempes encaissait les coups sans rien dire. Elle continua, d'une petite voix d'enfant :

— C'est la première fois que je suis bien avec quelqu'un, comprends-le, comprends-moi. C'est important quand on est une bougie éteinte qu'une flamme vienne vous réchauffer. Dis-moi que tu rêvais, que jamais tu ne monteras sur cette montagne !

— Tu sais bien que je ne peux pas marcher.

— Aujourd'hui je te crois, mais quand les beaux jours reviendront ?

Elle le regarda, passa sa main sur son visage, le caressant lentement du bout des doigts. Leur extrémité était douce et lisse. Elle voulait tout donner à cet instant. Rien n'était encore décidé, elle le savait. Il suffisait de presque rien pour le faire changer d'avis.

— Dis-moi : tu rêvais hein, tu rêvais bien ? insista-t-elle.

Henry répondit par une pirouette, facile et un peu lâche quand même.

— Les artistes portent toujours leurs rêves en bandoulière, tu sais. Même éveillés, nous rêvons sans cesse.

Elle était prête à croire n'importe quoi, la pauvre Lili. Pour se rassurer, pour chasser de son regard cette face abrupte tout enneigée qui la glaçait. Magnifique pourtant, grandiose et hautaine. Impitoyable, aussi, pour qui la défiait. Une montagne ne se donne pas à n'importe qui. Il faut la conquérir, la séduire, lui demander des faveurs, ne jamais se précipiter sur elle avec la curiosité grossière d'un malappris. Après, elle décide. Seulement après. Ou bien se refuse et là, ce peut être le drame.

Comme toutes les femmes, Lili semblait fragile dans ces instants-là. C'était la première fois qu'Henry la voyait ainsi, le regard à côté des yeux. Il l'embrassa sur le front avant de se diriger vers la salle à manger.

Une dernière fois, elle s'arrêta :

— Tu m'promets, hein ?

Henry ne répondit pas.

Les petits vieux étaient installés autour de la table, bol ou tasse en main, habillés à la diable, les cheveux en tignasse et les pans de chemise pendouillant de leur pantalon comme des tabliers mal ficelés. La manière dont ils étaient vêtus ne les préoccupait plus. Pour tout dire, ils s'en fichaient. De ça et de bien d'autres choses. Leur mise n'intéressait personne, pas plus eux que les autres habitants du village qui, goguenards et pressés, les croisaient.

On les avait depuis longtemps remisés au rang des inutiles. Ceux qui avaient fait leur temps et à qui on souhaitait en mentant de vivre encore longtemps. C'est cela qui blesse le plus les vieux. Que l'on oublie ce qu'ils ont été en les laissant se débattre avec leurs souvenirs ternis. Pour eux, ces souvenirs n'ont pourtant rien de suranné, les couleurs ne sont pas délavées, les visages encore bien présents dans leur mémoire. Si l'on voulait bien leur demander de se mettre à l'ouvrage, ils se relèveraient tout de suite les manches. Avec leurs douleurs et leurs faiblesses, certes, mais avec envie. Seulement, on ne leur demande plus rien. On les salue par convenance, on leur parle de choses sans intérêt, on sourit sous cape en les voyant rentrer chez eux, heureux, ivres morts mais heureux.

Il n'y avait pas si longtemps, quand la grande avalanche du Criou s'était produite, tous les hommes étaient accourus avant l'arrivée des secours. Même vieux, même claudicants pour certains, ils avaient donné la main. Et de belle manière. De la lenteur, de la prudence, ça c'était dans leurs habitudes. Ils craignaient aussi de tomber et de se briser un membre, c'est pourquoi ils s'étaient mis à déblayer lentement, compensant leur moindre force par des gestes justes et des décisions d'hommes raisonnables.

Quand arrivait la première neige, il était de tradition de demander à la Banquise de raconter l'histoire de la grande avalanche. Personne ne se souvenait comment était née cette idée. Un fait divers que le marin n'avait pourtant pas connu mais qu'il racontait si bien, notamment quand il prenait le ton grave et ému du préfet décomptant les victimes.

D'ordinaire, cela le flattait de raconter. Cette fois, il se fit prier.

— Allez, raconte juste la fin, alors, quand ils ont vu une main qui sortait de la neige et remuait encore les doigts. Ça te va? essaya de négocier le Juge, ce n'sera pas trop long.

La Banquise dodelinait de la tête, façon à lui de rechigner. Il n'était pas au mieux de sa forme, cela se voyait: souffle court et front luisant. Pourtant, personne n'aurait osé lui en faire la remarque. Pour lui, tout allait toujours bien et quand ce n'était pas le cas, il enjambait le problème ou claquait qui lui passait à portée de la main. Une claque amicale, bien sûr. Mais qui laissait des marques sur les joues. Il avait un nom pour parler de ses gifles distribuées à la volée : il appelait cela des « giroflées à cinq branches ». Poétique à défaut d'être agréable.

À force, ses acolytes finirent par le convaincre de raconter l'histoire de la grande avalanche. C'était une tradition aussi, il faut les comprendre. La Banquise s'assit, les poings en boule sous le menton, l'œil noir et les commissures des lèvres ourlées de blanc. Quelque chose clochait, c'était visible. Il transpirait comme avant un malaise.

— Voilà, commença-t-il, ça s'est passé y a un siècle ou un peu plus, personne ne se souvient exactement. Tout le monde a voulu oublier, on peut le comprendre. Les drames, personne n'aime ça. Y a guère plus que les vieux de Vallons pour avoir gardé en mémoire l'histoire de la coulée de neige, racontée par leurs parents ou les grands-mères, le soir à la veillée. C'est normal, l'avalanche s'est produite chez eux. Depuis toujours, ils disaient qu'il y aurait une grande avalanche dans le coin de la chapelle. Personne ne sait au juste pourquoi, c'est pas plus pentu qu'ailleurs. Pour eux, c'était comme une vérité de curé, on y croyait. Comme si l'attente de cette catastrophe était en eux.

Les petits vieux écoutaient, bouche ouverte. Sitôt que l'on parlait d'étrange, ils étaient partagés entre peur et soumission, s'en remettant immédiatement à Dieu et à ses saints. La Banquise poursuivit, du même ton austère et inquiétant. Quant il élevait la voix cela faisait gonfler les veines de ses tempes.

— À croire qu'elle était enfouie en eux, cette peur. Il ne fallait pas la réveiller. Pères, grands-pères et ancêtres, tous en avaient entendu parler. Tous avaient baissé les yeux et s'étaient signés en évitant de braver le Tout-Puissant.

Certes, c'étaient des hommes, ils ne pouvaient pas montrer leur peur à tout le monde. Cela n'était pas dans les mœurs de l'époque. Alors ils attendaient d'être dans l'obscurité du lit clos ou de la chambre à coucher pour se soumettre à qui vous savez, sans réserve ni condition, promettant l'impossible et jurant de se saigner aux quatre veines si on le leur demandait. C'étaient des hommes, j'vous dis, avec leur faiblesse et leur orgueil.

« Et un jour, le ciel s'est mis à craquer, à se lézarder, prêt à s'écrouler comme une bâche crevée par le poids de l'eau. Tous crurent à un orage. C'est plutôt rare en hiver. Mais fin février, quand le temps varie trop vite, il s'en produit parfois. Des avalanches, pensez bien qu'ils en avaient vécu des dizaines depuis tout jeune mais jamais avec un bruit pareil. Un vacarme à faire exploser la tête. Tout le monde est sorti sur le pas des fermes. On regardait vers le sommet noyé dans le brouillard. Rien d'inquiétant en apparence. Par prudence, les femmes avaient regroupé leur marmaille auprès d'elles, tenant les enfants serrés dans les plis de leur robe. Les plus jeunes commençaient à chouiner en voyant les grands raidis par la peur, les mains en visière pour tenter de deviner ce qui se passait là-haut.

« Un homme a ramassé une pelle à fumier, taillée d'un seul tenant, rameuté ses mouflets et installé tout le monde sur un lugeon. Sa femme suivait en piétinant, un châle sur la tête, les bras et les jambes nues. En plein février, vous imaginez un peu. Les mains en porte-voix, il a hurlé comme un forcené : « Faites sortir tout le monde, foutez le camp, c'est une avalanche, barrez-vous. » Les autres hommes observaient toujours la pente, encore indécis. Les mains dans les poches, le regard au loin, ils commentaient, se rassuraient, se mentaient pour se donner du courage, inventant au passage des exploits qu'ils n'avaient pas vécus et des accidents dont ils n'avaient qu'entendu parler.

« Enveloppées dans leur châle, quelques femmes prirent les devants. Plus tard, elles affirmèrent avoir ressenti le souffle froid de l'avalanche. "C'est ça qui nous a prévenues", dirent-elles à qui voulait les écouter. Allez savoir si c'est vrai. Le souffle, en général, quand on le sent, c'est déjà trop tard, la neige est à vos trousses ou vous a déjà rattrapé.

« L'homme à la pelle se démenait. Il secouait tout le monde pour les inciter à partir, à s'éloigner, à se réfugier plus loin, derrière une levée de terre qui ferait peut-être rempart à la neige. De loin en loin, on entendait des troncs de sapins se rompre, les deux miches à foin construites un peu plus haut n'allaient pas résister bien longtemps. Quand l'avalanche atteindrait la vallée, ce serait trop tard, personne ne pourrait s'échapper.

La Banquise s'arrêta. Se redressa pour retendre ses bretelles et se rassit pesamment, tel un sac de grain. Réclamer n'était pas dans ses habitudes mais là, il était au martyre. Parler sans boire, il ne pouvait pas. Et puis... Et puis il y avait cette nouvelle qu'il allait bien falloir annoncer une fois l'histoire de l'avalanche racontée. C'est pourquoi il ne voulait pas faire dans le tragique avec l'avalanche, à l'inverse des autres fois. Les ennuis, ils s'additionnent toujours, jamais ils ne se soustraient.

— T'aurais pas un p'tit quelque chose à boire ?

— Du pinard ? proposa Henry.

— Bien sûr, quand on parle d'humecter la pierre, c'est pas avec de l'eau, pardi...

— Bouge pas...

Appuyé sur ses cannes, Henry s'en alla à pas prudents vers le cellier. Une belle allure pour un convalescent, ce qui en surprit plus d'un, Lili tout spécialement. Payen d'Orville revint, une bouteille à la main.

— Tiens, du vin jaune du Jura.

— De Dieu, t'es fou, tu vas pas ouvrir une bouteille pareille!

— J'en ai d'autres, ne t'inquiète pas.

La Banquise avait du mal à parler, la voix lui manquait.

— Non, insista-t-il, pas aujourd'hui, c'est pas un jour pour du vin d'fête.

Tout le monde mit ce refus sur le compte d'un mal d'estomac ou de sa jambe qui l'élançait. Personne ne vit le tragique dans ses yeux. Lili remonta du chignin de la cave, plusieurs bouteilles couchées dans le panier d'osier. Du blanc de Savoie. Un vin qui dessoiffe et ravive le sang.

La Banquise empoigna une bouteille par le goulot. De ses grosses mains gercées, il arracha la collerette. En deux tours de tire-bouchon, elle était ouverte. Sur son visage se lut le soulagement, la fin de l'épreuve. Alors seulement, il emboucha le goulot. Boire ainsi sans respirer, les yeux fermés, l'âme en vadrouille, figurait selon lui au rang des grands plaisirs de la vie.

Lui était même venue un jour l'idée d'organiser des concours de picole. On lui avait déconseillé de se lancer dans une histoire pareille:

— Tu comprends, s'il y avait un mort, tu s'rais responsable.

— Un mort... un mort... en quoi faisant qu'il y aurait un mort?

— En buvant, pardi.

— Ça s'est jamais vu. De mémoire de vivant, personne n'est jamais mort en buvant un canon. Ou alors c'est qu'il y aurait plus de justice dans ce monde, un canon, un seul petit canon.

— Le petit Mermaz, tu l'as oublié ?

La Banquise avait fait mine de chercher la tête baissée, se frictionnant la nuque de la main.

— Oui, c'est vrai, il a pas eu de chance, le gamin.

Une trop grande soif, une fausse route et le pinard s'était répandu dans ses poumons. Hypoxie, infection et tout le tralala. Il était mort seul dans ses draps blancs, avec le visage de plus en plus bleu. Une facétie de la vie ou un pied de nez de la mort, c'était à choisir. Alors se retrouver dans une affaire pareille, merci bien. Il avait oublié son projet et l'avait remisé au rang des belles idées sans lendemain. Plus jamais on n'en avait reparlé. La Banquise s'était dit qu'en mer, la vie était plus simple. Plus dure mais plus simple. On mettait le gars sur la planche de « l'au revoir », enroulé dans un drap blanc, ficelé à la tête et aux pieds et on le poussait à la mer. L'affaire était réglée.

La bouteille aux trois quarts vide, l'ancien marin s'arrêta, la passa sous la lumière de la suspension pour estimer ce qu'il restait de vin. Pas grand-chose, quatre ou cinq gorgées. Alors d'une traite, il la vida. Après, il marmonna des excuses à sa manière.

— La soif, bon Dieu, c'est quelque chose quand même. La grande soif j'veux dire, celle qui vous ronge de l'intérieur. Vous pouvez pas savoir.

Bien sûr qu'ils savaient. Car la soif n'avait rien à voir là-dedans et personne n'était dupe. C'était le besoin de se rassurer, de repousser l'inéluctable, de se dire qu'en trichant ils pourraient encore faire illusion et se mentir à eux-mêmes autant qu'aux autres. C'était cela vieillir : partir pour une longue glissade que personne n'arrêterait. Seul Dieu est maître du temps. Les tours d'horloge lui appartiennent, les vieux ne sont là que pour regarder les aiguilles tourner. Et s'habituer quand ils le peuvent.

— Où j'en étais, moi, déjà ?

— Au moment où l'avalanche est arrivée à l'entrée des premières maisons… Hein, c'est ça ? vérifia l'homme des compteurs électriques auprès de son voisin.

Comme chaque fois, il s'intéressait à ces histoires du temps d'avant. Ainsi avait-il le sentiment de faire revivre les vieilles années, de leur redonner des couleurs, d'oublier le sépia pour des teintes plus vivantes.

Pourtant, la Banquise ne poursuivit pas. L'œil vague, embué de tracasserie, il regardait devant lui, les yeux gonflés sous les paupières.

— J'arrête, les gars…

— Non, pas déjà… se rebellèrent quelques-uns.

— J'ai plus le goût, j'vous dis… L'histoire, j'aimerais vous la raconter, mais l'envie n'y est pas aujourd'hui.

Tous frémirent, hésitant entre étonnement et inquiétude. Il faut dire que c'était la première fois que la Banquise n'allait pas au bout d'une histoire. En dix ou douze ans, les habitudes avaient creusé leur lit. Le fait de s'interrompre n'était pas bien grave en soi, ce qui préoccupait tout le monde, c'était la teinte grise de son visage. Une tête d'arbre mort, un ton cendré, une écorce sans vie.

— Ça ne va pas ? s'inquiéta Henry.

La Banquise ne répondit pas, se tassant encore un peu plus sur son siège. Ses coudes glissaient tout seuls sur le vernis de la table. Sa tête avait rejoint ses épaules, son cou était invisible. Attitude rare chez lui. Une buée voilait ses paupières qu'il ne cherchait même pas à essuyer de sa manche. Il sombrait, sans se battre, sans se plaindre. Henry s'approcha.

— Tu veux un verre d'eau ?

La Banquise le regarda avec une ombre de sourire au fond des yeux.

— De l'eau j'en ai jamais bu, sauf de l'eau de mer… quand j'prenais une vague en pleine tête.

— Un café alors, un remontant ? J'ai de l'eau des Carmes Boyer si tu veux.

— De l'eau, jamais d'eau j't'ai dit.

— Ce n'est pas de l'eau. Les curés l'ont appelée ainsi pour donner le change, mais c'est de l'alcool et du fort. Richelieu en prenait pour ses aigreurs d'estomac.

La Banquise refusa de la tête. Il demeura ainsi un moment à mâcher son désespoir, avant de prononcer d'une voix sombre :

— Mes vieux gars, j'crois qu'cette fois, c'est vraiment foutu…

— Qu'est-ce qu'est foutu ? demanda le Juge.

— Le bouclard, les *Trois Tilleuls*, nos soirées, notre amitié et nos chahuts, c'est fini. Râpé, plié, oublié.

— Pourquoi tu dis ça ?

Le Juge se rongeait les ongles en parlant, parce que lui aussi s'attendait au pire depuis l'arrivée de Francky. Ce type ne lui plaisait pas. Toujours raison, toujours une solution à tout, toujours une combine à faire miroiter. Et puis son côté bellâtre agaçait les hommes, il faut bien l'admettre.

Ils n'étaient pas contre les enfiles, les petits vieux, au contraire. Du gibier non bagué ou quelques dames-jeannes d'eau-de-vie, cela leur convenait bien. Le bouilleur de cru qui passait une fois l'an pour distiller n'était pas le dernier à leur proposer des entorses au règlement. Tous s'y retrouvaient, tous en croquaient un peu. C'était dans l'ordre des choses. Pour les chamois, c'était pareil. Certains avaient vécu de cela jadis, alimentant les restaurants en gibier frais, la « chasse », comme on dit encore.

La grande différence, c'était qu'entre eux il y avait des règles, des limites à ne pas dépasser. La première étant de ne jamais flouer l'autre. Dur en affaires ils l'étaient, mais voler n'était pas dans leurs habitudes. Les impôts ou la mairie, tant que l'on voulait. Mais entre buveurs de longue date, il n'y avait pas d'embrouilles. C'était un code d'honneur.

— Hein, pourquoi tu dis que ça va fermer, les *Trois Tilleuls* ? insista le Juge, déjà inquiet de nature et cette fois rouge des pommettes à la racine des cheveux.

Une fluxion de poitrine est vite arrivée, son père en était mort, il le savait. Son sang cognait à grands coups dans ses veines. Dans la jugulaire surtout, qui rampait le long de son cou comme du lierre sur un mur.

— C' matin, j'suis passé devant, rapport à mon chien, commença à raconter la Banquise. Faut bien la faire pisser, la pauvre bête, et lui préparer sa gamelle… Déjà qu'elle est seule toute la journée.

— Et alors ?

— Alors y avait une estafette de maçon devant le café. J'ai jeté un œil à l'intérieur, vous auriez fait comme moi, non ?

Même en mauvaise posture, la Banquise ne pouvait s'empêcher de faire des effets de manche.

— Et alors, qu'est-ce qu'ils font dedans ? s'impatientèrent les petits vieux.

— Un vrai chambard. On s'y reconnaît plus, à part l'entrée et encore. Les murs, tiens, ils ont rien trouvé de mieux que d'les défoncer.

— Comment ça défoncer ?

— À la masse. Ils sont trois, des gars de Bonneville, j'crois bien.

— De Dieu, à la masse ?

— Oui, et ils tapent dur, j'peux vous le dire. À c'compte-là, demain ils auront fini, murs écroulés, fenêtres et portes déposées… La misère, fit la Banquise en hochant de la tête. Plus rien de c'qu'on a connu.

Les petits vieux sombrèrent un à un, du vide plein les mains. Brutalement, leur monde s'effondrait. Les coups de masse, ils les sentaient en eux. S'ils avaient été sur place, ils auraient fait barrage de leur corps, se seraient serré les coudes pour interdire aux ouvriers d'entrer. Enfin, ils auraient essayé quelque chose, de quoi garder de la dignité et un brin d'honneur à la boutonnière. Maintenant, la gangrène de l'âme était en train de les ronger. Et contre elle, il n'y avait rien à faire.

— Et le comptoir ? demanda Henry.

— Toujours à sa place. Juste une bâche posée dessus pour le protéger… Faut dire que du bois pareil, ça s'esquinte vite. C'est de l'acajou, c'est fragile comme une jeune mariée.

Tout le monde se regarda. Finalement, ce n'était peut-être pas si grave si la Banquise plaisantait encore. L'ennui avec les mots, c'est qu'on ne peut jamais les garder pour soi. Certains s'évaporent, d'autres se tordent, d'autres s'échappent tels des papillons trop longtemps retenus dans la main. Pour les laisser s'envoler, la Banquise avait déplié ses doigts, c'est tout. Les mots c'est vivant, c'est comme nous. Ils ont le droit de vivre et d'aller voir ailleurs si le ciel est plus bleu et l'avenir plus radieux.

Quoi qu'en pensaient les petits vieux, la Banquise était très loin d'aller mieux. Non seulement il avait mal à l'âme, mais il lui semblait que sa jambe coulait et souillait son pantalon, le papier de journal ne suffisant plus à éponger sanies et exsudats. « Si ça se trouve, je dégueulasse tout avec ma plaie purulente, s'inquiéta l'ancien terre-neuvas. Ça suinte peut-être sur le parquet ou les tapis sans que j'm'en aperçoive. »

À l'intérieur, il bouillait de chaud et de froid en même temps. Son corps réclamait de partout, ses membres, sa tête, son ventre, ses entrailles… Une envie dévorante de boire encore. Mais excepté quand il racontait une histoire – là, c'était donnant-donnant –, il se refusait à quémander un litron, même du tout-venant, même du fond de tonneau ou de la vinasse à trouffion. Il ne tendait pas la main. Jamais il ne l'avait fait. Pourtant, on aurait pu s'arranger avec Monsieur Henry, sa pension de marin pêcheur allait tomber d'un jour à l'autre. Seulement, il ne demandait jamais, c'était plus fort que lui.

Il avait une furieuse envie d'écrire, aussi. Il lui semblait qu'une affaire pareille passerait mieux s'il alignait des vers. Mais un vrai poème, c'était long à composer, il ne s'en sentait pas capable. Pas ce soir, pas avec ces ennuis accumulés comme des nuages en fond de vallée. Rimbaud lui aussi écrivait quand tout allait mal. C'était même son principal moteur.

Avec son histoire de jeune mariée, la Banquise avait fait revenir un peu d'espoir dans la tête des petits vieux. Ils retrouvaient le chemin du rêve. À tort. Seulement, ils ne le savaient pas encore.

10

La matinée se passa en suppositions. Un par un, parfois par deux, les petits vieux allèrent en clopinant jusqu'au café pour se rendre compte, puis revinrent chez Payen d'Orville, la mine consternée. La neige était devenue molle et commençait à fondre en eau dans les endroits exposés au soleil. Une eau grise. En ville, la neige qui fond n'est jamais belle, elle est pareille à ces lendemains de fête pleins de regrets ou à ces amourettes trop vite finies. La neige qui fond ressemble à des larmes.

On délibéra longuement. Les idées valsèrent d'une tête à l'autre, souvent irréalistes ou trop coûteuses. Celle qui recueillit le plus de suffrages consistait à ouvrir un bistrot clandestin dans la demeure même d'Henry Payen d'Orville. Lui s'en réjouissait. Moins pour l'aspect pratique que pour croiser le fer avec son père. Une façon de le défier à distance en quelque sorte, car les choses se passeraient dans ses murs, sous son toit et avec ses meubles.

Quant à l'idée d'être hors-la-loi, le peintre en était gonflé d'orgueil. C'était la première fois qu'il s'élevait contre l'autorité. À plus de quarante ans, il était temps. Non seulement il bravait le monde, mais il avait de surcroît le sentiment de faire cela pour le bien commun.

Les hommes s'étaient organisés. Pour parler sans avoir à tendre l'oreille ni forcer la voix, ils avaient fait un cercle avec des chaises et des fauteuils au milieu de la salle à manger. La table avait été poussée sur un côté. Presque un café, plus vraiment une salle à manger. Les choses avaient belle allure, se disaient les petits vieux.

Payen d'Orville se leva, sans l'aide de sa canne, et commença à expliquer :

— Là, la table servira de comptoir, j'ai juste les pieds à surélever. Un menuisier saura s'en occuper mieux que moi. Là, la réserve à bouteilles et autour, des chaises et des fauteuils pour ceux qui auront des vapeurs. Je pensais à des étagères aux murs pour exposer les bouteilles. Seulement, si la gendarmerie débarque, ce sera difficile de les convaincre que nous sommes seulement entre amis à jouer au rami ou à la belote.

Quelques-uns des petits vieux sourirent de leurs gencives sans dents, le menton tremblotant.

— On va lui faire rendre gorge au blanc-bec, son café et sa belle gueule, y va se les ravaler, menaça plusieurs fois le Juge en tapant du tranchant de la main sur la table.

On l'aurait dit en train de trancher une pièce de viande. De loin en loin naissaient des idées, parfois des formules. « Si ce café lui appartient, ce n'est pas pour autant le sien. » Intéressant mais un brin anarchiste quand même. Payen d'Orville n'était plus à ça près. C'était son heure de gloire. Dire qu'il se sentait sur une barricade n'était pas exagéré. Ou bien à la tête d'une horde de canuts descendant de la Croix-Rousse pour aller exiger des riches patrons des salaires décents.

— Nous, on va faire comme les canuts… lança-t-il.

Personne ne connaissait les canuts, alors il expliqua. Puis le Juge s'en mêla :

— On va lui reprendre son bastringue, c'est nous qu'on l'a payé. Avec nos sous. Les tournées à plus en finir, c'était not' pognon, oui ou non ?

Le brouhaha recommença. Le Juge s'échauffait, les petits vieux applaudissaient. C'est ainsi que commencent les émeutes : des mots, des brassées de mots, et d'un seul coup une étincelle qui embrase tout.

Il était tellement sûr de lui, Payen d'Orville, que personne ne pensait à lui demander comment il allait s'y prendre. Il avait juste lancé l'idée, tout en craignant la réaction de Lili. Alors pour le moment, il évitait de trop en dire.

Depuis le matin, elle n'avait pas prononcé un mot, elle était renfrognée, absente. Les mains souvent sous le menton ou les poings sur les tempes, elle écoutait et s'ennuyait. Elle aurait voulu être seule avec son amoureux comme elle l'avait entendu chez sa grand-mère, il y avait longtemps, dans la chanson d'Édith Piaf, *Mon Dieu*. Elle avait écouté Henry et deviné ce qu'il avait en tête. L'idée du café clandestin n'était qu'une solution d'attente. La peur lui mordait le ventre parce qu'elle le savait capable d'une folie plus dangereuse encore. C'était souvent ainsi avec les gens qui n'avaient rien vécu. D'un coup, ils s'enflammaient et rien ne pouvait plus les arrêter. Elle, elle allait l'en empêcher. Comment ? Elle ne le savait pas encore. Mais elle allait tout faire pour lui sortir de la tête cette idée folle de gravir la face ouest du Criou. Et en hiver en plus. Parce que c'était cela son idée, elle en était sûre maintenant : défier Francky dans une ascension hivernale, le café comme enjeu, et du même coup inscrire son nom pour la vie sur la liste des grandes premières.

Pour le moment, Henry fanfaronnait, il organisait les lieux, amusait les petits vieux, occupait son public en le faisant rêver. Lui qui avait toujours préféré la solitude aux soirées et aux vernissages, il était à contre-emploi. Au fond, il s'en fichait éperdument. Il n'avait qu'une idée en tête, au point d'en parler la nuit.

Quand midi sonna au carillon du clocher, Henry se leva en tenant ferme le bord de table. Son équilibre le trahissait. Rester longtemps assis ne lui convenait pas, ses pieds s'ankylosaient. Voyant les petits vieux se lever pour aller revêtir blouson et casquette, il dit :

— Restez, on a largement de quoi casser la croûte pour ce midi. À la fortune du pot, hein ? Pour ce soir, on prévoira. Je le précise pour ceux qui resteront ici cette nuit. Les autres, c'est comme vous voudrez…

Le Juge se sentit obligé.

— Quand même, Henry, tu vas pas nous nourrir ? Déjà que tu nous offres ton vin…

Il avait failli dire « tu nous sers ton vin sans compter », mais s'était repris. Avec les gros soiffards, il fallait faire attention aux mots, eux en auraient bien réclamé plus, du pinard. Ils ne connaissaient pas de limites. Il aurait suffi de demander à la Banquise ce qu'il en pensait. Tout à trac, il vous aurait sorti une théorie selon laquelle un homme se dessèche en permanence, en parlant, en travaillant, même en dormant, et qu'il lui fallait son quota de liquide. Comme il ne buvait pas d'eau pour une sombre histoire de bestiole enkystée dans son intestin après avoir mangé du saumon pas frais, il n'y avait qu'une solution : « refaire souvent les niveaux », comme il disait.

— Ce n'est pas un problème, rassura Henry. Il faut juste aller demander à ma vieille voisine de nous donner un coup de main pour ce soir, cela lui fera gagner trois sous de plus. Qu'est-ce que vous en dites ?

Le Juge se trouva tout démuni d'un coup. Il mit ses mains dans ses poches comme on cherche une pièce et réussit seulement à dire :

— Quand même… à bouffer pour dix.

— Puisque c'est comme ça, c'est moi qui préparerai la tambouille, décréta la Banquise.

Après, on revint pour la dixième fois sur ce que serait le café une fois récupéré.

— On sera tous associés. Ça s'appelle une Scop. Une société avec statut participatif. Chacun à parts égales. Et le patron est élu, résuma à grands traits Payen d'Orville.

Affirmer qu'à cet instant, il ne pensait pas un peu à son père et à son arrogance aurait été mensonger. Pour sa part, il avait la fibre sociale, l'amour des autres. Une fois encore, les centaines de canuts descendant en hurlant de la Croix-Rousse lui enflammaient l'esprit. Leur histoire, il la connaissait, voilà que maintenant il voulait la vivre.

Pour les petits vieux, il était acquis que Monsieur Henry devait prendre les rênes de cette aventure. Il était le seul à avoir la stature et la repartie pour tenir tête à Beaugency. Ce surnom lui était venu au fil des jours. Tout le monde le connaissait sous le prénom de Francky. Seulement, en raison des soucis dont les petits vieux le jugeaient responsable, ils lui avaient confisqué son prénom. Ni vote, ni discussion. La sentence avait été immédiate. Dans leur esprit, cela correspondait à un cas grave du genre Dreyfus, une sorte de dégradation avec médailles arrachées et sabre brisé.

11

Monsieur Henry avait de la suite dans les idées. À jeun, il peinait parfois à comprendre et plus encore à s'exprimer. Il savait ce qu'il voulait dire, mais ne trouvait ni les mots ni la manière de faire. À la mi-journée, l'horizon se dégageait. Avec la peinture, c'était pareil. Parfois il abandonnait tout, jetait dans un coin toile et pinceaux, persuadé qu'il venait de peindre sa pire œuvre. Le lendemain, son jugement avait changé, il s'enthousiasmait pour la courbe d'une hanche ou la carnation d'un visage.

Par habitude, il décida de faire des croquis. Les photos, il s'en méfiait. Trop vraies, trop proches de la réalité. Crayonner lui convenait mieux, la part d'interprétation restait intacte, les sentiments s'y faufilaient, les sensations s'y cachaient. Hachurant, repassant, forçant le trait, chaque geste avait un sens pour lui.

En observant Lili, il eut un doute. Ses yeux semblaient mouillés. Elle était assise à droite de la Banquise qui lui apprenait à aiguiser des couteaux. À l'aide d'une vieille pierre sortie du fond d'un tiroir, il lui montrait comment s'y prendre.

— Tu vois, là, t'échardes la lame. Penche ta lame davantage. Sinon elle ne va plus couper mais arracher.

Il parlait avec un calme étonnant, à la manière d'un maître expliquant à un enfant.

— Comme ça ? demanda Lili.

La Banquise se pencha sur un coude.

— Mouille davantage ta pierre et penche encore un peu ta lame, vingt à trente degrés, c'est le bon angle…

Il vérifia la tête penchée.

— Là, c'est bon, décréta-t-il. Tu fais une première face, puis tu passes à l'autre.

— Combien de fois ?

— Une douzaine, ça suffit amplement ou bien c'est que ta lame a des dents. Là, c'est une autre affaire. Faut la rattraper au touret. Le coup de main, faut du temps pour l'acquérir…

— Ça va, là ?

La Banquise prit la lame, y passa son pouce pour la faire parler, comme il disait. Il la regarda dans la lumière afin de vérifier le fil. La soupesa.

— Tu te débrouilles bien. Avec une lame pareille, tu ouvres un bide en deux coups les gros. Un ventre d'homme, hein ! Si tu le plantes bien, ton couteau, et que tu remontes d'un coup sec, y a toute la tripaille qui sort. L'autre se met à siffler en cherchant l'air, les deux mains sur le ventre pour retenir ses entrailles. Il est foutu… le sang pisse en pluie et lui, avec ses tripes dans les mains, il sait tout de suite que son compte est réglé. C'est l'affaire d'une heure ou une question de minutes, tout dépend des organes touchés.

Lili le regardait, ses yeux faisaient le tour de ses orbites. Ce que la Banquise lui racontait était horrible et pourtant, elle aurait aimé sourire pour le remercier, lui dire qu'elle l'appréciait, qu'elle était rassurée par sa présence, lui confier qu'elle aimait bien ses poèmes même si elle n'y connaissait rien. Ses histoires aussi, sauf celles qui finissaient mal.

— T'inquiète pas, c'est ma façon de dire, rassura la Banquise, j'aurais pu tout aussi bien te parler d'un dos de cabillaud ou d'une tête de lote, tu sais.

— Oui, fit-elle de la tête avec un sourire forcé, pressée de se remettre à affûter un autre couteau.

Henry attendit que Lili en ait fini avec ses couteaux et vint la rejoindre. Sa main se posa sur son bras. Elle ne leva même pas les yeux.

— Tu peux venir ? lui demanda-t-il. Je voudrais te parler.

— Où ça ?

— Dehors sur la terrasse.

Elle tenta de déglutir, eut du mal à respirer et annonça, consciente du trouble qu'elle allait faire naître :

— Non pas maintenant, j'ai les couteaux à affûter.

Après les mots vint le silence. Le grand silence, pas celui né de l'absence de bruits. Le silence de l'intérieur qui fige tout et ramène l'homme à sa vacuité. Henry était déçu, vexé peut-être.

Seulement, il avait décidé de redevenir ce qu'il avait été pour en découdre avec Francky. L'idée était en lui depuis plusieurs semaines. Elle l'étouffait quand il respirait fort. Tout cela était né d'une révolte intérieure, celle qui porte les hommes vers les sommets ou les précipite dans les profondeurs. Cette arrogance de godelureau, cette manière de tout savoir sans rien connaître, cette façon d'être qui empêchait l'autre d'exister, tout lui répugnait chez le bistrotier. Il avait décidé de lui régler son compte à la loyale. Il lui restait quatre ou cinq mois pour être prêt. Il le serait, dût-il y laisser la meilleure part de lui-même.

Et Lili dans tout cela ?

Après le repas de midi, Henry sortit sur la terrasse, la neige avait fondu. Il s'arrêta face au Criou comme un croyant dans son église. C'était une cathédrale de roche et de glace faite pour les exploits. Un monument voulu par Dieu.

La montagne était là, devant lui, défiant les hommes avec ses airs de vieille régente, seule à décider si elle se laisserait conquérir ou s'y refuserait. Henry n'était pas sans savoir les drames ayant endeuillé le massif. Mieux que quiconque il savait qu'une chute échappe à toute logique. Ses pieds étaient là pour le lui rappeler. Mais, de même que l'on pardonne beaucoup à une femme aimée, il était prêt à oublier les risques pour n'envisager que le succès. Fatuité humaine, sans laquelle aucun exploit ne serait possible.

Il revint s'asseoir dans le salon sur le fauteuil de velours vert, faussement Empire, pour mieux rêver les yeux ouverts, essayant de se souvenir des passages les moins risqués pour atteindre le sommet. Adolescent, il s'était déjà aventuré avec son frère sur cette face, d'une beauté sauvage. Des épicéas torturés par le vent et le gel s'y accrochaient, frêles et têtus, défendant leur vie avec âpreté. Les rochers étaient partout en suspension, défiant le vide avant d'aller rejoindre un jour l'immense pierrier en bas, sorte de cimetière des pierres perdues.

Henry ne vit pas Lili approcher.

— Tu rêves à quoi ?

— Je pense, dit-il pour ne pas avoir à répondre.

— C'est ce défi, hein, tu l'as dans la tête.

Sa voix était redevenue douce, presque câline.

Les femmes gagnent toujours à ce jeu-là. Elles savent les méandres de la pensée et possèdent les clés pour en ouvrir les portes. Comment font-elles ? Souvent, elles disent l'ignorer elles-mêmes.

Brusquement, Lili sentit son visage se durcir comme sous une volée de grêle. Ses traits s'étaient assombris, deux plis d'amertume encadraient sa bouche.

Elle posa sa main sur son bras. À travers la chemise, la douceur de ses doigts s'opposait au piquant de ses ongles. Elle révélait la force de ses muscles, de ses mains aux doigts carrés, de ses poignets noueux, de ses avant-bras. Lili pensa à un torchon que l'on tord pour l'essorer.

— C'est cela qui te tracasse, hein, la paroi du Criou ?

Elle le regarda avec un drap de tristesse devant les yeux, le supplia :

— N'y va pas, Henry, la roche va lâcher. Tout va partir d'un coup. Ils l'ont raconté l'autre soir. Ils savent, eux, ils sont d'ici. Sous leurs semelles, la roche s'effritait à mesure qu'ils montaient. Tu te souviens, ils l'on dit.

Elle aurait voulu pleurer, seulement les larmes ne venaient pas. Enfant, c'était déjà ainsi. De gros sanglots l'étouffaient et les larmes restaient bloquées en elle. Il fallait alors que sa grand-mère la prenne sur ses genoux, la mette sur le dos et lui tapote la poitrine en faisant des cercles pour faire évacuer ce surcroît de chagrin.

— N'y va pas, Henry, fais ça pour moi, répéta-t-elle d'un ton implorant. Tu vas te faire emporter. Ils vont te ramener dans une bâche, le visage noir comme un mineur et de la poussière partout, dans la bouche, le nez… et la tête fracassée… Je ne pourrai même pas te reconnaître.

Elle lui caressa le visage du revers des doigts.

— C'est l'homme que j'ai devant moi que j'aime. Pas son souvenir, ni sa photo dans un journal.

Henry attendit pour répondre. Lui aussi était ému de tant d'attention. Depuis longtemps il avait perdu l'habitude que l'on s'inquiète pour lui. Dans sa famille, il était un artiste, un être en marge, vivant en dehors du rythme de la vie. Pour sa femme, un inconnu. Pour ses parents, un inutile.

— Je vais t'avouer une chose que tout le monde ignore. J'y suis déjà monté sur cette face du Criou… plusieurs fois.

— Alors pourquoi y retourner ?

— Gamin, j'allais y traîner avec mon frère. On jouait aux grands avec des anneaux de corde autour du torse, parfois on posait un rappel, d'autres fois rien du tout, nous n'en avions même pas besoin. Ce n'est pas plus dangereux qu'ailleurs. On est parvenus plusieurs fois au sommet sans rien dire à personne… surtout pas à notre père. La gouvernante fermait les yeux. À vrai dire, elle s'en fichait un peu de nous.

— C'est donc inutile d'y remonter…

Henry haussa les épaules.

— Pense à moi, répéta Lili. Imagine-moi à genoux au-dessus de ton corps. Je n'aurai même pas un coin de visage où poser mes lèvres pour t'embrasser une dernière fois. C'est ça que tu veux ?

Lili lui passa la main sur la joue dans un geste d'une grande tendresse. Lui la regardait. Son regard était fait d'étonnement. Jamais on ne lui avait parlé de la sorte. Dans sa famille, on suggérait, on s'exprimait à l'ombre des sentiments et on se faisait comprendre par allusion.

— Ne t'inquiète pas...

— Tu parles... Ne pas s'inquiéter, comment veux-tu que ce soit possible ? Tu comptes repartir en montagne alors que tu marches à peine.

— C'est une question de mois.

— Tu me demandes trop, comprends-le... je ne peux pas, je n'veux pas te perdre. Je te connais à peine, Henry. Donne-moi encore un peu de toi.

Ses yeux se gonflaient pour ne pas déborder, mais les larmes ne coulaient pas. Elles s'étaient amassées au bord de ses paupières, têtues, refusant de céder et pourtant si proches de dévaler les joues pour aller se cacher dans l'ombre de son cou.

Voyant qu'il ne céderait pas, que sa décision était prise, elle tenta un autre registre pour le convaincre de renoncer.

— Cela n'aura duré que si peu de temps, alors ?

— Quoi donc ?

— Toi et moi.

Sa voix se cassa sur ces derniers mots, mais elle ne put s'empêcher d'ajouter, dans une ultime tentative :

— Je ne compte déjà plus pour toi.

— C'est tout l'inverse. Si tu n'étais pas là, je ne me lancerais pas dans une aventure pareille.

— Mais tu vas te tuer, Henry…

Elle étouffa un sanglot en faisant mine de tousser. En fait, elle parlait avec sa peur.

— Tu vas te tuer, Henry, et je n'ai que toi à aimer.

Quand vint le moment de préparer le dîner, les hommes s'organisèrent sous l'autorité de la Banquise. Cela le changerait de sa poésie. « Un jour sans », lâchait-il, la moue aux lèvres pour faire voir son désarroi. Les mots ne venaient pas, les images le fuyaient, les belles rimes se refusaient. Du coup, il râlait sur tout : le temps, le froid, sa mine de crayon, le papier des pages de carnet… « Un jour sans », répétait-il pour conjurer le mauvais sort.

Il avait dans l'idée de cuisiner des œufs en matelote.

— J'sais faire, affirma-t-il d'emblée, histoire d'avoir les coudées franches.

Il était fort probable d'ailleurs qu'il disait vrai.

Le Juge aussi s'y connaissait. Ils se répartirent les tâches, organisèrent les achats, préparèrent poêles et chaudrons dans lesquels mettre l'eau à chauffer. Quelques marmitons furent nommés pour les basses besognes.

Pour les petits vieux, occupés ou non, c'était une autre belle journée qui leur rappelait leur jeunesse. Ils revivaient un peu, ce qu'ils n'espéraient plus. Il avait suffi d'un freluquet et des travaux entrepris dans leur café pour que l'envie revienne. Comme jadis lorsqu'ils décidaient sur un coup de tête de monter au refuge de Folly ou au cirque des Fonts.

Les beaux souvenirs des soirs d'été dormaient en eux. Parfois, ils les réveillaient. Rarement, ils les partageaient. C'était trop loin, pensaient-ils, trop tard. Ils se trompaient. Parce que la vieillesse appartient à ceux qui la portent, pas à ceux qui la regardent. Et puis il y a tellement de façons d'être vieux.

Quand les trois hommes chargés des courses rentrèrent en fin d'après-midi, les bras chargés de sacs, pains, œufs, oignons, fromages, tout fut déposé sur la table. La Banquise avait dressé sa liste, sacrifiant à contrecœur une feuille de son calepin.

— Une seule, hein, avait-il précisé, et n'y revenez pas.

Que tout le monde ici se fichât de la poésie, la Banquise en avait pris son parti. En revanche, la pénurie de carnets, c'était un péril qui commençait à le tarauder. Comment allait-il faire, une fois le stock épuisé ? Comment poétiser sur une nappe en papier qui se perçait à la première virgule ? Sans parler des points de suspension et des guillemets, un purgatoire, une mise en disgrâce de la poésie.

Il lui fallait des calepins. Un gros stock, de quoi calmer ses angoisses et satisfaire ses besoins d'écriture.

Les trois hommes étaient givrés de blanc. Dehors, le vent s'était levé sans que l'on s'en aperçoive, un souffle chargé d'eau, comme si la montagne s'était mise à expirer une haleine glacée. Le ciel vieillissait d'heure en heure, de plus en plus ridé sous les nuages.

Les hommes se dévêtirent et suspendirent leurs vêtements à une patère. Une fois leurs manches relevées, ils se mirent sous les ordres de la Banquise. Rien ne prouvait qu'il en sût davantage qu'eux en cuisine, seulement il avait plus d'autorité. Cela suffisait.

Très vite, l'odeur de vin se répandit dans la grande pièce. Avec les oignons blondis, l'ail, le bouquet garni, on avait le choix entre les parfums, les fumets ou les arômes. Les œufs en matelote étaient inconnus des vieux d'ici qui les assimilaient à des œufs en meurette, spécialité lyonnaise. Les autres attendaient, rassurés : avec du vin, tout devenait mangeable.

Lili picora du bout des lèvres, du bord du cœur. Elle sentait qu'elle avait perdu la partie. Plusieurs fois elle eut envie de retourner dormir dans sa voiture au fond de son parking. Le courage lui manquait, le froid la faisait frissonner. À force d'y réfléchir, elle se dit qu'il y aurait d'autres occasions de dissuader Henry de son projet fou. Par moments, elle espérait même le pire : peut-être que la guérison d'Henry serait longue ou ne se ferait pas. Cela s'était déjà vu, des os qui ne se ressoudaient pas, laissant les articulations tordues et le corps à l'abandon. Voilà à quoi elle pensait, Lili. Des sentiments comme jamais elle n'aurait imaginé en avoir pour l'homme qu'elle aimait.

D'ailleurs, l'aimait-elle vraiment ? Par deux fois cet après-midi, elle s'était mise à douter. Quand une femme se pose ces questions-là, les réponses affluent en nombre tel un vol d'hirondelles. Dès lors tout devient confus, le vrai se perd dans l'épaisseur du faux. On ne sait plus, on ne sait pas. On voudrait demander. Mais à qui et pour savoir quoi ? Si au moins sa grand-mère était encore là. Elle, au moins, elle voyait clair dans la forêt des sentiments, elle lui aurait parlé d'histoires de son temps en lui caressant les cheveux ou en les tressant.

12

Quand le dîner fut terminé, la table débarrassée et les assiettes mises à tremper dans l'évier, la Banquise essuya le plateau de bois. Ses bras de chemise servaient de torchon. Pour finir, il inclina la tête pour vérifier la propreté. Le bois brillait sous la lumière de la suspension à douze ampoules :

— Bon, ça m'a l'air propre, estima-t-il.

Tout le monde était surpris de le voir s'agiter ainsi. La journée touchait à sa fin, on aurait pu souffler un peu. La Banquise traînait pourtant la jambe. Il souffrait, cela se voyait. L'interroger n'aurait servi à rien. En haussant les épaules, il aurait dit que Rimbaud en avait vu d'autres. C'était vrai, vu la nature de sa maladie.

Lentement, il alla chercher le petit coffre qu'Henry avait découvert le matin même sur la table. Il le rapporta, serré contre son poitrail, et le déposa sur la table.

— Voilà, fit-il.

Ces quelques pas l'avaient essoufflé. La soif s'était installée, desséchant sa langue et ses lèvres. Lui ne voulait pas céder, alors il se mit à parler.

— C'est bien beau en paroles toute not'e affaire, la société en commun, pas d'chef, un grand partage et tout le tremblement. Seulement tant qu'il n'y a rien dans la marmite, c'est pas la peine d'y faire chauffer. Pas vrai ?

Personne ne répondit… et pour cause, la plupart ne savaient pas de quoi on parlait. D'autres ronflaient à s'en faire peur.

— Le nerf de la guerre, c'est le pognon, y a pas à tortiller, continua-t-il.

Quelques-uns écoutaient, hochant la tête de temps à autre. Bouche ouverte qu'ils étaient, les petits vieux, comme au plus fort des histoires de la Banquise, quand il écartait les bras comme un manchot qui voudrait voler. Lèvres serrées, Lili s'était rapprochée d'Henry. Pour mieux entendre, aurait-elle juré la main sur les saintes Écritures. Allons donc ! Les femmes ont des subtilités que les hommes ne comprendront jamais. C'est ce qui fait leur force et leur faiblesse en même temps.

Tout à son affaire, la Banquise enchaîna :

— Alors voilà c'qu' je propose. À certains d'entre vous, j'en ai déjà parlé : les vieux, les sages, ceux qu'en ont vécu des embrouilles et des orages de la vie.

— Oui, mais ton coffret ? demanda le Juge.

— J'y viens.

Il se racla la gorge, histoire de ménager son effet.

— Dans ce coffre, chacun va déposer c'qui veut, ou c'qui peut. Après on décidera pour savoir comment on répartit.

La plupart étaient tellement surpris qu'ils ne savaient comment se tenir : raide sur leur chaise ou affalé sur la table. On est gauche face à l'inattendu. Certains gardaient la bouche ouverte sur leur surprise. Tous avaient le sentiment d'assister à un événement inhabituel, chose rare dans ce fond de vallée.

Ils auraient bien dit quelque chose, mais ils ne savaient quels mots choisir. Fallait-il de jolis mots pleins d'assurance et de certitude, des mots qui claquaient au vent comme des drapeaux ou bien des mots rugueux choisis pour le combat, ou encore des mots sérieux qui portaient beau, faisaient grandir et embellir l'instant, tel un costume des dimanches ?

La Banquise se pencha sur le coffret, l'ouvrit à l'aide d'une petite clé ouvragée. C'était la réplique d'un coffre de coureurs des mers, pirates ou corsaires, un objet fabriqué soir après soir sur une couchette par un homme qui aimait la flibuste, le bois et les couteaux. La Banquise peut-être.

Il fouilla au fond du coffre et en sortit un papier bistre plié en quatre. Il dit :

— Ce sera ma contribution. J'espère que ça va aider à nous en sortir…

Il déplia son papier pour le montrer.

La plupart n'y voyaient plus ou mal, aussi plissèrent-ils les yeux en espérant reconnaître un indice qui pourrait les aider.

— Qu'est-ce que c'est ? demandèrent les plus binoclards.

Silence.

La Banquise se doutait bien un peu de la question, c'est pourquoi il reprit la parole.

— Un poème d'Arthur Rimbaud !

Silence.

— Un original écrit de sa main. Regardez, montra-t-il sans lâcher son trésor. C'est pas le plus connu, mais enfin on est sûr qu'il est de lui. Y a des cachets secs, là, montra-t-il de son gros doigt boudiné.

Les autres regardaient. Plusieurs pensèrent : un bout de papier, qu'est-ce que ça peut valoir, pas grand-chose sans doute. Sauf qu'ils n'y connaissaient rien. Jamais ils n'étaient entrés dans une salle des ventes et encore moins avaient participé à des enchères. La Banquise non plus. Son poème, on le lui avait offert en remerciement d'avoir sauvé un petit gars en train de se noyer. C'était à Anvers, dans le port, il y avait longtemps.

Ensuite, un à un, les petits vieux déposèrent dans le coffret des pièces, des breloques du temps passé, une chaîne, une médaille, une gourmette ou un bracelet… tout ce qu'ils avaient sur eux d'un peu précieux. Il y avait de tout. Le temps avait pris ses aises, laissé des empreintes et des souvenirs. Des pans de vie s'entassaient dans le coffret. Les belles et les mauvaises années s'y trouvaient mélangées.

Puis vint le tour de Lili. Tous furent surpris qu'elle participe. Elle n'était pas d'ici. N'avait jamais rien partagé avec eux. Être proche de Monsieur Henry, pensaient-ils avec une sorte de timidité dans la tête, n'est pas un titre suffisant. Mais après tout, s'il l'autorisait à contribuer au bien commun…

Elle s'arrêta devant le coffret, passa ses deux mains derrière son cou et dégrafa un petit collier en or. Elle le regarda longuement.

À cet instant, son corps eut un sursaut. Sa poitrine, ses seins, sa gorge, tout fut secoué en même temps. Un sanglot de tout le corps. On aurait dit que quelque chose s'était brisé à l'interieur. Henry voulut la prendre par l'épaule, elle se défila. La Banquise s'approcha, le pied traînant toujours au sol, encapuchonné dans un torchon.

— Si c'est personnel, garde-le, on peut comprendre, tu sais.

— C'est que…

— On n'a pas à savoir, coupa la Banquise.

C'était dans sa nature, il savait les mots à dire et les regards à adresser. Étonnant pour un homme comme lui, traînant un physique de brute mais ne craignant pas d'afficher une sensibilité de jeune fille. La poésie avait ouvert le sillon et lui, en bon ouvrier, y avait déposé au gré des jours les mots qui lui plaisaient, les sensations, les sentiments réels ou imaginés. Et le tout avait germé.

Lili reprit son collier, essaya en vain d'enlever une sorte de tube monté en pendentif, long d'une phalange, gros comme un crayon. Elle avait beau forcer, il ne se détachait pas, elle allait le casser à insister de cette manière. La Banquise tendit la main :

— Donne…

— Attention, c'est précieux.

— J'm'en doute…

Il tordit les anneaux entre ses dents. Une fois les anneaux de la chaînette ouverts, il redonna le tube à Lili avant de placer le collier dans le coffre. La jeune femme prit le tube entre ses mains, l'embrassa, le porta à sa poitrine, les deux mains à plat pour éviter une maladresse. Voyant tous ces regards qui l'observaient, elle se sentit obligée d'expliquer :

— C'est le dernier souffle de ma grand-mère.

Tous n'entendirent pas. Les plus proches faillirent s'asseoir de surprise. Même la Banquise, pourtant habitué à l'impossible, se mit à mâchonner ses mots.

— Qu'est-ce que tu veux dire par là ? Le dernier souffle… c'est quoi ?

— Ben… son dernier souffle de vie. Quand elle est morte, je lui ai placé ce petit tube devant la bouche pour recueillir l'air de ses poumons. Un souffle entre la vie et la mort.

— Elle a bien voulu ?

— C'est elle qui m'avait montré comment faire.

De surprise, la Banquise s'assit de tout son poids dans un fauteuil.

— Non de non, jamais j'ai entendu parler de ça !

L'idée ne parvenait même pas jusqu'à ses méninges. Il avait beau avoir navigué sur toutes les mers, il peinait à croire une histoire pareille. Des récits de revenants, de vivants qui mettent des jours à mourir, de couseuses de bouches et de marabouts aidant les mourants à passer… oui, cela il connaissait, bien sûr.

— Et t'en fais quoi d'ce tube ?

— Je le porte sur moi.

— Ah… Et il te sert à quelque chose ?

— Oui… par son intermédiaire, des fois, ma grand-mère me parle. Elle me donne des conseils. C'est fréquent les conseils, presque chaque soir. Elle m'enguirlande aussi. Ça me fait pleurer quand elle me crie dessus, alors maintenant elle fait attention à ses mots. Et quand elle a crié trop fort, elle me console ensuite. Vous allez pas m'croire, mais je sens sa main dans mes cheveux ou dans mon cou quand elle me parle. Pour elle, j'ai beau avoir trente ans, je suis restée une petite fille.

La Banquise avait réussi à ramener ses mains sur son ventre et se curait les ongles en l'écoutant. « De deux choses l'une, songeait-il, soit elle est complètement dérangée, soit elle dit vrai. Et alors là, ça remet beaucoup de choses en cause. Entre autres, je comprends mieux mes échanges avec Rimbaud et tout c'qu'j'ai vécu depuis des années. Parce que moi aussi, il me parle… et pas qu'un peu. Seulement si j'disais c'qu'on échange tous les deux, ce serait direct l'hospice pour les fous. »

Vint le tour d'Henry Payen d'Orville. Il déposa sur la table à côté du coffret deux toiles qu'il alla lui-même décrocher du mur. En le voyant sur le bout des pieds, Lili eut des frissons, pareils à ceux d'un début de fièvre. Avec de simples mocassins d'intérieur, il parvenait à se tenir debout, en équilibre, sans tanguer, sans se retenir ni au mur, ni aux meubles. C'était à la fois réjouissant et en même temps terriblement inquiétant. Parce que dans ce cas, elle ne réussirait jamais à lui faire abandonner l'idée du défi sur le Criou.

Elle se mit à murmurer. De drôles de mots dont Henry ne percevait que l'intonation. Et encore pas pour tous. Il en vint à se demander s'il s'agissait de mots réels ou inventés.

« Et si tout cela n'était que mensonge ? » se demandait Lili en se tordant les doigts. Et si Payen d'Orville avait voulu fuir le monde tel qu'il est pour se réfugier ici, dans ce fond de vallée, pas seulement pour reprendre des forces, mais pour couper les liens avec sa famille, abandonner le milieu des galeries, des agents, des critiques d'art, des journalistes aux articles baveux. Disparaître en somme afin de voir le monde autrement, y chercher une dimension nouvelle.

Lili ne savait plus. Elle avait beau appeler sa grand-mère à son secours, celle-ci restait muette. Cela lui arrivait parfois lorsqu'elle était très fâchée ou absente. Parce que les morts disparaissent parfois. Pour quelques jours ou plus longtemps. « Ils ont leurs obligations », se disait Lili, conciliante et patiente. Et puis un jour tout rentrait dans l'ordre.

Sauf que là, il y avait urgence. Durant l'hiver rien ne se produirait. Au pire, on repousserait au printemps, au mieux à l'été. En hiver, c'était la trêve. Il ne serait venu à l'esprit de personne d'aller rôder sur une paroi pareille, couverte de neige et vernie de glace. Ou alors il fallait être sacrément aguerri, avoir déjà fréquenté des cascades gelées, escaladé des parois verglacées. C'était une autre affaire. Henry ne s'y risquerait pas. Mais une fois les beaux jours revenus, tout deviendrait différent. Ses envies d'exploit renaîtraient.

13

Brusquement, la Banquise se mit à mâchouiller des mots. Affalé dans son fauteuil, la tête penchée sur l'épaule comme un oiseau mort, il cherchait à réciter des textes. Visiblement, l'histoire du dernier souffle de la grand-mère de Lili l'avait secoué. Du moins c'est ce que tout le monde pensait. En fait, les choses étaient plus compliquées.

Un jour, aux *Trois Tilleuls*, il avait raconté ce qu'il avait appelé une sale affaire. Un souvenir de sa dernière campagne à la morue dans les eaux noires du grand Nord. C'était un après-midi de grande solitude. Le ciel bâillait d'ennui comme souvent en automne. Du gris, du gris partout, même les résineux pleuraient des larmes grises. Hommes et bêtes attendaient l'arrivée de l'hiver, les nerfs à vif. On a beau faire les malins, le passage à un nouveau solstice remue tout le monde, les plantes et les arbres en premier et nous aussi de la même manière. C'est forcé, la vie est faite d'entrelacs, tout se tient, tout se réunit à un moment ou un autre.

Les hommes ne se regardaient même pas. Ils buvaient par habitude, cherchant au fond de leur verre l'horizon qu'ils n'avaient pas dehors.

— Ça s'est passé dans les eaux froides au large de Saint John's, avait commencé à raconter la Banquise d'une voix lourde. Il y avait un gamin qui débutait avec nous, un mataf comme on les appelait. Un bon p'tit gars, pas très adroit de ses mains. Chaque jour, il alignait une palanquée de conneries. C'était pas croyable. Quand on le secouait pour lui faire comprendre, il se contentait d'écarter les bras de son corps en signe d'impuissance. Nous, on rattrapait les coups, c'était déjà assez dur comme ça pour lui, alors on ouvrait l'œil pour pas qu'il se fasse poisser par le second.

« Il a suffi d'une fois. On était occupés à relever le chalut, et lui n'a pas trouvé mieux que de se foutre par-dessus bord. Ses pieds ont dû se prendre dans quelque chose sur le pont, peut-être une aile de chalut ou l'une des funes, ou bien un bout de cordage qui traînait. On n'a rien vu. Par grosse houle, c'est toujours comme ça, faut s'occuper de tout en même temps. C'est pas une petite affaire, vous savez, de remonter un chalut.

« Quand on s'en est aperçus, il se débattait dans la vague de poupe. Un bras, une jambe et puis la tête, et ça repartait, ça repartait, il était brassé en tous sens, pourtant il faisait c'qu'il pouvait pour s'en sortir, le pauvre gamin. Pris dans l'écume il n'y arrivait pas et… j'crois… je crois qu'il savait pas nager.

En racontant, sa voix s'était toute brouillée. De ses ongles il se grattait sans cesse la barbe des joues et du menton, cela faisait un bruit de papier de verre. Puis il revenait à son histoire, il fallait qu'il finisse. Il voulait tout dire pour avoir moins lourd à porter.

— L'un de nous, un sacré gaillard, lui, est allé le chercher. Quand on l'a remonté et mis au sec sur le pont, même les plus solides ont senti leurs jambes trembler. Le gamin avait le corps marbré de bleu et les yeux grands ouverts. On aurait dit de jeunes feuilles, ses yeux, celles qui poussent au printemps. Et comme si la vie avait voulu nous faire un pied de nez, il avait les bras loin du corps comme pour dire une dernière fois : "C'est pas ma faute." On l'a frictionné à l'huile de camphre, on s'est relayés pendant une heure au moins. Et j'peux vous dire qu'on frottait fort, mais malgré les massages, le cœur n'a pas voulu repartir. On n'y était pour rien, mais on se sentait coupables quand même.

« Aujourd'hui encore, je m'dis que c'est pas seulement la fatalité. On aurait dû faire gaffe à lui. On savait tous qu'il avait la tête dans les nuages.

Ces derniers mots avaient été soufflés plus que prononcés.

Ce n'était pas la peine de lui demander ce qu'il pensait de Dieu, des saints de tout poil ou de l'architecte de l'univers, il en voulait au monde entier. Du coup, il avait vidé une bouteille de blanc, le goulot entre les lèvres. Sans respirer.

Après il avait tangué un peu, hésité des sourcils et des paupières avant d'aller s'affaler sur le bord de la table, la joue sur le bras. Dix secondes plus tard, il ronflait, saoul à ne plus pouvoir compter ses doigts.

Exactement comme ce soir.

Lili alla chercher une couverture afin d'envelopper ses épaules, son dos et sa poitrine. Celle-ci n'était pas assez longue. Alors elle l'emmitoufla comme une mère son enfant, ou une infirmière son malade.

— Je peux, pour la couverture ? demanda-t-elle à Henry.

— Bien sûr, il fait déjà tellement pour nous.

Lili fut déçue par sa réponse, falote et distante. Elle s'attendait à des mots vrais, plus humains, plus chauds. Limiter l'intérêt pour la Banquise à son action pour sauver le café était d'une vue un peu courte selon elle. Elle n'aurait pas su expliquer pourquoi. Elle le ressentait ainsi.

La Banquise lui plaisait, voilà tout. Il y a des étrangetés qui ne s'expliquent pas. Il lui plaisait pour son passé de marin, sa fausse assurance, ses doutes et sa passion pour la poésie. Qu'il fût malade de la jambe rehaussait encore l'intérêt qu'elle lui portait.

Sur le matin, le froid remontait dans les maisons. Il rampait au sol, surtout dans les anciennes demeures construites à une époque où l'on craignait moins le froid. Une mauvaise position, un geste maladroit et au matin le corps se rebellait.

Cela faisait plaisir à Lili de s'occuper de cet homme. Pourquoi ? Elle ne savait pas. Il lui semblait qu'ils étaient proches. Pas comme des amants, bien sûr. Elle n'était pas ainsi, elle ne trompait pas. Elle laissait les hommes s'en aller ou se lasser. C'était sa façon de faire, moins brutale, estimait-elle, et plus respectueuse de ce qui avait été vécu.

En fait, ce qui rapprochait Lili de la Banquise, c'était qu'ils n'avaient rien à donner mais beaucoup à partager. La fraternité du pauvre, en somme. Ils n'avaient pourtant jamais rien vécu ensemble, excepté l'épisode où Francky était allé se réfugier derrière le comptoir. C'était ainsi.

Des explications, il n'y en a pas toujours. Parfois il faut se contenter des impressions.

Une fois allongé l'un à côté de l'autre dans l'ombre épaisse de la chambre à coucher, Henry attendit un peu avant de parler.

— C'est beau la façon dont tu as parlé de ta grand-mère.

Elle se tourna vers lui, en appui sur un coude.

— Elle était tout pour moi, je te l'ai dit. Elle m'a élevée, tout appris, expliqué la vie et raconté la mort, du moins ce qu'elle en savait. Aujourd'hui encore, elle essaie de me dire des choses depuis là-haut, mais les morts, ils ont du mal à parler, c'est un peu comme certains vivants.

— Elle ne te parle plus ?

— Rarement, comme si elle s'était éloignée. Pourtant, j'aimerais tellement entendre sa voix.

Elle prit le temps de se souvenir, de faire sans doute un peu le tri dans le déroulé de sa vie avant d'ajouter :

— Même pour l'école, elle ne m'a pas laissé tomber… Et puis un jour, c'est devenu trop dur. Elle avait beau essayer, elle ne comprenait plus. Alors quand tout s'est mis à se mélanger dans sa tête, tu sais ce qu'elle a fait ?

— Elle t'a payé des cours ?

— Mais avec quoi, voyons… On avait tout juste de quoi pour se loger et se nourrir.

— Alors ?

— Alors, elle a continué comme si de rien n'était, en faisant semblant de m'apprendre. Et moi je jouais le jeu. Tout cela pour m'encourager à continuer. J'me souviens, des fois, elle s'arrêtait et levait les yeux au ciel pour faire semblant de réfléchir, le crayon-gomme entre les dents. Elle le mordillait sans cesse…

Lili devint songeuse. Les souvenirs pesaient leur poids et il ne suffisait pas de les évoquer, encore fallait-il aussi les porter. Avec une voix d'aveu, elle ajouta :

— L'école, elle ne l'avait pas beaucoup fréquentée. Quittée à dix ans pour aller faire la bonniche dans des grandes maisons. Alors tu comprends, les dates des grandes batailles ou le nom des sous-préfectures…

Sans doute venait-elle de balancer son bras par-dessus son épaule. Le feulement du drap et l'air déplacé parlaient à leur manière. La nuit était de suie, sans ombre ni relief à l'exception d'un filet de lumière qui courait sous la porte.

Lili avait offert ses souvenirs. Henry l'avait si peu écoutée et sans doute à peine entendue. Comme si des histoires de pauvres ne pouvaient pas passer la porte des gens riches. Elle en fut déçue tout en se disant qu'elle parviendrait un jour à l'intéresser à son passé. Elle avait retrouvé son calme lorsqu'il demanda :

— Et son dernier souffle ?

— T'es comme tous les autres, hein, ça t'intrigue cette histoire.

— Il y a de quoi !

Henry hésita avant d'ajouter :

— Elle est vraie ou inventée cette anecdote ?

— D'après toi…

Elle fut déçue par le mot anecdote. Pas assez fort, pas assez grandiose ni recherché à son goût. Une petite affaire sans importance. Alors elle laissa s'étirer le silence comme au théâtre. Un blanc de respiration. La méthode lui était familière. Elle l'avait vue pratiquée cent fois par Francky sur les marchés. Laisser aux badauds le temps de rêver, d'imaginer, avant de leur mettre en main l'objet, de les obliger à le soupeser et d'un seul coup « de lâcher les chevaux », comme il disait. C'est-à-dire de les forcer à décider sans réfléchir. Tout était une question d'enchaînement. Pour décompter le temps, il regardait une horloge imaginaire, dans le ciel. Cela impressionnait. On aurait dit qu'il voyait la ronde des secondes. Les ménagères se bousculaient. Souvent, Francky trichait en dépassant la minute convenue au départ. Son bras s'agitait au-dessus des têtes en décomptant le temps et au passage ramassait les billets. Lili courait à droite, à gauche, servait, se faisait houspiller. Des maris s'énervaient à l'idée de rater l'affaire de l'année. Certains beuglaient. Certaines minaudaient. Lili avait appris. La manière de faire, elle la connaissait depuis longtemps.

— Tu me demandes si c'est vrai ? répliqua-t-elle.

— J'essaie de comprendre...

— Mais tu m'imagines une seconde en train de mentir sur ma grand-mère ? Elle qui m'a donné le peu qu'elle avait. C'est pas possible, tu peux pas imaginer ça ! Pas toi, Henry, pas toi...

— C'est tellement surprenant.

— Je lui aurais volé son dernier souffle pour faire la maligne, hein, tu me vois faire ça ?

— Non...

— Quand je l'ai vue pour la dernière fois avec sa tête devenue toute petite sur son oreiller blanc... Elle avait les yeux ouverts derrière la peau de ses paupières. Tu me vois ? Dis-moi, Henry, tu me vois agir ainsi sans qu'elle me l'ait demandé ?

— Non, souffla Henry.

Lili avait gagné... pour cette fois.

Payen d'Orville demeura muet un long moment. De son éducation religieuse, il n'avait pas gardé grand-chose. Une bienveillance envers les faibles et les malchanceux, le sens de la main tendue, du respect pour le sacré. Cela ne pèserait pas bien lourd le jour du Jugement dernier.

Quant à ses convictions, elles fluctuaient. Un jour, elles le portaient, le lendemain l'abandonnaient. Y croire ou pas y croire, les deux options lui convenaient tout autant. Et, chose étrange, pouvaient coexister dans son esprit sans qu'il y voie de contradiction.

Enfant, on lui avait parlé de l'au-delà. Il y avait cru, puis s'en était détourné comme une abeille quitte une fleur pour aller butiner ailleurs, puis y était revenu. En définitive, il préférait le monde tel que ses sens le lui donnaient à découvrir, son émiettement, ses parfums multiples. Un champ de plein été, perlé de fleurs, lui convenait. C'était même ce qu'il recherchait, aller de l'une à l'autre pour savoir et connaître… sans avoir à décider.

Quant aux morts, aux esprits, aux ancêtres, cela ne lui paraissait pas utile de savoir. Il préférait ignorer, c'était moins dérangeant.

Sur le dos, les mains derrière la tête, Henry pensait. Ou plutôt alignait des idées, le regard enfoui dans les yeux noirs de la nuit. Lili l'imaginait. Elle n'avait pas connu beaucoup d'hommes immobiles à côté d'elle. Comme toutes les femmes, elle n'avait pas besoin d'explications. Elle devinait le trouble chez cet homme. Pour en savoir plus, il suffisait de pousser sa porte.

— Tu n'es pas convaincu, hein ?

— Si… J'essayais juste d'imaginer ce qu'est une vie avec autant d'amour.

Là, il faut admettre qu'elle fut surprise. Elle ne s'attendait pas à la réplique, encore moins à ses conséquences. Elle bafouilla, chose rare chez elle :

— Mais tu as des parents toi aussi, un frère, je crois, des grands-parents peut-être, des oncles. Je n'sais pas… de la famille, quoi.

— Bien sûr. Seulement, dans le monde d'où je viens on ne parle jamais d'amour. On ne se dit jamais rien. On laisse deviner. On fait en sorte que l'autre comprenne. Jamais de baisers, encore moins de caresses, on vit comme si nos corps n'existaient pas. La tendresse est inutile, l'amour éphémère. C'est pourquoi je peins, vois-tu, Lili, pour dire aux miens tous ces mots que je n'ai pas le droit de prononcer.

Lili avait froid brusquement. Sa bouche était devenue sèche.

— Je ne savais pas… Je n'aurais jamais dû te parler de ça. Et tes parents ?

— Avec eux ce n'est pas mieux…

— Même avec tes parents ?

— Oui…

— Je pourrais te parler de la grande solitude des gens riches, poursuivit Henry. De ces soirées de fête où j'allais pleurer derrière les rideaux de velours vert, de ces après-midi sinistres à faire semblant d'être heureux tout en me bouffant à l'intérieur. Pendant des heures entières, je regardais ces visages grimaçants qui faisaient semblant. Semblant de quoi ? Je me le suis toujours demandé. Ils étaient vides d'amour et pauvres en humanité.

Lili se rapprocha d'Henry. La nuit les enveloppait. Ils ne se voyaient pas, se devinaient seulement. Alors, du bout du doigt, elle chercha ses lèvres comme si elle avait voulu les redessiner. C'était aussi une manière de le remercier d'avoir osé parler.

— Viens, dit-elle en l'enlaçant, je vais t'apprendre à aimer.

Quand la vague d'écume reflua, elle posa sa tête sur sa poitrine. Il avait les muscles noués comme un homme qui a peur mais veut le cacher.

Cela faisait longtemps qu'il n'avait pas parlé du Criou, de sa face maudite et de ses habits d'hiver. C'était devenu un non-dit. L'idée s'était réfugiée dans un coin discret de leurs mémoires en attendant le moment de resurgir. Et là, elle arrivait sans prévenir, serrant Lili à la gorge.

— Dis-moi…

— Oui ?

— La face du Criou, c'était une blague hein, rassure-moi ?

— En hiver, ce n'est pas possible d'y monter. Tu ne te rends pas compte comment c'est. La neige gelée, les pointes de roches encapuchonnées de glace, des cascades ressemblant à des cierges à l'envers…

Bien sûr qu'elle se rendait compte. Le pire des enseignements, c'était qu'il n'avait pas renoncé. En hiver, sans doute pas. Au printemps, elle ne savait pas trop. Mais en été il était certain, vu la façon dont il avait répondu, qu'il allait tenter le coup. Lili en vint à jalouser la Banquise avec sa jambe gangrenée.

« Au moins, lui, il ne pourra plus jamais y aller », songea-t-elle. Pire, elle se demanda si elle n'allait pas tenter de prendre des linges souillés de la Banquise pour les passer sur le pied d'Henry, celui où les chairs tardaient à cicatriser, histoire de lui flanquer la gangrène. Pour horrible qu'était l'acte, il mettrait au moins Payen d'Orville à l'abri de toute tentative. Seulement, elle ne savait pas comme s'y prendre. La Banquise avait sans doute une idée. Mais comment lui demander une chose pareille ?

14

Les jours passèrent, certains radieux et d'autres non. Au début, il neigea presque quotidiennement. Chaque tombée venait recouvrir la précédente. *L'Almanach du montagnard* ne s'était pas trompé : la neige était précoce et tenace. Les coprins chevelus bordant les chemins eurent tôt fait d'être recouverts, pointant leur tête tels des casques inutiles. L'hiver est capricieux en montagne ; il fait comme bon lui semble. Face à lui l'homme se soumet, baisse le front et courbe l'échine. C'est peut-être pour contraindre l'humain à prendre conscience de sa condition que le monde est ainsi organisé.

Chaque jour chez Payen d'Orville, les petits vieux parlaient bien encore du café d'avant, comme ils l'appelaient, mais le cœur n'y était plus. Ils se souvenaient, c'était tout. Les beaux souvenirs cousinaient avec les moches, les échecs avec les jours de grand soleil. On se serrait les coudes à l'occasion, mais l'envie n'y était plus.

— J'ai plus l'goût, admettaient les plus honnêtes.

Les autres mâchaient leurs silences comme une bête qui doit se contenter d'herbes sèches et de chardons.

— Ça reviendra, rassurait Henry soutenu par Lili.

La Banquise se joignait à eux quand il pouvait. Parce qu'il y avait des soirs où il coulait comme un corps mort, saoul à ne plus voir son verre. L'ennui l'envahissait, sa jambe enflait.

Une fin d'après-midi, la Banquise sortit sur la terrasse. Pour marcher, il prenait désormais appui sur les meubles, les murs, les dossiers de chaise, ce qu'il trouvait à sa portée. En la circonstance, la balustrade de belles pierres aux teintes grises, blanches et beiges.

— J'vais boire un coup d'air, dit-il en ricanant.

Une bravade d'homme malade. Le souffle court, il traînait sa jambe comme un fardeau. Il avait trouvé plus commode de marcher à reculons, l'effort était moindre, les douleurs supportables. Son visage s'était creusé en quelques jours. Ses os étaient à fleur de peau, surtout ceux des pommettes et des mâchoires. Malgré la barbe emmêlée comme du vermicelle, on voyait l'articulation des mandibules quand il mangeait. Mauvais présage, pensait Lili. Sale affaire, se disait Henry Payen d'Orville.

Lui fanfaronnait :

— Tant que je peux boire, c'est que ça va.

L'ennui, c'est que sa logique ne correspondait plus à la réalité. Son corps lâchait. Il avait beau se répéter que tout allait finir par rentrer dans l'ordre, le mal gagnait du terrain, en surface comme en profondeur.

— Et alors, Rimbaud, comment qu'il a fait, lançait-il à court d'arguments, un brin irrité de ne pas être à la hauteur. Lui, sa guibole était complètement pourrie, j'en suis quand même pas là, non ?

Personne ne répondait.

Au fond de lui, il savait son corps en bout de course mais rien ne pouvait le faire changer d'avis : ni médecin, ni hôpital. Seulement un curé pour les derniers sacrements, avait-il un jour précisé, sans faire mystère qu'il ne croyait plus ni à Dieu, ni au ciel.

Son orgueil lui donnait l'illusion de pouvoir encore tromper son monde. Dents serrées, il descendait chercher du pain et rentrait en sueur.

— Il bruine, mentait-il avec aplomb.

Il était donc sorti pour boire un bol d'air. Personne ne s'en était inquiété, c'était devenu fréquent. On saurait plus tard que c'était en raison de la fièvre qui le dévorait.

Après un quart d'heure, Henry commença à s'inquiéter :

— Il n'est pas rentré ?

— Non.

Henry regarda par la fenêtre. La lumière filtrait à travers un brouillard léger comme une gaze. Il faisait terne, l'une de ces journées dont on se demande à quoi elle sert. Il ne vit rien. Alors, de guerre lasse, il entrouvrit la porte donnant sur la terrasse. Il était là, la Banquise, sur le flanc au pied du banc. Ainsi couché, on pouvait à peine le voir.

— Nom de...

Il ravala la fin de son juron. Même s'il n'était plus très croyant, il gardait du respect pour le sacré et une certaine crainte de la main de Dieu. À la manière de Pascal, « on ne sait jamais, autant bien se comporter », se disait-il.

Malgré la raideur de ses pieds, Henry réussit à se mettre à genoux en s'agrippant au banc. Il n'était pas encore inquiet. Étonnamment, il se rassurait en se disant que l'on ne meurt pas ainsi, seul et sans rien dire. À part les animaux, mais il n'y pensait pas à cet instant. Il lui semblait qu'il y avait comme des préliminaires, une sorte de manière de faire ses adieux. Foutaise de lettré tout ça, il aurait dû en parler aux historiens et aux militaires, ils l'auraient déniaisé sur la question.

Il secoua la Banquise par le col. Sans résultat. Il eut le réflexe de chercher son pouls. Son poignet était tellement gros qu'il palpa longtemps à la recherche de l'écho du cœur.

— C'est pas possible, fit-il mi-suppliant, mi-inquiet.

Il se souvint de la jugulaire. Y plaça ses doigts, pressa légèrement et attendit. Entre les poils de barbe et les plis du cou, il fallait viser juste.

Il s'y reprit plusieurs fois et attendit. Sa respiration faisait de petits ballons de vapeur de plus en plus rapides qui se dissipaient sitôt expulsés. Brusquement, il s'arrêta.

— C'est faible, mais il respire.

Il appela alors Lili, le Juge et Léopold, un voisin qui venait partager des canons avec eux à la barbe de sa femme, intransigeante sur la question du pinard. Son père, son grand-père et son frère en étaient morts, cela vaut toutes les leçons de morale. Lili arriva la première.

— Qu'est-ce qu'il se passe ?

Elle se précipita, croyant qu'Henry était tombé. Puis voyant la Banquise au sol, elle ne put retenir un cri :

— Oh, Seigneur Jésus…

Ses mains s'étaient plaquées sur ses seins, les doigts crispés. Elle pensait à sa grand-mère, c'est sûr : à ses derniers instants et à son âme dans le petit tube. Comment aurait-il pu en être autrement ?

— Aide-moi, Lili…
— Oui, à quoi faire ?
— Va chercher un tapis dans la salle à manger, on va le rouler dedans et le tirer ensuite à l'intérieur.
L'air grave et le geste hésitant, le Juge demanda :
— Comme tu veux t'y prendre ?
— Étalez le tapis là, montra Henry d'un coup de menton.

Tout le monde tenta de faire pour le mieux, à genoux sur le dallage de la terrasse. Il restait des plis sur le tapis, bien sûr, mais cela ne devait pas trop gêner. Ce qui souciait Henry, c'était le seuil de la porte.
Face à l'adversité, le corps a des ressources que l'on ne soupçonne pas. À trois, ils parvinrent à rentrer la Banquise au chaud. Il râlait, avec des emballements brusques de sa respiration. Le mettre sur le canapé ne fut pas possible. Henry l'adossa contre un pied de table, lui fit boire un petit verre de racine.
Peu à peu, la Banquise retrouva ses esprits. Il regardait autour de lui, surpris mais nullement inquiet.
— J'ai pris un coup de houle ?
— Ça y ressemble…
— Bon Dieu, y a des années que ça ne m'était pas arrivé.
Voyant qu'il ne retrouvait pas vraiment ses esprits, Lili tenta le tout pour le tout.
— Faut que tu me montres ta jambe. Si ça se trouve, tu t'es blessé en tombant…
— Penses-tu… j'l'aurais senti.
— Fais voir quand même.

Il céda parce que c'était Lili. Il mit longtemps à remonter son pantalon. Sa jambe était enflée à ne plus distinguer l'articulation du genou. Douloureuse rien qu'à la voir.

— Faut couper le pantalon le long de la couture sinon on n'y arrivera jamais.

— T'y penses pas, il est comme neuf, se rebiffa la Banquise.

Lili n'écouta pas. Depuis que la Banquise le lui avait appris, elle s'était prise de passion pour l'affûtage des lames de couteau et de rasoir aussi. À l'aide d'un couteau affûté la veille, elle tailla le pantalon de manière à pouvoir le recoudre plus tard. La peau de la jambe était rouge sombre, les feuilles de journal dont la Banquise s'était fait un pansement étaient collées les unes aux autres, formant un garrot à la longue.

— Faut couper encore, décida Lili qui eut le malheur de parler haut.

La Banquise se releva sur un coude.

— C'est quoi que tu veux couper ?

Elle resta muette. À l'inverse de la Banquise qui s'énerva.

— Bon Dieu, vous allez m'le dire ou j'vous flanque le ch'ni là-dedans.

Son front était en sueur, ses mains glacées. D'être resté dehors peut-être ou bien sa circulation sanguine ne se faisait plus. Rien d'étonnant, avec une plaie pareille. De la cheville au genou, les chairs étaient rongées.

Lili le rassura de la main. Avec d'infinies précautions, elle avait réussi à ouvrir la jambe de pantalon de la cheville jusqu'au départ de la cuisse. Elle lui parlait doucement, aucun mot plus haut que l'autre. Lui se laissait faire. C'était bien la première fois de sa vie. Si Lili avait porté une cornette et une blouse blanche jusqu'en bas des pieds, cela lui aurait davantage convenu. Rimbaud rôdait à cet instant-là. La Banquise imaginait l'hôpital de Marseille où il n'avait jamais mis les pieds. Une salle léprosée, aux murs croûteux, des lits en fer alignés bord à bord, des rideaux de toile bis suspendus au plafond pour isoler ceux qui avaient pris de l'avance et avaient besoin de calme avant de prendre la grande route.

D'un seul coup, il se releva sur un pied.

— Mes carnets ? Où qui sont mes carnets ?

On alla les lui chercher.

— Un crayon aussi, demanda-t-il, la main tendue, exigeante.

Il continua, solennel :

— Voilà, on ne sait jamais… Un soir tu te couches, et le lendemain t'es raide. Alors j'vais vous confier mes carnets, faudrait pas qu'ils finissent aux ordures.

— Voyons, t'en es pas là, dit Henry pour l'apaiser.

— Ceux-là c'est pour toi, Lili, les autres j'te les confie, dit-il à Payen d'Orville, raide et digne comme il pensait devoir l'être dans ces circonstances.

Il les numérota d'un gros chiffre et les leur tendit.

— Même si ça vaut que fifre, commenta la Banquise, visiblement affecté à l'idée de se séparer de ses carnets, ils pèsent la sueur qu'ils m'ont coûtée. Alors faites-y attention quand je ne serai plus là. Et buvez un coup en souvenir…

Il avait bien tenté d'attirer l'attention sur sa soif du moment mais personne ne réagit. L'urgence n'était pas là.

En fait, Lili donnait le *la*, sans en avoir l'air, sans rien précipiter. Cela lui semblait naturel d'agir ainsi. C'était sans doute pourquoi ses gestes s'enchaînaient aussi facilement, comme pour une tâche à laquelle elle aurait été habituée.

— Un baquet, demanda-t-elle, tu aurais ça ?

— Oui, en bas, à la cave, mais c'est un tel fourbi là-dedans.

— Comment il est ?

— En zinc, je crois, avec deux poignées et un jonc de métal en haut comme une ceinture sur un ventre rebondi.

Il aurait aimé en dire plus, Payen d'Orville, mais un baquet, c'était un baquet. Il se souvenait juste qu'enfant, il s'y baignait avec son frère, sous la surveillance de la bonne. Quelques ombres, des rires ou des cris d'enfant ; pour le reste, c'était le trou noir. Alors lui demander la forme ou la profondeur du baquet, ce n'était pas la peine. Il ne savait pas et, de surcroît, s'en fichait.

Lili revint en cognant le baquet. On l'entendait depuis le milieu de l'escalier, contre la cloison, la rambarde, les marches. D'une main, elle s'appuyait au mur pour garder l'équilibre, de l'autre elle tirait le baquet en le tenant par la poignée. Trop grand, trop large, trop profond, cela ferait quand même l'affaire. Il fallait soulager la jambe de la Banquise, la dépouiller des lambeaux de peau et la débarrasser des humeurs qui coulaient. Il s'en dégageait une odeur surette de vieux linges. Quelle idée aussi de s'enduire la jambe de résine ! C'était un vieux remède plus guère utilisé. Quelques vieux peut-être recouraient encore à la résine de sapin pour couper le sang ou nettoyer une petite plaie. On la disait bactéricide aussi.

Pour les dernières marches, Henry descendit à la rencontre de Lili. Il saisit le baquet d'une seule main. Pas plus d'efforts que quand il s'était mis sur la pointe des pieds. Lili vit tout cela, le cœur affolé. « Il marche », c'était tout ce que son cœur disait. « Il marche de mieux en mieux. »

À deux, ils le roulèrent à la manière d'un tonneau, l'installèrent devant la Banquise assis sur une chaise de gros bois. La sienne depuis qu'il venait ici. Quand les bassines d'eau furent chaudes, Lili et Henry en remplirent le baquet. Plusieurs fois, elle y trempa le petit doigt, comme sans doute elle l'avait vu faire par sa grand-mère. Soudain, elle s'inquiéta :

— De la Javel, t'en as ?

— Du quoi ?

— De l'eau de Javel ?

— Qu'est-ce que tu veux faire avec ça ? C'est dangereux, s'inquiéta Payen d'Orville.

— La Javel pure, oui, mais coupée avec de l'eau, ça désinfecte. Faut juste suivre les proportions : une cuillère à soupe pour un litre d'eau.

Henry Payen d'Orville doutait du remède, mais il se rangea à la demande de Lili. Après tout, il avait bien lu que dans les tranchées en 1914, les Anglais soignaient les plaies infectées avec des asticots. On les mettait en contact avec la blessure et on enveloppait le tout avec des gazes quand ce n'était pas de la charpie. Cela semblait avoir été efficace, les asticots nettoyant les plaies et sécrétant une substance bactéricide. Ce qui avait évité amputations et infirmités.

— Dans le placard, peut-être, suggéra Henry, c'est la dame qui fait le ménage qui s'occupe de ça.

Lili chercha. Elle sortit tout après avoir flairé les goulots et agité les bouteilles. En cas de doute, elle arrachait le bouchon avec les dents.

La Banquise observait, appréciait. Il aurait aimé avoir une fille comme Lili, débrouillarde, tenace, jamais rebutée par rien. La vie en avait décidé autrement. Né dans une famille d'ici, très haut sur le coteau, il avait connu un père brutal, une mère soumise, une fratrie geignarde et peureuse. Il était mal né, ruminait-il parfois.

Quand les disputes étaient devenues fréquentes avec son père et les coups de plus en plus nombreux, il avait pris conscience que son avenir n'était pas ici. Un matin, mécontent du travail laissé en plan, son père l'avait appelé. Ça sentait plutôt le tribunal. Le père se pavanait à l'entrée de la grange, son fils dehors, pour lui montrer qui était encore le maître chez lui. Il avait craché au sol en direction de son fils, avant de lui demander :

— C'est quoi ça ?

— Du foin…

— Imbécile, comme si j'le voyais pas. J'te demande qu'est-ce qu'il fait là, trempé par la pluie.

— J'ai pas eu le temps de finir, on y voyait plus rien hier soir, s'était justifié la Banquise.

— V'là que tu m'réponds maintenant !

— Tu m'demandes, j't'explique…

— Foutre Dieu, un merdeux qui m'tient tête ! J'vais te tanner le cuir, moi, tu vas t'en souvenir.

Le père avait avancé en faisant des moulinets avec le bras. Au passage, il avait attrapé une corde pour corriger son fils et lui apprendre la vie telle qu'il la voyait. Seulement l'adresse lui manquait. Plusieurs fois, il avait trébuché en marchant sur son bas de pantalon.

— Y sera pas dit que j'peux pas encore te filer une avoinée, morveux.

Abandonnant la corde, il avait pris un manche de pioche. Le père était rouge carmin, avec de petits yeux noirs roulant au fond des orbites, la moustache hirsute, le souffle court. C'était un mélange de colère, de hargne et d'humeur bileuse. Plus adroit avec son manche de pioche, il avait touché son fils en plein dans le bras dès la première tentative. Un coup à plat donné avec une force de bûcheron. Un coup qui faisait mal, la Banquise en aurait pleuré, mais il avait gardé les dents serrées devant son père.

Le deuxième coup, la Banquise l'avait esquivé. « Les choses ont assez duré », avait-il décidé. Il s'était mis à avancer sur son père, un poing dressé pour parer le manche de pioche, l'autre pour frapper. En trois coups, son père était au sol, avachi dans une flaque d'eau que le vent faisait frissonner. Lui aussi frissonnait : de haine, de peur, de honte, de désespoir. Il était rentré chez lui, affolé, avait rempli un sac à dos de ses maigres affaires et s'était enfui. Il avait quinze ans.

Durant plusieurs semaines, il avait marché à couvert ou à travers champs. Avec une idée fixe : tirer plein ouest. La raison ? Il l'ignorait. L'appel du large peut-être. Pourtant il n'avait jamais vu la mer. Quand il était rentré au village trente ans plus tard, personne ne l'avait reconnu. « C'est mieux ainsi », avait-il pensé.

Pour l'heure, il fallait sauver sa jambe. Lili s'y employait avec toute l'attention dont elle était capable. Trois ans plus tôt, elle avait entamé une formation d'aide-soignante.

Francky n'avait pas vu les choses d'un bon œil. Après une année de cours, il l'avait forcée à l'arrêter.

— Tu comprends, Lili, j'ai besoin de toi, moi…

— Tu parles… pour porter tes caisses, oui !

— Et alors, faut bien que l'travail se fasse, non ?

— Oui, mais pas sur mon dos.

Là il s'était énervé, le bistrotier, il avait haussé le ton, levé la main.

— Qu'est-ce tu crois, les affaires se font toutes seules selon toi ? Alors de deux choses l'une, soit tu travailles avec moi sur les marchés, soit tu dégages.

Elle s'était soumise. Il lui fallait de l'argent pour soigner sa grand-mère et subvenir à ses besoins.

L'eau était tiède. Elle avait bien respecté les proportions, une cuillère de Javel par litre d'eau. Elle aida la Banquise à se lever. Il prit appui sur son épaule. D'abord de la main, puis du bras. Il n'osait pas s'appuyer trop lourdement. Il craignait de la gêner. Toujours aussi emprunté avec les femmes. Il ne lâchait pas le plateau de la table, des fois que Lili se plaigne de son poids ou de sa maladresse.

— Laisse-toi aller… lui conseilla-t-elle.

Elle lui avait dit « tu » sans même s'en rendre compte. Lui l'avait tout de suite noté. Il se laissa faire.

Le pied plongé dans l'eau tiède, il respira à pleins poumons comme après une grosse émotion. En tout cas, il se détendit. Quand Lili annonça qu'elle allait lui passer de l'eau sur toute la jambe, il ne rouspéta pas.

Longtemps, Lili lui mouilla la jambe, passant un gant trempé dans l'eau sur les plaies. Plusieurs fois, elle lui demanda si cela allait. Il ne répondait pas. Seul un bruit de gorge entre grognement et contentement indiquait qu'il appréciait.

Plus Lili détrempait les chairs, plus le mal s'apaisait. Des lambeaux de peau se détachaient, pareils à des écailles de poisson. Était-ce bon signe ou pas ? Personne ne savait. Même la Banquise n'aurait su répondre. Il fallait s'en tenir à ce que l'on voyait, quitte à commettre l'impair qui pouvait tout aggraver. Lili avait des gestes d'une grande douceur. Elle se revoyait avec sa grand-mère, les derniers temps de sa vie. Elle aussi avait beaucoup souffert mais ne se plaignait pas non plus. C'était dans la nature de cette génération de souffrir en silence.

Quand vint l'heure de dîner, la Banquise refusa de se lever du fauteuil où on l'avait calé. Caprice ou souffrance, ni Henry, ni Lili ne purent le convaincre. Ils passèrent à table avec deux petits vieux qui ne comprenaient pas trop ce qui se passait. L'un d'eux portait le surnom de « la Soif », on se doute pourquoi.

Tous quatre mangèrent sans appétit. Lili se leva, après avoir garni une assiette et l'apporta avec des couverts à la Banquise. Il dormait les yeux ouverts. C'est surprenant à dire et inquiétant à voir, des yeux ouverts qui regardent au loin et ne voient rien. Fatalement, cela fait penser au pire. Elle lui apporta aussi un verre de vin. Un verre à dégustation, dit en tulipe, qui l'aiderait à étancher sa soif. Le bouquet qui s'en dégageait le fit réagir. Reconnaissant Lili, il se força à sourire. C'était encore crispé, mais la timidité s'atténuait. Il dit en parlant vite pour ne pas trop traîner sur les mots et en regardant son pied :

— Merci Lili… je te revaudrai ça.

Elle ne répondit pas. Elle savait le langage des mains.

Elle posa la sienne sur son épaule. Ce n'était rien. Pourtant cela voulait dire tellement de choses.

La Banquise déglutit, la gorge nouée. Ce fut tout. Ensuite, il ne prononça plus un mot.

Il souffrait, c'était visible. De sa jambe, c'était certain. Mais pire, il prenait conscience qu'il avait tout gâché de sa vie. Peu d'amis, pas d'enfant, plus de famille. Pourtant, il lui aurait suffi de tendre la main, d'oser dire qu'il aimait, de prendre le risque de vivre une aventure, et non pas seulement des rencontres à la sauvette sur un quai de port. Une véritable histoire en somme qui lui aurait permis de connaître le présent tout en conjuguant le futur. Parfois, quand le cafard l'envahissait, il ruminait cette réplique de Jean Gabin : « Le jour où quelqu'un vous aime, il fait très beau, j'peux pas mieux dire, il fait très beau ! »

Lili était la cause bien involontaire de ses regrets. S'il avait pu élever une fille comme elle, il aurait vécu un bonheur simple et flamboyant. Il s'en serait occupé, l'aurait chérie, lui aurait donné ce qu'il avait appris de la vie, l'aurait protégée des quatre vents et du soleil brûlant. Seulement, les pages du livre s'étaient écrites sans lui. Lili n'était pas sa fille. Elle ne le serait jamais. Il ne lui restait qu'à profiter des moments avec elle, l'encourager à bien vivre, la protéger, si d'aventure elle en avait besoin et attendre un signe du Grand Barbu lui indiquant que l'heure était venue.

La Banquise but lentement pour une fois. Il s'emplissait la bouche de petites lampées qu'il gardait longtemps comme pour en presser les tanins et goûter les arômes. Sans doute voulait-il, tout simplement, prolonger son plaisir, conscient que Lili ne lui proposerait pas un autre verre.

L'assiette, il n'y toucha pas, à l'exception du jambon fumé et des atriaux. Le plaisir simple de vivre lui revenait. Il aurait pu être bien si sa jambe l'avait laissé en paix. Le temps s'écoulait sans bruit, évitant de se faire remarquer. Les petits vieux s'assoupissaient, le menton dans la paume de la main.

Brusquement, tout le monde fut électrisé.

— On sonne !

Ils se regardèrent. À cette heure, seul un voisin pouvait passer ou la vieille cuisinière, comme elle le faisait parfois, quand elle avait cuisiné des plats en trop grosse quantité et venait leur en proposer.

— Laisse, j'y vais, dit Henry.

Il se saisit de ses deux cannes pour marcher plus vite. Le couloir, le vestibule, les lumières à l'extérieur qui s'étaient allumées toutes seules. La clé tourna dans la serrure, la porte s'ouvrit.

— Alors collègue, on se la coule douce, lança Francky toujours aussi arrogant, le menton en l'air et le regard nerveux.

— Ça va ?

— Ça pourrait aller mieux… Tu te doutes pourquoi.

— Non…

— Eh ben j'vais t'l'dire, moi, c'qui va pas, c'est que t'as ouvert un clandé sur mes terres, tu comprends. Toi, tu vends tranquille, tu payes rien de taxes ni d'impôts pendant que moi j'me saigne aux quatre veines.

— J'te l'avais dit, c'est pas un boulot pour toi, lui asséna Henry.

— Ferme-la ! Et ma clientèle ? T'as tout raflé en deux coups les gros, comme ça, sans rien dire, sans négocier, sans rien payer. Une clientèle, ça vaut de l'or, des fois que tu l'ignorerais.

— Je te croyais en travaux.

— Y sont finis… et personne revient. Alors j'me suis dit qu'on allait te mettre à l'amende.

— À l'amende ?

— Oui c'est ça, à l'amende. À partir de maintenant, on fait part à deux. C'que tu gagnes, tu m'en donnes la moitié. Ça va, c'est honnête, non ? J'aurais pu tout prendre… Et puis Lili, elle rentre à la maison. Les vacances c'est fini, j'ai besoin d'elle.

— C'est tout ?

— Pour aujourd'hui, oui.

— Bon, eh bien viens donc boire un coup !

Pour être coincé, Francky l'était. Refuser lui vaudrait une réputation de pleutre, accepter c'était se soumettre. Il crut trouver un moyen terme, ce ne fut qu'un pis-aller.

— Vite fait alors, parce que j'ai à faire, moi, avec toutes tes conneries…

En voyant la Banquise, il tomba en arrêt, les traits figés. Ses mots, il aurait aimé les ravaler ou ne jamais les avoir prononcés. Seulement, là, c'était trop tard. Ce qui ne l'empêcha pas de fanfaronner.

— Dis-moi, y a bien du monde dans ton bastringue ! Évidemment, t'as pas d'heure de fermeture, toi, pas de licence, tout en lousdé, la belle vie quoi…

Brusquement, il s'adressa à la Banquise.

— Alors toi aussi, t'es dans la combine ?

— Comme tu vois.

La Banquise avait sorti son pied du baquet et se séchait la jambe avec une serviette du mieux qu'il le pouvait. Le voyant à la peine, Lili l'aida.

— De mieux en mieux, s'énerva Francky. Tu fais la bonniche, maintenant. Bravo, continue, t'es bien partie dans la vie, toi aussi !

La claque que la Banquise asséna au plateau de la table fit sursauter tout le monde. Même les petits vieux endormis sur leur coude se réveillèrent, hébétés, ne sachant plus si c'était le soir ou le matin.

— Enlève ça tout de suite, ordonna la Banquise. C'est une infirmière, Lili, faut pas confondre, hein, mon garçon. Parce que ça peut blesser, les mots, et plus profond qu'une lame de couteau.

Personne ne l'avait vu glisser la main dans sa poche de pantalon d'où il avait sorti son Opinel. Impassible, il s'amusait à ouvrir et replier la lame. On aurait dit un rituel, une façon de jauger l'adversaire.

— C'est bon, c'est bon, marmonna Francky en forme d'excuses. Mais toi, Lili, les vacances c'est fini, tu ranges tes affaires et tu rentres, ordonna-t-il avec son autorité de camelot.

— Non !

Jamais un mot n'avait résonné aussi fort dans le silence de cette pièce. Un beau salon qui n'avait pas dû souvent assister à des disputes ni entendre des éclats de voix. Ici, on avait parlé feutré durant des années, et quand le ton montait, c'était pour rire avec politesse et retenue, une moitié de mot au bout des lèvres et la main sur le bas de la gorge pour simuler la gêne.

L'époque avait changé, les façons d'être aussi. Tout le monde attendait la prochaine réplique. Elle tarda à venir. Contrairement à ce que l'on aurait pu imaginer, ce fut Monsieur Henry qui intervint.

— On a signé un contrat pour un an avec Lili.

— Un contrat de quoi ?

— De prestations ! Elle me porte mon matériel, me conduit quand le trottoir est étroit, me fait des courses… m'aide à vivre. C'est cela nos accords.

— Que tu dis… Ça change rien : elle rentre avec moi.

Une fois encore, Lili se rebella. Elle savait élever la voix quand nécessaire. Le ton restait le même mais le débit s'accélérait. Les mots se bousculaient les uns contre les autres, chacun jouant des coudes pour passer en premier. Il fallait aller vite, ne rien oublier. Là, il n'y avait pas grand-chose à dire, si ce n'était que sa décision était définitive.

— Je ne pars pas, dit-elle en détachant chaque syllabe comme on le fait avec un cancre pour être sûr d'être compris.

Francky n'aimait pas les déconvenues. Il rumina quelques instants. Pour ne pas finir sur un échec, il choisit de réclamer :

— Alors, ça vient c'coup à boire ?

Henry le servit. Pas du meilleur cru, mais du buvable quand même. Du tout-venant appelé par certains du vin de comptoir. Le cafetier en but une lampée, fit mine de mâcher le vin comme un cru d'exception et rejeta tout en une grosse giclure. La table, le parquet, le tapis, il y avait des flaques violettes partout.

— T'as des faiblesses ? se moqua la Banquise.

— Vous avez foutu quoi là-dedans ?
— Du vin…
— Il a un goût d'eau de Javel, vot'e pinard.
— Ça m'étonne pas, y en a…
— Quoi ? Mais vous êtes frappés, c'est mortel c'truc.
— T'inquiète pas, y a du jus de pied avec, et un peu d'eau pour faire l'appoint.

L'autre cracha de nouveau en direction de la table. Du beau bois, ciré de l'après-midi par Lili. Il voulait salir, souiller, détruire, les hommes comme les choses. Lili avec. Lili surtout. La Banquise était au spectacle, tour à tour acteur et spectateur. Péniblement, il s'était avancé en traînant la jambe. Brusquement, il fit claquer ses doigts sous le pif de Francky.

— Dis-moi, mon garçon, t'as pas l'intention de laisser tes dégueulures aux autres, j'espère ?

La Banquise lui soufflait dans le nez sa grosse haleine poivrée. En même temps, il le repoussait de son énorme poitrail à la chemise éternellement ouverte. Il précisa :

— Là-bas, dans le fond, tu vas prendre un seau et une serpillière. J'dis serpillière hein, parce que t'es pas d'ici toi, tu dois pas savoir qu'on dit panosse, nous autres. Et puis après, tu laveras tes saloperies…

Francky tenta de se rebeller. Quelques mots furent mâchouillés.

— De quoi ? fit la Banquise.

Le marin parlait de sa voix éraillée. Une voix de fond de cale comme il disait, parce que là-bas, il fallait crier pour se faire entendre. Du coup, sa voix était toute piquée de rouille et de sel rapportés du grand Nord. Lorsqu'il se chamaillait, ses mots lui arrivaient sans qu'il ait à les chercher. Lui remerciait la poésie et ces centaines d'heures passées à griffonner ses carnets. Son aisance venait de là, soutenait-il à s'en fâcher. Pourtant, au fond de lui, il se disait que c'était faux tout cela. C'était Rimbaud qui parlait par sa bouche, il en était certain, il l'aurait juré, la tête sur le billot. Le grand poète non plus, ça n'avait pas été un tendre. Jamais il n'avait hésité à faire le coup de poing quand c'était nécessaire.

Une fois le nettoyage terminé, la Banquise voulut prolonger le spectacle. On le sentait en forme, prêt à tous les excès ou toutes les démonstrations pour plaire à Lili et la rassurer. Par provocation sans doute, il avait posé son couteau ouvert sur le coin de la table, à portée de main de Francky. Il suffirait à celui-ci de s'en saisir pour connaître son instant de gloire, c'était tentant.

C'est exactement ce à quoi Francky pensait. Personne ne le vit faire, sauf la Banquise qui avait les yeux rivés sur lui. Francky se saisit du couteau, commença à le glisser dans sa main quand la Banquise intervint.

— Pose ça, mon gars, tu pourrais te blesser…

— J'vais te…

— Pose, j'te dis!

En même temps, la Banquise saisit le bistrotier à la gorge d'une main et lui agrippa le poignet de l'autre. Rapidement, le blanc-bec se mit à haleter, l'air ne passait plus dans sa gorge. Il tendit le couteau en signe de reddition et tenta de se dégager. La Banquise continuait de serrer. C'était le moment de lui faire peur, au danseur d'opérette, pour que Lili ait la paix. La Banquise récupéra l'Opinel et passa la lame sur le cou de Francky. L'autre se débattait tel un goret en train d'être saigné, essayait de crier, cherchant l'oxygène. Ses yeux étaient ronds comme s'il venait d'avaler un noyau de pêche.

Alors la Banquise relâcha son étreinte.

Francky porta ses mains à sa gorge mais n'osa pas d'abord y toucher, persuadé qu'il avait une plaie béante. À tel point qu'il essuya ses mains sur son jean après chaque palpation. Puis il s'enhardit, hésita encore. À vrai dire, il faisait pitié.

— T'en seras quitte pour la trouille cette fois…

— De quoi ?

— Ta gorge, elle n'a rien, t'as un cou de nouveau-né.

L'autre le regarda, pas très sûr d'avoir bien entendu. Il passa à nouveau un doigt sur l'endroit censé être entaillé. Rien, même pas une trace rouge. Il s'apprêtait à parler, la fanfaronnade au bord des lèvres comme toujours.

— Tais-toi, lui intima la Banquise. Un conseil : tire-toi.

L'autre ne se le fit pas répéter. Il était à la porte quand il revint sur ses pas.

— Elle est où Lili ? demanda-t-il.

Il la chercha des yeux, il la voulait, là, tout de suite, à ses pieds. Pour la gifler comme il l'avait si souvent fait, la frapper dans le ventre ou dans les côtes, lui prédire un avenir des plus moches si elle ne revenait pas. Il rêvait depuis tout à l'heure de la rabaisser. Mais il se méfiait maintenant, on pouvait le comprendre. Alors il menaça de loin, comme un vieux chien aboie du fond de sa niche.

— Toi… prévint-il du doigt en apercevant Lili.

La Banquise fondit sur lui en traînant son pied nu sur le parquet.

— Qu'est-ce qu'y a encore ?
— Rien, rien… J'm'en vais, j'm'en vais…

Le bistrotier s'enfuit sans même fermer la porte. Il venait de laisser son honneur dans cette affaire, seulement, comme tous les joueurs, il était convaincu de pouvoir se refaire. La mise qu'il devait rafler avait un nom désormais : Lili.

15

Lorsque Lili et Henry regagnèrent leur chambre, la nuit était bleu marine. C'est beau une nuit l'hiver, surtout lorsqu'il a neigé. Tout est différent y compris la lumière : laiteuse dans la journée, moirée la nuit. Quand le gel se met de la partie, les teintes se font plus franches, les contours plus nets, on dirait une couleur à peine sortie du tube.

Henry se coucha le premier. Le corps sur les couvertures, il regardait le plafond en imaginant la vie dehors.

— Écoute, dit-il, il y a un cheneau qui craque. Il doit geler.

Lili ne répondit pas, elle ne savait pas ce qu'était un cheneau. En ville, pour les immeubles, on parle de gouttières, c'est déjà bien suffisant pour dire les choses. Elle s'allongea à ses côtés, son corps tremblait. Ses yeux pleuraient. Ses lèvres étaient sèches parce qu'elle ne parvenait pas à dire les mots qu'elle avait dans la tête. Henry lui tendit la main et tous deux restèrent ainsi, chacun dans ses pensées. Celles de Lili étaient moches et sombres. Le noir coulait de partout dans sa tête et cela finissait par faire des barreaux sur ses joues. Elle était seule à les voir.

Elle s'enhardit.

— Tu crois que la Banquise l'aurait tué ?

— Non, c'était juste pour lui faire peur.

— Et si Francky s'en prenait encore à moi ?

— Là, il pourrait voir rouge.

— Tu veux dire le tuer ?

— Oui, il en est capable. Tiens je vais t'en donner la preuve. Un soir, la Banquise s'est énervé après un jeune hâbleur, un représentant en vins et spiritueux de la maison Jacquin. Le genre bellâtre qui croyait tout conquérir au seul motif qu'il avait de belles dents. Ça ne nous concernait pas, nous, aux *Trois Tilleuls*, on le connaissait parce qu'il était arrivé qu'on soit présents quand il débarquait avec son classeur sous le bras et son carnet de commandes à la main.

« Chaque fois, il demandait à voir la patronne. Il est vrai qu'elle avait les yeux sur tout, sur les achats comme sur les dépenses. Mais son petit manège a fait naître des soupçons. Lui en rajoutait avec ses plaisanteries de corps de garde. L'épouse du patron, quant à elle, se laissait aller à des minauderies, des faiblesses de femme, rien de plus en apparence. Avant que le patron des *Trois Tilleuls* ne s'en aperçoive, la Banquise a décidé de régler les choses à sa manière.

« Le voyant entrer dans le café, il l'a arrêté en lui enfonçant un doigt dans la narine.

— Viens par là toi, faut qu'j'te cause…

L'autre a voulu se rebeller, mais vu la claque qu'il a prise, il s'est exécuté. La Banquise l'a fait sortir, tiré par la narine. On aurait dit un clébard tenu en laisse. Et je peux te dire qu'il filait doux.

— Et ç'a fini comment ? s'impatienta Lili.

— Mal pour lui.

— Tu veux dire ?

— On l'a retrouvé dans les gorges de Tines, assis dans sa voiture, de l'eau jusqu'au toit. Encore ficelé par sa ceinture et les mains bien à plat sur le volant. Il faut savoir que le Giffre par temps de pluie a un gros débit, sans parler du limon, des troncs et des branchages qu'il charrie.

— Et alors ?

— Alors ? La patronne s'est mise à filer du noir pendant quelques semaines. Elle s'asseyait au bout du comptoir et cousait sans relâche des cœurs taillés dans du tissu noir. C'était sa façon d'admettre les choses sans expier. Elle souffrait, c'est certain, je le voyais d'où j'étais. Ses joues luisaient comme si elle transpirait. Seulement ce n'était pas de la sueur qui coulait.

— Et la Banquise ?

— Il a été interrogé. Des témoins l'avaient vu promener son chien, acheter son pain. Nous autres, on n'a rien dit. On a fait comme si on n'avait rien vu. Ce n'est pas glorieux, bien sûr. Mais on ne peut pas être les héros de chaque jour. D'ailleurs, rien ne prouve que ce soit la Banquise qui l'ait tué. Des maris jaloux, des cornards comme on dit ici, il ne faut pas aller bien loin pour en trouver.

Lili laissa passer un long moment. Ses doigts et ceux d'Henry étaient toujours entrelacés. Du pouce, elle lui caressait la main, insistant avec toute la douceur dont elle était capable. Elle imaginait pourtant la douleur de cette femme, presque veuve mais ne pouvant partager son deuil, ni avec son mari, ni avec les habitués du café, ni avec sa famille. Jusqu'à sa mort, elle resterait sans doute convaincue que la Banquise n'était pas étranger à cette affaire. Muette et résignée dans sa robe de chagrin gris, elle assumerait, comme savent le faire les femmes depuis la nuit de temps : souffrant en silence et rêvant en sourdine.

Peu à peu, Lili se rapprocha d'Henry. Elle le sentait respirer. Dans un geste d'une infinie tendresse, elle l'enlaça et demanda :

— Tu me protégeras si Francky revient ?

— Bien sûr ! Mais ça m'étonnerait qu'on le revoie avant longtemps.

— Tu me lâcheras pas la main, hein, tu promets ? Je n'ai que toi. Si tu me quittes, je retomberai dans leurs griffes.

— Leurs griffes ?

— Ses amis… Ceux-là, il ne faut pas les croiser.

Lili étouffa un sanglot en se cachant le visage dans son oreiller.

— Pour eux j'n'étais rien, fallait juste que j'rapporte de l'argent et toujours plus, toujours plus. Quand ça diminuait, ils me tombaient dessus à plusieurs. Ils me battaient et bien pire encore… Une ou deux fois, Francky m'a défendue.

Elle parlait en pleurant, se souvenant du pire.

— Ne me laisse pas. Je n'ai plus peur quand tu es là. Je m'imagine qu'une autre vie est possible, que j'y ai droit moi aussi. Tu comprends ?

Henry laissa le temps s'écouler. Les hommes sont ainsi, on a beau leur dire les choses, ils veulent les vérifier, acquérir des certitudes même quand tout est incertain. Ce n'est pas là le moindre des paradoxes. Pour faire diversion, il se coucha sur le flanc afin de mieux répondre aux caresses de Lili. Il aurait aimé lui dire qu'il l'aimait mais n'y parvenait pas. Toujours cette foutue éducation qui lui faisait penser à mal alors qu'il ne faisait que le bien. C'est ainsi, les plis pris dans la jeunesse restent pour la vie. Et quand ils ne sont plus visibles, c'est qu'ils sont entrés à l'intérieur.

Ils restèrent longtemps l'un contre l'autre. Au mieux, ils commençaient à s'aimer. Au pire, ils se brodaient des souvenirs.

Brusquement, Henry écarta les cheveux de Lili, comme il l'aurait fait avec des mèches mouillées. Elle se laissa faire, elle n'avait pas peur entre ses bras, du moins tant qu'elle ne pensait pas à la muraille que représentait le Criou. Parce que, là, c'était comme un haut-le-cœur. Elle ne voyait que la face sombre des choses : la roche qui se délite, la pointe de chaussure qui ripe et le corps qui virevolte avant de s'arrêter, suspendu par une corde. Plusieurs fois, elle s'était promis de ne plus en parler à Henry, de ne pas gâcher leurs instants à eux. La peur revint, plus forte que les autres fois.

En appui sur un coude, elle demanda :

— Tu vas aller sur le Criou, hein ?

Chez les Payen d'Orville, on ne mentait pas, sauf en affaires et accessoirement pour les choses domestiques. Lui comme les autres, père, frère, cousins, tous disaient la vérité quitte à s'arranger avec les détails et à devoir ensuite se démener dans le tourmentin de la bonne conscience.

— Oui, au printemps, j'irai voir depuis le bas.

— Mais tu veux y monter ?

— Si c'est faisable… oui.

Lili tressaillit. Elle savait que cela finirait ainsi. Les silences d'Henry sur la question, son envie de montrer son expérience de la montagne, cette morgue affichée face au danger, tout indiquait qu'il n'avait jamais abandonné l'idée. Et cette envie, cette volonté de redevenir celui qu'il avait été avant son accident.

— Et moi… dans tout ça?

— J'admets que tu ne viennes pas assister au défi, mais…

— De quel défi tu parles? explosa Lili. Tu vas te tuer ou tu vas finir estropié et moi, je deviendrai quoi, une garde-malade à vie, une femme à tout faire ou pire. Tu as pensé à moi si les autres viennent me chercher et m'obligent à…

Elle ne finit pas sa phrase. Ses larmes le firent pour elle. Même s'il la serrait fort pour la rassurer, s'il lui promettait que rien n'était décidé et qu'il fallait attendre avant de prendre une décision, elle savait que tout était prêt dans sa tête. Henry était un artiste. Mais un artiste rangé. Chaque chose avait une place pour lui. Dans son atelier ou dans sa bibliothèque, il savait où se trouvaient ses affaires. En la circonstance, tout était clair dans son esprit. De Francky ou de lui, on allait voir qui serait le premier à ouvrir cette voie directe sur le Criou. Restait juste à choisir le jour et à lancer son défi. De toute évidence, Francky le relèverait. Lui, il était né ainsi. Même sa naissance avait été un exploit, fanfaronnait-il, tant il avait eu de mal à vivre dans les premiers jours après l'accouchement de sa mère. Et toute sa vie avait suivi la même pente.

De guerre lasse, Lili finit par ne plus en parler. Elle pensait à ce moment funeste qui arriverait un jour de printemps ou d'été. Un matin sans doute, de bonne heure, afin que la roche ne brûle pas les doigts. Il y aurait foule venue comme au cirque, assise sur des rochers, les yeux aimantés par la paroi. En bas, sur la route, une ambulance avec des sacs servant à envelopper les corps. Un prêtre peut-être, s'il avait bien voulu se déplacer. Des médecins certainement. Les petits vieux aussi, tremblotant et bredouillant : « On l'avait bien prévenu pourtant. »

Jour après jour, d'autres idées, d'autres peurs vinrent s'entasser dans ce bric-à-brac obsessionnel. Le soir venu, Lili ressortait tout de sa tête. Étalait les sursauts d'espoir et les idées noires. Regardait. S'interrogeait sur le sens de tout cela. Plusieurs fois, elle en appela à sa grand-mère, la suppliant d'agir auprès d'Henry pour le détourner de ce défi de malheur. Mais rien n'y fit, comme c'est souvent le cas. Les disparus n'aiment pas qu'on les sollicite. Ils préfèrent être là quand ils l'ont décidé. Ou lorsqu'on leur en a donné l'ordre. Quant à savoir qui donne l'ordre, c'est une affaire bien trop compliquée pour en parler ici. Lili était seule. Même la Banquise ne trouvait plus rien à dire à force de répéter que cela se passerait bien.

L'hiver fut long et rude. La neige tomba jusqu'en mars, recouvrant les premiers bourgeons des arbres fruitiers. La récolte serait mauvaise. Lili tentait d'y voir un signe. Elle aurait tant donné pour que la mauvaise saison dure encore. Quelques semaines de plus, un mois ou deux. Chaque nouvelle tombée de neige repoussait la date du défi. Elle l'accueillait avec un sourire caché, portée par l'immense espoir que ses vœux se réalisent.

Ce qu'elle allait comprendre peu à peu, c'était que l'horloge du temps est toujours à l'heure. Il n'y a jamais ni avance, ni retard. Ce qui est perdu en raison du mauvais temps se rattrape à un moment ou un autre par de belles journées où les primevères s'épanouissent en un clin d'œil et les feuillus se couvrent en quelques heures d'un brouillard vert annonçant l'éclosion des bourgeons.

Tout cela, elle le regarda avec un peu moins de nostalgie et de rancœur. Elle comprenait qu'il ne servait à rien de se révolter. L'histoire était écrite. Maintenant, il allait falloir la vivre jusqu'au bout. Quand elle était trop triste, elle se souvenait de sa grand-mère qui avait une phrase à elle : « Ne crains pas la tristesse, elle est la preuve que quelque chose de beau a existé. » Elle se rangeait derrière cette idée, espérant que le plus beau était encore à venir.

Ces dernières semaines, elle était devenue moins séduisante. On aurait dit une chatte chétive ayant perdu ses chatons. Quand elle allait faire des courses au village, elle était dominée par cette masse gigantesque du Criou qui la surveillait comme un juge à son pupitre, les bras reposant sur les massifs les plus proches. Chaque jour, la montagne reprenait des couleurs plus vives, plus suaves, plus piquantes.

Lili remarqua que les feuillus retrouvaient des couleurs par étages. En haut dans la pierraille, de petits névés subsistaient. Dans la partie sommitale, les résineux gardaient la tête haute, hiver comme été. La vie les appelait. Le ciel les attirait. Comparés au vert fragile des feuillus, ils avaient belle allure. C'était maintenant une question de jours pour que la montagne oublie l'hiver et s'offre à l'été.

On était mi-mai, Henry marchait de mieux en mieux. Avec ce qu'il s'était imposé comme sacrifices durant les quatre mois passés, ses progrès n'étaient que justice. Il lui fallait néanmoins toujours l'aide d'une canne pour garder son équilibre.

Un jour qu'il était sorti, Lili demanda à la Banquise :

— Tu le crois capable de monter ?

Il fit la moue.

— C'est un suicide, non ?

— Quand même pas, il a une sacrée force dans les bras, tu sais.

— Mais ses pieds ?

La Banquise haussa les épaules, geste qui voulait dire « je sais, mais il n'écoute rien ».

La santé de l'ancien marin avait continué de décliner. Il peinait à se déplacer au-delà de l'angle de la grand-rue. Sa jambe malade l'accompagnait plus qu'elle ne l'aidait à marcher. Le souffle court, il faisait comme si tout allait bien. Lili savait, elle voyait son état. En le soignant chaque jour, elle constatait l'aggravation de la plaie qui suintait désormais en permanence, les épaisseurs de gaze n'y suffisaient plus. La jambe était horriblement enflée, non seulement le genou mais la cuisse également. Il souffrait atrocement et trouvait du réconfort dans les bains de pieds quotidiens préparés par Lili.

Ne pouvant laisser son chien seul, il demanda à Henry l'autorisation de l'amener à la villa et de l'installer dehors dans une vieille niche. Lili prit l'habitude d'aller le promener. Elle tenait le chien en laisse, un malamute de l'Alaska encore jeune ou, en tout cas, encore plein de vie.

Un jour, la Banquise demanda à Lili :

— Ta voiture, tu l'as toujours ?

— Oui… pourquoi ?

— J'aurais besoin que tu me la prêtes.

— Bien sûr. Si c'est pour aller à l'hôpital, je peux te conduire.

La Banquise la regarda, un sourire coincé derrière la paupière.

— T'es une brave fille, Lili, t'es une brave fille.

Du coup, la Banquise prit plaisir à entretenir la vieille Corsa de Lili avec les moyens du bord. C'était le moteur surtout qui l'intéressait ; chaque jour, il y passait plusieurs heures, un chiffon plein de cambouis à la main, un tournevis dans l'autre. Il réglait tout à l'oreille. Dans une casse de La Roche-sur-Foron, il commanda des pièces et retapa peu à peu le véhicule. Dire qu'il était comme neuf aurait été excessif, mais il était en état de rouler et peut-être encore capable de faire un tour de compteur, un dernier tour de piste en somme.

Avec la Corsa, ils se rendirent chez lui. La Banquise habitait dans un deux-pièces en rez-de-chaussée au fond d'une cour. Loué cher mais négocié au bras de fer comme il disait, sans dévoiler le sens de ses mots. C'était sale, triste et froid. Rien d'étonnant à ce qu'il ait attrapé cette maladie de peau.

La Banquise fit entrer Lili la première.

— C'est pas rangé, j'te préviens, s'excusa-t-il, mi-rigolard, mi-gêné.

Précaution inutile. Cela se voyait et se sentait également. Il se dégageait de cet appartement presque borgne, à l'exception d'une fenêtre à guillotine au ras du plafond, une impression de fin de vie. « C'est terrible de penser ça », se dit Lili, pourtant l'expression allait tellement bien à l'endroit.

— Viens par-là, invita la Banquise.

Lili suivit en évitant de marcher sur ce qui traînait au sol. L'ancien marin s'en aperçut.

— Ça craint rien, va, c'est du rebut. Faudra que j'y vide un jour.

— Je t'aiderai…

Il sourit d'un regard triste. C'était la première fois qu'elle le voyait ainsi, affaibli par le combat mené contre la maladie.

Ils entrèrent dans la chambre à coucher. De son genou valide, il poussa son lit, simple sommier posé sur pieds. Avec d'infinies précautions, il se plia, puis s'agenouilla en prenant appui sur les bras, les lèvres soudées par la douleur.

— C'est là, montra-t-il en désignant une petite plaque de bois, sorte de contreplaqué servant à cacher un compteur électrique.

— Tu vois, précisa-t-il, tu glisses ta main comme ça…

— Oui.

— Il y a un retrait dans le mur, ils avaient dû se gourer et voir trop grand. Et tu tires à toi.

Il sortit une liasse de billets entassés selon la valeur des coupures. Il les aligna sur le lit, plutôt un grabat vu la couleur des draps et du traversin.

— Voilà, dit la Banquise d'une voix cassée, prends-les, ils sont à toi.

— Je ne peux pas, voyons, c'est ton argent.

— Plus pour longtemps, Lili. Tu sais, j'suis comme les vieux chiens, je sens mon heure venir. Alors regarde où je cache cet argent. Avec, tu rembourseras Henry pour tout le mal qu'il s'est donné et tu me paieras une messe de temps en temps. Ce n'est pas que j'y crois mais je trouve ça beau, une messe. L'été, tu viendras t'asseoir sur un coin de ma tombe. Tu seras la seule, vu que je n'ai jamais eu personne. Moi je te raconterai des histoires qui ne font pas peur, je te parlerai de là-haut, je te raconterai l'histoire de l'étoile du marin qui ne s'éteint jamais. Tu veux ?

Il lui parlait comme à une enfant, pensant ainsi la rassurer. Lili ne répondait pas. Les yeux prêts à déborder, elle se jeta dans ses bras.

— Je te promets, je le ferai et je te lirai tes poèmes.

— Ah non !

— Pourquoi, tu ne les aimes pas ?

— Parce que je veux être enterré avec. Des fois que je m'ennuie, ajouta-t-il, l'œil frisant sous le sourcil. En plus, je pourrai les finir. N'oublie pas le crayon à pointe dure, hein, les autres, à mine grasse, ça fait sale tout de suite.

Lili sourit tristement. Elle savait qu'il disait vrai.

Les jours suivants s'empilèrent entre gris clair et gris foncé. Le printemps ne parvenait pas à imposer sa loi. Malgré tout, il était désormais acquis que le défi aurait lieu. Quand ? Personne ne savait. On disait à la belle saison, aux beaux jours, après le printemps, avant l'été, avant les grosses chaleurs, après les orages. On disait, on disait mais on ne savait rien.

Dans une dernière tentative, Henry avait fait estimer les bijoux confiés par les petits vieux du café. Il s'était battu au téléphone pour obtenir davantage sur les deux toiles dont il faisait don au projet. En additionnant tout, ils avaient à peine de quoi payer un pas-de-porte et encore, si tant est que l'autre acceptât la transaction.

Pour expliquer les choses, Henry réunit un jour tous les petits vieux. Une soirée aux parfums d'adieu. L'enthousiasme était en berne, la joie absente. Peu de questions furent posées. Il y avait comme une fatalité dans les gestes et les regards. La plupart devaient ruminer leur éternelle malchance et leurs échecs passés. La Banquise, lui, somnolait ou le laissait croire, les bras pliés sur la table et la joue dessus.

Henry savait mener son affaire. Comme les mots n'étaient pas un obstacle pour lui, il avait attendu avant de les dire, espérant ainsi convaincre tout le monde en une seule fois.

Avant même qu'il ne commence à parler, Lili pleurait déjà. La Banquise se redressa et ramena ses bras sous son menton, histoire de garder la tête haute et le buste droit.

— Voilà, commença Henry, comme on n'arrivera jamais à réunir une somme suffisante, j'ai décidé de lancer un défi à Francky : gravir la face ouest du Criou. Si c'est moi qui gagne, je remporterai le droit d'exploiter les *Trois Tilleuls* pour toujours, si au contraire je perds, je paierai à Francky l'équivalant du prix du pas-de-porte.

— Ça va chercher dans les combien, ton affaire de pas-de-porte ?

— Quatre-vingt-dix à cent mille.

— Euros ?

— Oui.

— C'est une folie, Henry, s'emporta la Banquise. Laisse tomber ça tout de suite, c'est un nid à merde, c'te histoire.

Lili reprit espoir. La Banquise était là, mal en point mais vivant et il veillait encore sur eux. La jeune femme reniflait sans faire de bruit, comme la terre éponge la pluie. À l'aide d'un mouchoir roulé en boule, elle tamponnait ses yeux, espérant les assécher. C'était peine perdue. Les yeux pleurent éternellement ce qu'ils ne peuvent pas dire. Là, c'était pire encore : Henry ne lui avait pas laissé le choix, c'était sans doute cela qui la blessait le plus.

16

L'une après l'autre, les heures de la nuit s'égrenèrent dans un chaos de peurs et de pressentiments. Couchés l'un à côté de l'autre, Lili et Henry se débattaient avec le sommeil. Ou plutôt une torpeur qui laisse croire que l'on dort alors qu'à l'intérieur, tout est à vif.

Henry chercha la main de Lili, juste pour la rassurer. Elle la retira avec colère. Elle se sentait trahie. Henry n'avait rien entendu de ses peurs ni de ses demandes. Dans ces conditions, à quoi bon entretenir l'illusion ? Plusieurs fois, elle eut envie de se lever et d'aller dormir dans sa voiture désormais garée dans le parc de la maison. Elle n'en fit rien. C'était prendre le risque d'une rupture définitive alors qu'au fond d'elle-même, elle savait que rien n'était fini.

Dormir seule et dans le froid, c'eût été admettre son échec. Reconnaître qu'elle n'avait pas su convaincre. Plusieurs fois, une petite voix douce et légère vint rôder autour d'elle : et si Henry réussissait ? Et s'il en sortait vivant ?

Sur le matin, elle sombra dans un sommeil gris. Il y avait beaucoup de gens autour d'elle, on lui parlait, on l'apostrophait, on la bousculait, on la touchait. Elle ne savait quoi répondre. Elle était effrayée par ces visages tous semblables, tous terreux comme elle imaginait ceux des hommes tombés de la paroi.

Un homme s'approcha d'elle, sa main avait la couleur noire du limon. Il n'était pas jeune ou bien avait vieilli trop vite en raison des épreuves traversées. Ses cheveux étaient grisés par la terre. Il expliqua que son fils était mort là-haut et montra un papier déplié avec un nom dessus. Une âme errante, se dit Lili dans son sommeil. Le cri jaillit de sa gorge, réveillant Henry. Il la prit dans ses bras et la serra contre lui.

Cette fois, elle se laissa faire. C'était bon qu'il soit là. C'était bon qu'il l'aime en dépit de cette épreuve imposée par la vie.

Lili avait passé la nuit à réfléchir, les yeux perdus dans le plafond dont elle devinait les moulures. Dans son esprit se mélangeaient, comme souvent, la réalité et le rêve. Un rêve aux ombres noires et aux contours crayonnés de gris. Mais au moins, il se passait quelque chose. À mesure que s'égrenaient les heures, il lui semblait que son ciel se dégageait.

Elle écoutait le monde, le cœur grand ouvert. Était-ce sa grand-mère qui lui murmurait conseils et mises en garde? Était-ce son imagination qui lui jouait des tours sous l'effet de la fatigue et des nerfs à vif? Quand elle se rendormit aux heures blanches du matin, le jour avait déjà découpé des cadres clairs autour des fenêtres. Dans sa tête tout était rangé désormais, elle savait précisément ce qu'il lui restait à faire pour garder une dignité de femme et sauver l'homme qu'elle aimait.

Les jours suivants, il n'y eut plus de heurts. Ni entre les petits vieux, ni entre Lili et Henry. La jeune femme accepta même de l'accompagner sur la route des Fontaines, lieu qui serait vraisemblablement retenu pour organiser le défi. C'était de là que l'on voyait le mieux la masse imposante de la paroi, avec ses tons sombres et d'autres plus clairs, presque blancs. Quelques vires étaient déjà en herbe, un vert tendre et fragile s'y accrochait. Partout le calcaire se mêlait aux schistes et étirait par endroits de longues veines indécises comme le sont les plantes grimpantes sur un mur.

La première fois qu'ils s'y rendirent ensemble, Lili ne put lever les yeux. La paroi la terrorisait. Cette face impressionnait les hommes : trop haute, trop raide, trop inhospitalière. On disait que jadis des hommes d'ici allaient faucher sur les vires les plus accessibles, attachés à la paroi par une ou deux longueurs de corde. Les accidents étant trop nombreux, avec leur lot de deuils et de drames, on abandonna la tradition au nom de la prudence.

Sur la partie sommitale, quelques épicéas avaient pris racine mais ne parvenaient pas à s'envoler vers le ciel. Lili garda les yeux au sol. Ce n'était pas mieux, parce que ce serait par là que passeraient les secours, des hommes à pied avec des brancards de type militaire portés sur l'épaule. Elle en frissonnait, la pauvre.

Une fois, une seule, la Banquise les accompagna. Il resta à l'entrée du chemin, appuyé sur sa canne, se tenant de l'autre main aux branches basses d'un noisetier. Sa jambe l'empêchait d'aller vite. Il détailla la paroi puis regarda les feuillus formant comme une haie d'honneur de chaque côté du chemin. Traînant sa jambe plus qu'il ne la pliait, il mâchait l'air ou marmonnait, on ne savait pas. Une habitude acquise là-bas, lors des quarts interminables, disait-il.

Au bout d'une centaine de mètres, il s'arrêta, haletant. Cette fois, il avait la certitude de sa fin prochaine. Ne voulant renoncer, il s'assit sur un dos de rocher et détailla à nouveau le mur haut de plusieurs centaines de mètres. De mémoire, il savait l'endroit difficile et dangereux, mais pas aussi raide. Une cathédrale de roche avec des piliers lisses comme des troncs pour la soutenir.

Lili était à côté de lui. La Banquise la questionna d'un coup de menton :

— Qu'est-ce qu'il en dit, lui ?

— Henry ?

— Oui.

— Il dit que ça va aller… que c'est moins dur qu'il le pensait.

— Tu parles, pas dur, pas dur… Quand t'as déjà plusieurs dizaines de longueurs dans les bras, tout est dur… Tu m'diras que l'autre gazier, il est pas mieux loti, il connaît même pas l'endroit, j'parie.

— Si ! Je l'ai déjà vu traîner dans l'coin. Il vient le soir pour ne pas être dérangé…

— Ah oui !

Plus tard, l'un et l'autre repensèrent à cet instant. Sur le coup, ils se contentèrent de continuer à observer la paroi. La Banquise montrait avec sa canne par où, selon lui, il serait plus prudent de passer. Seulement la montagne, il ne la connaissait pour ainsi dire pas. À quinze ans, quand il s'était enfui de la maison, il n'avait jamais eu ni le temps ni le loisir de s'y frotter. Et une fois rentré, c'était trop tard. Trop lourd, trop volumineux, trop essoufflé. Ses muscles n'étaient plus ceux d'un montagnard, longs et fins. Mais plutôt ceux d'un leveur de fonte.

Quand ils rentrèrent en voiture, seul Henry était confiant. Enthousiaste, prêt à tous les défis. C'était comme si la montagne le nourrissait de ses forces chaque fois qu'il s'en approchait. Entre lui et elle, il n'y avait pas de rancune. Il était tombé par manque de vigilance, voilà tout. Ce n'était ni de la traîtrise ni de la malveillance.

— J'en étais sûr, ne cessait-il de répéter. La raideur de mes pieds va m'aider, je le sens sitôt que je suis dans la pente.

Lili en doutait. Les mots d'Henry lui paraissaient suspects et frivoles au regard des risques encourus.

« Il dit ça pour me rassurer », pensait-elle sans oser s'appesantir. Plus loin, c'était l'inconnu et elle en avait peur. Il faut admettre que les femmes savent à merveille faire d'un détail une vérité. On était encore dans l'à-peu-près à ce stade. On aborderait les vérités plus tard, si tant est que l'occasion se présente un jour. La Banquise pensait la même chose. Les hommes, il les connaissait aussi, mais à sa manière. Quand un homme parle trop, écarte tous les obstacles et s'étourdit de mots, c'est qu'il n'est pas en confiance.

— Dans cinq jours, on sera fixés, lâcha incidemment Henry, si le temps veut bien se maintenir au beau jusque-là.

— Fixés sur quoi ?

Trop averti des choses de la vie pour se méprendre, la Banquise ne pouvait ignorer de quoi parlait Henry. Pour s'en assurer, il le provoqua.

— T'attaquer à la paroi dans moins d'une semaine… T'es devenu fou. C'est la mort assurée, mon pauv'.

Henry n'écoutait pas. Il était là-haut, en pensée, aux prises avec la roche. Ni inquiet, ni hâbleur, il détaillait la pente avec respect, sachant que certains passages allaient lui coûter des efforts démesurés des mains et des bras. Sur ce point, il se rassurait aussi. Peut-être même se mentait-il ?

Certes, les muscles de ses bras avaient pris du volume depuis son accident. Ses doigts étaient devenus forts à toujours faire rouler son fauteuil, à s'agripper un peu partout, s'appuyant, se relevant, se tirant, se hissant chaque fois que nécessaire. Il n'était pas dupe pourtant, sachant qu'une paroi n'est jamais la même. Il suffirait qu'il pleuve la veille et les choses seraient tout autres.

Quant à Lili, elle n'écoutait plus. Telle une gamine boudeuse, elle se mettait tantôt la main droite sur l'oreille, tantôt la gauche, signifiant ainsi son refus d'entendre. Elle savait qu'elle avait échoué. Dans cinq jours ou dans dix, l'homme qu'elle avait tant aimé partirait affronter la paroi.

Confusément, elle se doutait bien que c'était pour se mesurer à lui-même plus encore que pour défier Francky et récupérer le bistrot, mais comment lui faire comprendre que cela était sans importance, qu'elle l'aimait tel qu'il était ? Qu'elle ne voulait pas le perdre. Qu'elle refusait de l'accompagner derrière un corbillard et, à l'église, d'asperger son cercueil de quatre coups de goupillon.

Elle pleurait à l'intérieur des larmes de peur. Si elle en avait eu le courage, elle aurait hurlé aux quatre vents, se serait tordu les doigts, l'aurait supplié à genoux une dernière fois de renoncer. Ce grand désarroi, seul la Banquise l'avait deviné. Dans un geste tendre, il lui prit le bras :

— Courage, on va y arriver.

Il avait dit « on ». C'était étonnant. Lui moins que quiconque était capable d'apporter de l'aide sur cette paroi. Transporter des cordes, à la limite. Mais rien d'autre.

Quand ils descendirent de la voiture garée sous la rotonde de la maison d'Henry, la Banquise prit Lili par le bras.

— T'inquiète pas, j'ai une idée…

— C'est quoi ?

Il répondit par un signe : deux doigts réunis mimant la fermeture de ses lèvres. Lili sourit tristement. C'était de plus en plus fréquent chez elle, cette tristesse. Le gris l'envahissait subitement et en elle, tout se figeait. Elle souffrait. La regarder suffisait à s'en convaincre, elle baissait la tête pour garder ses yeux dans l'ombre et cacher cette rosée qui baignait ses paupières.

La Banquise prit les choses en main, c'était ce qu'il faisait de mieux.

— Henry, tu veux qu'on t'aide à monter ?

Le peintre refusa de la tête, s'aidant des deux mains pour se hisser marche après marche jusqu'à la terrasse.

— Tu vois bien qu'il ne peut pas, s'écria Lili.

— Je sais, mais il est têtu.

La Banquise fit alors à Lili le signe de se pencher vers lui avant de chuchoter :

— Voilà c'que j'propose… Vu qu'Henry n'acceptera jamais ni de reporter ni d'annuler, je vais aller provoquer l'autre blanc-bec un jour ou deux avant le défi et j'vais lui péter un bras. Crac, fit-il comme s'il cassait une branche sur son genou. C'est pas grave, un bras, il s'en remettra. Et au moins Henry se sortira de ce guêpier.

17

Le temps s'était écoulé vite, on était à l'avant-veille du défi. La Banquise et Lili étaient allés chercher du pain comme chaque soir. C'était devenu une habitude pour eux. Le marin pouvait ainsi profiter un peu de la présence de cette enfant qu'il n'aurait jamais. Avec elle, il essayait de vivre au mieux quelques instants chaque jour. Ce n'était pas le bonheur, il le savait. Cela pouvait néanmoins en avoir les saveurs. Dans la vie, il y a un temps pour chaque chose et lui avait laissé passer son tour.

Lili gravit en courant les marches menant à la terrasse. Elle a les cheveux en bataille, les habits dégrafés. Elle ne sait plus si elle respire, si elle est morte ou si elle tente de vivre encore.

— Henry…

Elle monte les dernières marches en deux bonds, en s'aidant de la main courante. Elle pousse la porte d'un coup de hanche, elle n'a pas le temps de l'ouvrir, elle n'a plus le temps de rien.

— Henry?

— Oui, je suis là.

Elle halète. Ne sait plus ce qu'il faut dire, ni par où commencer. Elle sait seulement que c'est grave. Sur l'échelle des peurs humaines, elle est tout en haut. Il n'y a plus qu'à lâcher prise et c'en est fait de ce qu'elle a été.

— Henry, ça s'est mal passé…

Les sanglots sont trop gros, ils lui tordent la voix. Brusquement, elle s'effondre en larmes. De gros spasmes l'empêchent de reprendre son souffle comme les bébés dont le chagrin est trop fort. On ne comprend pas ses mots.

— Viens, lui dit Henry en la serrant entre ses bras.

Il sent battre son cœur et perçoit l'air qui reste bloqué dans ses poumons.

— Calme-toi, Lili, il n'y a rien de grave.

— Si, justement, c'est très grave.

Il se détache un peu pour la regarder. Ses yeux si doux, si tendres quand tout va bien sont agrandis comme si elle revenait d'un cauchemar, ils sont devenus deux gouffres noirs.

Quelque chose de grave vient de se produire. Henry en prend conscience à cet instant. Il pense à la Banquise : un malaise, une chute, une altercation peut-être, comme il en a l'habitude ?

Henry la serre fort. Il a compris qu'il lui faut être là et lui montrer qu'il ne l'abandonnera pas. D'une main, il la tient contre lui, de l'autre il lui caresse les cheveux qu'elle n'a pas peignés ou qui se sont emmêlés dans quelque chose.

Plus tard, il se souviendra de cette sensation : tout était confus, gris et moche. Il la caressait en lui faisant sentir toute l'affection qu'il lui portait. Elle gardait les yeux fixés sur son épaule. Lui, inquiet, attendait d'en savoir plus avant de décider.

Il fait un mouvement pour la regarder dans les yeux. Ses mains sont posées sur ses joues. Il la sait effondrée et découvre d'un seul coup pourquoi : son visage est maculé de sang, sa robe est toute chiffonnée, souillée de taches et de traînées rouges, ses chaussures également…

Doucement, en murmurant presque, il la supplie de parler.

— Que s'est-il passé ?

— J'ai tué Francky.

— Non… ce n'est pas possible…

— Si… je l'ai tué de mes mains.

— Que s'est-il passé, il t'a obligée à quelque chose ?

Elle fait non de la tête.

— Pourquoi alors ?

— Parce que je ne voulais pas te perdre. Je ne voulais pas te laisser escalader cette face, c'était accepter ta mort avant qu'elle se produise. Tu serais tombé à un moment ou un autre, c'est forcé, c'est trop dur, trop haut. Personne n'y est arrivé, même les hommes d'ici, on n'a pas la preuve qu'ils ont réussi. Ou alors ils connaissaient des passages oubliés aujourd'hui.

Henry retire les mains de son visage. Il se raidit, les bras le long du corps comme un soldat de bois. Le sang l'effraie peut-être, le sang d'un autre. Celui de Francky.

— Et la Banquise ?

— Il est mort aussi.

— Comment cela a-t-il pu arriver ?

— Attends, Henry, laisse-moi reprendre mes esprits, je vais tout te raconter. Au point où j'en suis, je vais partir en prison pour quinze ou vingt ans. Alors laisse-moi prendre mon temps, ce sont les derniers instants que nous aurons ensemble avant longtemps.

Lili pleure désormais des grains de larmes. Elle pleure sans bruit, comme la pluie sur les vitres des *Trois Tilleuls*. Elle pleure avec dignité tout en tremblant à l'intérieur.

Après avoir rassemblé ses esprits, elle propose à Henry de s'asseoir. Elle a une pensée pour les pieds fracturés de son amant, ses douleurs quotidiennes, son courage pour tout masquer et ne jamais se plaindre. Comment va-t-il faire quand elle sera en prison ?

— Laisse-moi parler sans rien dire, sinon je vais me mélanger et perdre le fil.

Henry acquiesçe d'un mouvement de paupières. Un geste de curé, qui fait du bien à Lily, elle qui n'a pourtant jamais fréquenté les églises en dehors des baptêmes, des mariages et des enterrements.

Elle commence à parler comme à confesse.

— Presque tous les jours, on allait voir cette foutue paroi avec la Banquise. Il nous semblait qu'elle grandissait de jour en jour et elle devenait noire ces temps derniers, comme un mauvais présage.

« On a laissé passer du temps, mais rien n'y a fait. C'était de plus en plus sinistre. Alors en fin d'après-midi, on a attendu Francky, il venait repérer les lieux tous les jours à peu près à la même heure. Comme nous. Il ne devait pas être fier non plus, seul devant la paroi. Comme il ne restait plus que deux jours avant le défi, la peur devait commencer à le tarauder…

« En nous voyant, il a commencé à nous chambrer. Il était en bras de chemise et bretelles pour montrer ses muscles. La Banquise n'a rien dit au début. Puis il lui a demandé de la fermer. Seulement, c'est un vicieux, Francky, il s'est vite aperçu que la Banquise ne se déplaçait plus qu'avec difficulté. Il s'est approché pour se venger de toutes les humiliations qu'il lui avait fait endurer. Il a commencé à le frotter d'un peu près, juste pour l'énerver et le rabaisser. C'est facile de se moquer d'un malade. Il a toujours été comme ça, Francky, s'en prendre aux faibles c'est sans risque. Souviens-toi, le petit vieux qu'il a envoyé dans le caniveau, ça ne l'a pas ému.

« En voulant lui flanquer une mornifle, la Banquise est tombé. Le temps de venir l'aider à se relever, Francky m'avait envoyée valser dans les noisetiers. Il avait déjà sorti son couteau. Après, c'est horrible ce qu'il a fait. Il s'est acharné sur la Banquise, tu peux pas savoir.

« J'me suis précipitée pour m'interposer et l'empêcher de continuer. C'est là que j'ai vu la main de la Banquise avec ses doigts refermés sur son couteau. Il n'avait même pas eu le temps de s'en servir. L'autre le regardait, satisfait de lui, content de s'être vengé. Là, j'ai revu son regard quand il m'emmenait dans les garages pour faire ses cochonneries.

Henry ouvrit grand les yeux. Elle précisa :

— Je t'ai dit qu'on était voisins. Il habitait l'appartement du bas avec son père, et ma grand-mère et moi on était au-dessus. Quand ils étaient ivres avec son père, ils m'emmenaient dans les garages. J'acceptais parce que, au moins, ils ne s'en prenaient pas à ma grand-mère comme ils l'avaient fait une fois, un jour où je n'étais pas rentrée de l'école à l'heure.

« Tout cela m'est revenu d'un coup. Le vieux avec sa tête molle comme une courge, des yeux qui ne servaient à rien qu'à déshabiller et des mains… des mains à vomir dessus. Pourtant, il avait une sorte d'autorité. Une autorité de pauvre type mais qui lui valait d'être craint dans le quartier.

« Quand j'ai eu le couteau en main, je n'ai pas réfléchi. Je me suis juste dit qu'au moins tu n'irais pas sur cette fichue paroi et j'ai fait comme la Banquise me l'avait montré : "Tu plantes ta lame en bas du ventre et tu remontes d'une main ferme, sans t'arrêter. L'autre va te regarder avec des yeux comme des assiettes, c'est le signe qu'il est en train de passer."

« Après, je me suis assise par terre. C'est drôle, à ce moment-là je l'ai trouvée belle, la montagne. Comme si elle avait revêtu une robe en fleurs de printemps. Les sapins avaient une toison vert foncé comme passée à la cire, ils devaient sentir bon. Leurs flèches ne piquaient pas le ciel mais se confondaient avec. C'était l'heure où les animaux cherchent un creux d'arbre pour la nuit ou retrouvent celui où ils ont dormi la veille. Voilà, Henry, conclut-elle en reniflant, je t'ai tout dit.

Il s'approcha d'elle, la serra dans ses bras comme il ne l'avait encore jamais fait. Ses doutes, ses réticences, ses hésitations, tout était balayé. Jamais il n'aurait imaginé que quelqu'un fasse un tel sacrifice pour lui.

Avant de se rendre à la gendarmerie et de tout avouer, Lili parla beaucoup avec Henry. Plusieurs fois, elle demanda d'une voix inquiète :

— Tu m'attendras, dis, tu ne me lâcheras pas la main ?

Henry la rassurait. Il faisait l'homme en expliquant qu'il était en contact avec les meilleurs avocats, qu'il connaissait des juges, des procureurs, des experts. Il énumérait des noms, donnait des titres. Il avait des relations, affirmait-il. Si elle le lui avait demandé, il aurait récité son carnet d'adresses. En réalité, il se berçait d'illusions.

Lili se vêtit de chaud. Elle craignait les cachots et les culs-de-basse-fosse. Elle se coiffa pour être plus présentable. Une fois prête, elle ne put maîtriser un tremblement, pareil à un frisson qui ne veut pas s'arrêter.

— J'ai peur, Henry.

Il l'enlaça et la couvrit de baisers. Elle étouffait mais c'était bon de se savoir aimée. Si ce n'était pour toujours, au moins que ce soit pour quelque temps. Elle regarda Henry longtemps, presque effrontément, et dit :

— Au fond de tes yeux il y a des lacs, ils sont à toi. Mais si tu m'abandonnes, je viendrai m'y noyer. Comme ça, tu m'auras toujours sous les yeux. Toute ta vie et même après.

M. Payen d'Orville père vint assister au procès en complet anthracite et bottines doublées de chevreau. Seul, taciturne, les poings durs au fond des poches. Personne ne le remarqua puisque personne ne le connaissait. Durant les quatre jours de procès, il ignora superbement son fils. Il ne lui adressa ni signe d'encouragement ni geste de réconfort. Ne le salua même pas. Venu en nombre comme à chaque procès d'assises, le public n'avait d'yeux que pour Lili. En plus d'être belle, elle déconcertait par la naïveté de ses réponses. « De la fraîcheur », osa même souligner le président dans un rare moment d'égarement.

Elle était pourtant à la dérive, la pauvre Lili, apeurée à s'en rendre malade. Heureusement, il y avait Henry au premier rang qui ne la quittait pas des yeux, surtout quand elle était assise sur sa chaise de bois dur, presque à la même hauteur que lui. Ils avaient appris à lire leurs gestes, à déchiffrer leurs silences. Elle savait tout de lui. Cela l'encourageait.

Au dernier jour du procès, durant le délibéré, on la laissa quelques instants faire ses adieux à Henry. Les gens de la Pénitentiaire s'en souviennent encore. Ni l'un ni l'autre ne parla. Ils se regardèrent bien au-delà de la réalité. Les hommes en bleu avaient eu l'élégance de la laisser libre de ses mouvements. Longtemps, ils se tinrent par la main, sans un mot, sans presque respirer.

Même les habitués en furent émus. Ils ne savaient pas pourquoi, mais ils se sentaient de trop, comme s'ils étaient entrés par effraction dans une maison qui n'était pas la leur. Un à un, ils s'éloignèrent, firent les cent pas dehors sur le parvis, dans l'attente du verdict. Comme s'ils avaient été concernés ! Approcher la peur des autres est un moyen facile de se créer des émotions. C'était cela qui les faisait rester.

Ils ne furent pas déçus : dix ans de réclusion. C'est long dix ans, même si en définitive elle n'en ferait que sept.

Henry Payen d'Orville resta jusqu'à la dernière seconde dans la salle d'audience. Quand il vit Lili se lever et sortir du box des accusés, il l'appela du regard. Au tout dernier moment, elle tourna la tête vers lui et se força à sourire.

Il y a des actes que seuls deux êtres profondément faits l'un pour l'autre peuvent commettre sans avoir à s'en expliquer. Leurs mots sont inutiles, leurs pensées aussi. Ils se taisent. Le silence est pour eux la plus belle façon d'aimer.

ÉPILOGUE

Quand Lili sortit de la maison d'arrêt, elle se retrouva seule, perdue, assommée comme tout le monde doit l'être dans ces circonstances. Retrouver la liberté est sans doute une épreuve aussi étourdissante que de la perdre. Moi, je venais pour l'atelier d'écriture comme chaque mois.

Sa libération était prévue depuis plusieurs semaines, seul le jour restait indécis. Sa levée d'écrou avait été précipitée, c'est ce que je me suis dit en l'apercevant, alors que j'arrivais à la prison.

Quand elle vit venir à elle un homme au pas lent et aux épaules un peu lourdes, elle lâcha la poignée de sa valise. Ses affaires se répandirent sur le trottoir. Des tubes et des boîtes roulèrent dans le caniveau. Elle n'essaya même pas de les ramasser. Elle avait mieux à faire.

Avec une infinie légèreté, elle se mit à courir dans sa direction, lui ouvrit les bras bien avant de l'avoir rejoint, l'enlaça et l'embrassa en se blottissant contre lui. Toute la scène se déroula au ralenti. On aurait dit l'un de ces petits manèges pour enfants dont on fait tourner les figurines à l'aide de la chaleur des bougies, le soir du réveillon.

Henry Payen d'Orville était là. Il l'avait attendue durant sept ans, veillant sur elle, la protégeant de loin, venant chaque quinzaine au parloir. Il la prit par l'épaule et la conduisit à sa voiture. Il fallait fuir ce lieu, mettre de la distance entre eux et ces murs gris. Dès qu'il eut démarré, il lui raconta à grands traits ce qui avait changé dans le village.

Lili écoutait, muette de bonheur.

Arrivée par la route principale, la jeune femme eut du mal à s'y retrouver. Henry conduisait lentement, les yeux tournés vers le passé. Un peu partout, des maisons avaient été construites. De beaux chalets pour la plupart, cossus et bien agencés. L'argent était devenu facile dans la vallée, les terres constructibles avaient été vendues en nombre. La belle demeure des Payen d'Orville, cette maison de maître où ils s'étaient aimés, avait été mise en vente, elle aussi.

Lorsque Payen d'Orville père avait eu vent des frasques de son fils et de ses démêlés avec la justice, il n'avait pu s'empêcher de penser : « Rien d'étonnant. Quand le grain est mauvais, il ne faut pas s'attendre à une belle récolte. » Toujours est-il qu'il y avait vu un tel affront qu'il avait vendu le bien familial en quelques jours. Il fallait effacer l'opprobre, faire place nette, s'arranger avec le passé et reconstruire l'avenir. Cela, ils savaient faire, les Payen d'Orville. Ils auraient pu réécrire quinze fois leur histoire, à chaque version ils seraient retombés sur leurs pieds.

Dans ses lettres, longues et fréquentes, Henry avait souvent expliqué à Lili où il habitait désormais, plus haut sur le coteau. Son père lui ayant coupé les vivres, il lui fallait maintenant se débrouiller seul : peindre, exposer, vendre, donner des conférences et organiser des rencontres et des ateliers de peinture durant l'été. Il s'en sortait.

Au détour d'un virage, sous des branches d'épicéas qui balayaient le toit de la voiture, Lili demanda :

— C'est là ?

— Non, un peu plus haut encore. Dans une ancienne ferme dont le bas a été refait. L'étage et la grange, ce sera pour plus tard. C'est isolé, j'ai pensé que tu aurais besoin de calme.

Lili aurait bu le ciel. Elle retrouvait les couleurs, les senteurs de résine, la courbe des hanches des montagnes et les pointes de leurs seins qui se laissaient caresser par les nuages. Et, au fond, un ciel teinté de bleu et lavé de blanc. Dire que ces sept années d'enfermement, elle les devait à la beauté de la montagne et à l'ambition des hommes de la soumettre à leur caprice…

— On est arrivés, annonça Henry en s'engageant dans un chemin bordier.

Il était chaotique, mal empierré. Des buissons d'aubépine en fleurs voisinaient avec des mûriers. Il gara son vieux Niva 4 x 4 devant la ferme, sur un large emplacement gravillonné servant jadis d'aire de retournement pour les charrettes.

Après avoir coupé le moteur, il sortit le premier et vint ouvrir la portière à Lili. Il lui tendit la main pour la conduire. Sous un pot de fleurs retourné, il prit la clé, la lui tendit. Elle refusa : les clés, elle en avait trop vu, trop entendu dans les serrures.

La tenant toujours par la main, il ouvrit alors la porte reposant sur de gros gonds de bois.

— Rentre la première, c'est chez toi.

Elle le regarda, hocha la tête pour dire non. Surpris, il la dévisagea. Elle était restée belle malgré ces années volées par la vie. Elle souriait toujours de la même manière, même si quelques rides s'étaient installées autour des yeux, pareilles à des herbes rebelles ondulant sous le vent. Mutine, elle rectifia :

— Ce n'est pas chez moi, c'est chez nous.

Longtemps, ils vécurent ainsi, lui peignant sans relâche, elle tressant des fleurs séchées, des paniers, des sets de table qu'elle vendait le mercredi matin sur le marché. Les toiles d'Henry avaient séduit un public nouveau, sa cote montait, les ventes étaient plus aisées ; la vie retrouvait ses saveurs.

Quand l'âge commença à leur imposer ses contraintes, isolés comme ils l'étaient, ils décidèrent de redescendre s'installer en ville. Façon de parler, disons plutôt au village. Passant un jour devant les *Trois Tilleuls*, ils virent que le café, resté à l'abandon depuis la mort de Francky, était à vendre. Un panneau, un téléphone, un nom.

Ils se regardèrent et sans se parler décidèrent ensemble. Ils l'achetèrent et en firent un bistrot à l'ancienne. S'y retrouvaient à la morte-saison des habitués qui tuaient le temps en recousant leurs souvenirs. Ce n'était plus l'ambiance d'avant, pourtant, parfois, on aurait juré entendre beugler la Banquise. L'illusion était là, les souvenirs revenaient pour quelques instants. S'y arrêtait aussi une clientèle de passage, celle qui aime les atmosphères anciennes, chaudes et accueillantes avec de la poterie savoyarde sur des étagères, des têtes de chardon bleu piquées dans des vases, de vieux objets, des photos sépia encadrées de baguettes sculptées au couteau. Et des toiles, beaucoup de tableaux dans tous les formats, quelques lithographies aussi signées et numérotées. L'hiver, y venaient les skieurs, l'été les randonneurs.

Passez-y donc un jour les voir, les propriétaires auront des choses à vous raconter pour peu que vous sachiez les mettre en confiance. Vous ne pouvez pas vous tromper, leur café est dans la ruelle qui monte depuis le pied de la ville en direction du col.

Le café a changé de nom. Il s'appelle désormais *La Banquise*. Rares sont ceux à savoir pourquoi.

REMERCIEMENTS

Tous mes remerciements à Philippe Bernard pour ses annotations, remarques et clins d'œil sur cet ouvrage.

Mes sincères remerciements à maître Luc Guivarc'h, notaire, qui m'a orienté pour la crédibilité de certaines scènes.

Toute ma gratitude également à Mickaël Meynet, historien, chargé des Affaires culturelles de la ville de Samoëns, qui m'a raconté l'épopée de la première ascension de la face ouest du Criou.

Collection

TERRITOIRES

Jean ANGLADE
Une vie en rouge et bleu
Le Dernier de la paroisse
Le Choix d'Auguste
Le Sculpteur de nuages
Les Cousins Belloc
Le Grand Dérangement

Sylvie ANNE
Le Gantier de Jourgnac
La Maison du feuillardier

Sylvie BARON
Un été à Rochegonde
Les Ruchers de la colère
L'Auberge du pont de Tréboul
L'Héritière des Fajoux
Rendez-vous à Belinay
Terminus Garabit
Un coin de parapluie
Une Miss pas comme le autres

Jean-François BAZIN
Les Raisins bleus
Le Clos des Monts-Luisants
Le Vin de Bonne-Espérance
Les Compagnons du grand flot
Le Maître de la lumière
Le dernier tonnelier

Henriette BERNIER
Le Baron des champs

Jean-Baptiste BESTER
L'Homme de la Clarée
Plus près des anges
Les Amants de Sainte-Catherine
Meurtre au pont du Diable

Françoise BOURDON
Le Moulin des Sources
Le Mas des Tilleuls
La Grange de Rochebrune
Retour au pays bleu
Le Fils maudit
Les Sentiers de l'exil
Les roses sont éternelles
Le Maître du Castellar
Le Secret de Belle Épine
Pour oublier la nuit

Édouard BRASEY
Les Lavandières de Brocéliande
Les Pardons de Locronan
La Sirène d'Ouessant
L'Affaire Cabre d'or
Le Domaine des oliviers
Les Fils du patriarche

Patrick BREUZÉ
Les Remèdes de nos campagnes
La Valse des nuages
L'Étoile immobile
Mon fils va venir me chercher
La Montagne pour refuge
Versant secret
Les Buveurs de ciel

Nathalie de BROC
La Vallée des ambitions
La Robe pourpre

Michel Caffier
Corne de brume
La Paille et l'Osier
Les Étincelles de l'espoir

Anne Courtillé
La Tentation d'Isabeau
Le Gaucher du diable
Les Damoiselles de Clermont

Annie Degroote
Les Racines du temps
D'infinies promesses

Jérôme Deliry
Une rivière trop tranquille
L'Héritage de Terrefondrée
La Maraude

Raphaël Delpard
L'Enfant sans étoile
Pour l'amour de ma terre
L'enfant qui parlait avec les nuages
Le Courage de Louise

Alain Dubos
La Mémoire du vent
La Corne de Dieu
Le Dernier Combat du Dr Cassagne

Élise Fischer
Les Noces de Marie-Victoire
Je jouerai encore pour nous
Villa Sourire
L'Étrange Destin de Marie
Le Jardin de Pétronille
Aux Deux Hirondelles
Les Femmes des terres salées
La Promesse du sel
Le Vin de Pâques
Marionnettes d'amour
Là Faute des autres

Emmanuelle Friedmann
Le Rêveur des Halles
La Dynastie des Chevallier
L'Orphelinat
La Faute des autres

Alain Gandy
Les Cousins de Saintonge

Gérard Georges
Une terre pour demain
Le Destin des Renardias
Le Bal des conscrits
Mademoiselle Clarisse
Anatole, fils de personne
La Mésangère

Georges-Patrick Gleize
La Fille de la fabrique
Pas plus tard que l'aurore
Le Serment des oliviers
Le Vent de la jeunesse
Quelques pas dans la neige
Les Noisetiers du bout du monde
Le Crépuscule des Justes
Même les pierres ont une histoire
La Montagne des autres

Yves Hughes
Et meurent les marionnettes

Yves Jacob
Sous l'ombre des pommiers
Le Silence de Justine

Corinne Javelaud
L'Ombre de Rose -May
Les Petits-Papiers de Marie-Lou

Guillemette de la BORIE
La dernière héritière

Hélène Legrais
L'Ermitage du soleil
Les Héros perdus de Gabrielle

Les Ailes de la tramontane
La Guerre des cousins Buscail
Les montagnes chantaient la liberté
Ceux du Château, ceux du Moulin
Trois gouttes de sang grenat
Les Anges de Beau-Rivage
Le Bal des poupées
Le Front dans l'azur
Nous étions trois

Philippe LEMAIRE
Rue de la Côte-Chaude
L'Enfant des silences
L'Oiseau de passage
La Mélancolie du renard

Alfred LENGLET
Du poison dans les veines
Jeux mortels en hiver
Temps de haine
Cœurs de glace

Éric Le NABOUR
Retour à Tinténiac
La Louve de Lorient
À l'ombre de nos larmes
La Frondeuse
Cécile et les Beaujour

Jean-Paul MALAVAL
L'Or des Borderies
Soleil d'octobre
Les Noces de soie
La Villa des térébinthes
Rendez-vous à Fontbelair
La Folie des Bassompierre
Chronique des Strenquel
La Bastide aux chagrins
Les Sœurs Querelle
Les Larmes de la pinède
La Belle Étrangère
Adélaïde au bord de la falaise
Les Gens de Combeval
La Souveraine en son domaine
Un si joli mariage
Rue de la Fontaine-Bleue
Un cœur solitaire dans une maison trop grande
Un été sosu les tilleuls
La Vallée des eaux amères

Antonin MALROUX
La Promesse des lilas
La Cascade des loups
La Pierre marquée
L'Homme aux ciseaux d'argent
Les prés refleuriront
Fenêtre sur village
Marie des Adrets
L'Espoir de belles aurores
Le Pain de paille
Le Cœur de mon père
Le Charpentier du paradis

Jean-Luc MOUSSET
L'Enfant des labours
Le Secret de Neige

Frédéric PONS
Les Pèlerins du diable

Agathe PORTAIL
L'Année du gel
Piqûres de rappel

Nicole PROVENCE
Le Secret d'Aiglantine

Joël RAGUÉNÈS
La Maîtresse de Ker-Huella
La Dame de Roz Avel
La Sirène du port
Les Trois Saisons de la vie
L'Or du lin
Les Vies de Jeanne
Pêcheurs du bout du monde
Les Derniers seigneurs de la mer

Florence Roche
La Terre des Falgères
L'École du lac
La Réfugiée du domaine

Élisabeth Segard
Une certaine idée du paradis

Geneviève Senger
La Maison Vogel
L'Enfant de la Cerisaie
La Dynastie des Weber
Les Jumeaux du val d'amour
La Promesse de Rose
Les Bellanger
La Dame des Genêts
L'Or de Salomé
La Terre originelle

Jean Siccardi
La Source de saint Germain
Le Maître du diamant noir
L'Ivresse des anges
L'Auberge du gué
Gaston des vignes
La chapelle des Templiers

Bernard Simonay
L'Or du Solognot
Le Marais des ombres
Meurtres d'outre-tombe

Jean-Michel Thibaux
L'Olivier du Diable
Le Maître des Bastides
Le Rappel du tambour

Katia Valère
Après la nuit vient l'aube

Brigitte Varel
Le Secret des pierres

Louis-Olivier Vitté
La Guérisseuse de Peyreforte
Là où coule une rivière
Le Secret de Tire-Lune
La Statue engloutie
La Dame des vignes hautes
La Femme qui voulait voir la mer
Petit Jean

Colette Vlérick
L'Enfant sur le pont
Un air de liberté
La Nacre des abers
Dans la lumière de Pont-Aven
Rêve d'indiennes

Photocomposition Belle Page

Achevé d'imprimer en novembre 2021
par CPI BUSSIÈRE (18200 Saint-Amand-Montrond)
pour le compte des Éditions Calmann-Lévy
21, rue du Montparnasse, 75006 Paris

PAPIER À BASE DE
FIBRES CERTIFIÉES

CALMANN LÉVY s'engage
pour l'environnement en réduisant
l'empreinte carbone de ses livres.
Celle de cet exemplaire est de :
950 g éq. CO_2
Rendez-vous sur
www.calmann-levy-durable.fr

N° d'éditeur : 3696275/03
N° d'imprimeur : 2061863
Dépôt légal : octobre 2021
Imprimé en France.